马付才 著

找个人说话

长思题

人民日报出版社
北 京

图书在版编目（CIP）数据

找个人说话 / 马付才著. —北京：人民日报出版社，2023.4

ISBN 978-7-5115-7764-1

Ⅰ. ①找… Ⅱ. ①马… Ⅲ. ①散文集–中国–当代 Ⅳ. ①I267

中国国家版本馆CIP数据核字（2023）第050914号

书　　名：找个人说话
ZHAOGEREN SHUOHUA
作　　者：马付才

出 版 人：刘华新
责任编辑：刘晴晴
封面设计：中尚图

出版发行：人民日报出版社
社　　址：北京金台西路2号
邮政编码：100733
发行热线：（010）65369527　65369512　65369509　65369510
邮购热线：（010）65369530
编辑热线：（010）65363105
网　　址：www.peopledailypress.com
经　　销：新华书店
印　　刷：天津中印联印务有限公司
法律顾问：北京科宇律师事务所 010-83622312

开　　本：880mm ×1230mm　1/32
字　　数：234千字
印　　张：12
印　　次：2023年4月第1版　2023年4月第1次印刷

书　　号：ISBN 978-7-5115-7764-1
定　　价：59.00元

序　言

生命需要榜样的力量

我的青春是从穿军装开始的，部队的生活让我刻骨铭心。

从普通战士、班长、排长，到宣传干事，一路走到《解放军报》副总编辑，2015年7月，我又领衔创办《雷锋》杂志，任总编辑。可以说从走入军旅生涯，我就与文字结下了不解之缘，至今仍然享受着文字带给我的快乐和魅力。

每个人的生命都有很多样子，很庆幸我的生命里有穿着军装的样子，还有文字的相伴。

作为一名老兵和一名作家，我已经习惯用浓烈的笔墨去渲染自己对军人的热爱，用文字对他们深情地推举与回望，歌颂他们赤诚的家国情怀。这是一种融入血液的热爱，人的成长来自于经历，在经历中又融入阅历。

因此，我的写作内容多与军旅有关，轰烈辉煌的军营里，有金戈铁马与驰骋，也有至朴至诚、生死与共的战友情，军旅题材是我的写作“灵魂”。当付才将他的散文作品送至我的案头，我却看到了另外一个截然不同的写作世界：琐碎的生活里饱含温情，俗世里的真情与困苦中，却有着生命的豁达与苦乐，许多小故事中都包含着许多人生哲理。

例如，《生命因敲击而动人》，写出了生命在无助绝望的黑暗里，相依互相鼓励的温暖；《人生总有奇迹与你相遇》中写一个女孩为了梦想，举着火把走在黑暗寂静的山路上，流着眼泪唱着歌坚持上学的故事；还有《最纯洁的爱》，一个小女孩，寻找在火车上邂逅的男孩，看似荒唐却是非常的纯洁爱情；《远游的父亲》，朴实的语言中，却写出了儿子对父亲最真切的怀念；《跳杆不断往上抬》，写出了一个不自我设限的人生，人怎样突破极限。

付才的写作依托于他对生活细致入微的观察与体验，显示出他独特的理性与判断力，以生活化的语言、平静的叙述来书写生命个体的倔强与光辉，以“小”见“大”的叙事策略恰如其分地展现出散文的独特气质——在琐碎的日常生活中触发生命的激情和对生命、生活的热爱，以现代生活中小人物的真实感受，发起关于亲情、友情、责任、自我与他人等关系的思辨与求索。

写生命、写爱情、写亲情与友情，付才的整部散文集更多的是通过一篇篇短篇故事、小场景，写他对人生的感悟，写一个从乡村走出来的孩子，怎样在这个纷繁芜杂的社会，坚守内心的宁静和如何寻找人生的灯塔。

每个人的内心，都需要一座灯塔，我们每个人的生命里，也都有一座灯塔。小时候，父母就是我们的灯塔；求学时，老师可能就是我们的灯塔；长大后，也许是朋友，也许是爱人，还有可能是书籍，都会成为我们的灯塔；在我们不同的人生阶段照亮我们，让我们固守内心的坚持，让我们学着怎样去理解他人的世界与渴望。

人心中如果没有灯塔，就如同失去了方向，而榜样就是灯塔，给予我们信念、为我们指引方向。我写过《编外雷锋团》，历时15年又写了《告诉你一个真实的雷锋》。雷锋的名字曾经激励我们前行，至今仍然蕴含着无限的希望与深意，因为他是榜样，我们需要榜样的力量。

榜样带给我们的感受与意义，如同灯塔所象征的亘古不变的永恒时间一样，充满魅力。如果你也困惑，也在寻找内心的宁静与方向，不妨放下手边的一切，忙里偷闲读一读《找个人说话》，也可以将它作为一份充满意义的礼物送给自己爱的人，一起感受和拥抱这本书中世界的美好。

是为序。

陶克

（《雷锋》杂志社总编辑）

目 录

Chapter

01 生命·梦想 // 001

Chapter

02 爱情 · 友谊 // 085

Chapter

03 亲情 · 事业 // 127

Chapter

04 人生 · 感悟 // 239

生命·梦想

Chapter One

把生命拉长

2001年，在监狱服刑的褚时健因患严重的糖尿病被获批保外就医，这一年，他已经74岁了。在他服刑期间，唯一的女儿也在洛阳监狱自杀身亡。从“中国烟草大王”到身陷囹圄，很多人都认为这个已经走到人生暮年的老人再也爬不起来了。

但是，保外就医后，这个70多岁的老人选择与妻子承包荒山种植橙子，开始了新领域的创业。橙子从种植到结出果实是一个漫长的过程，等待的过程充满了希望也让人忐忑不安，艰辛和波折自然很多，但是，与人谈论起橙子挂果的情景时，褚时健总是显露出兴致勃勃的喜悦。[①]

如今，十多年过去了，这个充满争议的老人已经是年近90岁的高龄了，种植橙子让褚时健获得了收益也获得了充实。从人生的辉煌到低谷，跌倒后爬起来的褚时健又一次创造了神话的同时，也告诉我们，人生之路本无常，但跌到谷底后能再次爬起来的人，一定

---

① 先燕云、张赋宇．褚时健：影响企业家的企业家 [M]. 长沙：湖南工艺出版社，2014.

会让人心怀敬意。

没有不碰壁的人生，也没有永远辉煌的坦途，但是，选择把生命变得有价值的方式却有很多种，你是选择跌倒了爬起来再哭泣，还是选择厚积薄发？

米兰·昆德拉说：生活是一棵长满可能的树。

褚时健当年在监狱中时，他的弟弟来看他，给他带来了自己种的橙子，他吃了一口，心想，味道还可以呀，要是能出去以后就种橙子吧。橙子的味道甜中带酸，像极了我们的人生。

是的，如果让我种一棵这种长满可能的树，我愿意种一棵果树。种下种子，等待发芽；培育幼苗，等待挂果；然后，厚积薄发，果实成熟。

我常想，一个70多岁的老人，在他承包的2400亩还是一片荒芜的山上，和人兴致勃勃地谈论着刚刚种下的橙子苗6年后挂果的情景；一个70多岁老人，合上书本，利用平生的学习和研究，给人释疑解惑，他们都告诉了我们，以后路还很长。

这种被拉长的人生，究竟是怎样的一种精彩？

生命的“瓷性”

周日的上午，我懒懒散散地坐在书桌旁看书。可是，书中的故事，总不能把我带到那个世界中去。不知为什么，心情总有一丝忧郁。看窗外，阳光明媚，正是春暖花开的季节，许多人都到郊外踏青去了，热热闹闹的。我不喜喧闹，宁愿一个人待在屋中享受孤独，可是，我实在想活动一下筋骨，看看废纸篓里扔满了废纸，看看窗台上蒙尘的那只精美的瓷花瓶，我想，打扫一下屋子是我一举两得的活动方式了。

把纸篓内的纸倒出去，又把那只蒙尘的花瓶拿下来，用一块湿毛巾仔细地擦着。可不知怎么的，手一滑，那只雪白的瓷花瓶突然掉在地上，摔成了无数碎块。我怔怔地不由得一阵心痛，禁不住流下泪来。我并不是为这只瓷花瓶，而是想到了生命，想到了浩。

浩是我中学同学，那一年高中毕业，我们分别考上了一南一北两所大学，从此以后就杳无音信了。三年之后，我到一家工厂的人事处报道时，竟然遇到了同来报道的浩。从此以后，在同一个厂子里工作的我和浩，由于之前是老同学的关系，觉得这老同学的友谊也特别深厚。浩长得人高马大，是厂里业余篮球队的主力，常常代表厂里去和一些单位打友谊赛。浩很钟情于篮球，也特别珍惜一次次比赛所捧回来的荣誉。常常在冬日灰蒙蒙的早晨，早起的人们看到操场上的浩，穿着单薄的衣裳，满头大汗的，不是在练习投篮，就是在跑步。在浩身上，我常常感到一种虎虎生气的生机。

长得高大身子却又灵活的浩投篮很准，在篮球场上理所当然地成了对方盯防的对象，他们不惜用两三个队员“缠”住浩，让他少得到球少有机会投篮。可浩常常是出人意料地把球抢到手，又飞快地冲出包围，把球准确地投到对方篮框里，这使对方的队员嫉妒、恼火，又无可奈何。

一次，浩的厂里业余篮球队又接到一个球队的邀请。浩和队友们员出发时都意气风发，有说有笑。可到第二天，比赛的队员们回来，一个个眼睛中都布满了血丝。在他们中间，我并没有见到浩，这时的浩，已躺在了医院的太平间里。原来，比赛时，对方的两个队员死死地缠着浩，不让浩得球，不让浩投篮。可浩仍冲破防线把球准确地抢到了手，飞快地运着球往球篮下跑，就在浩跑到球篮下将要投球的那一瞬，对方一个气急败坏的队员伸腿绊倒了浩，并猛地推了他一下。倒下的浩头重重地撞在了球篮的三角铁架上，在送医院急救室的过程中，浩的心脏停止了跳动。

我不相信，昨天还在球场上奔跑呐喊虎气生生的浩今天却永远闭上了眼睛。我当时把那噩耗当成了一场噩梦，以后很长很长时间里我都不相信浩死了。可是，浩的生命确实成了过去。

我想到了生命，想到了生命对我们来说是那么的艰难，又如此的轻易，在毫不经意间会跌得粉碎。留给我们的只是一堆破碎的瓷屑，再也不会拥有那完美的过去。

可我仍觉得生命应该是顽强的，艰涩的，生生不息的。

记得在一本杂志上看到一篇文章，说成都有一个女孩身患绝症，大家都以为她活不多长时间了。可是，强烈的生存欲望和对美好生活的憧憬，她忍受了巨大的痛苦，在周围一双双爱心之手的帮助下，她奇迹般地又活了10年。她生命的“瓷器”，被碰撞开了一道道裂口，然而，她仍顽强地活着，热烈留恋着这个世界。在她身上，我看到了生命的坚强与美好。

我多想告诉街道上摩肩接踵的人们，告诉拥有宝贵生命的人们，请珍爱你的生命。可真的有人会真诚地向我点头，向我微笑吗？不，他们一定会嘲讽我，讥笑我。我理解他们，想起了多年前，我的朋友冬向我推荐的一本书，是杰克·伦敦的《热爱生命》。冬说：“付才，别把书弄丢了，明天给我，你一定要好好看看这本书。”那时我根本就不懂得什么叫生命，所以，对冬的热心我显得漫不经心，但又无法拒绝朋友的一片好心，就随手把书接了过来，准备第二天仍照样还他。可是，第二天冬没有来，见到了冬的姐姐，我问冬，才知冬被一辆飞驰而过的汽车碾在了车轮下，永远地躺下了。看着冬的姐姐那红肿的眼睛，我突然跌坐在座位里，泪水簌然而落。

那本杰克·伦敦的《热爱生命》，至今仍被我保存在书柜里，它放在顶层一个显眼的位置，时时提醒着我。

也许，因为我们年轻，觉得生命很充裕，所以，不必去想一些七八十岁或者更老一些才想的问题；因为年轻，我们为年轻喝彩，让年轻的生命充满年轻的内容，至于遗憾，至于是否伤害了生命，那本来就是可以原谅的。谁让我们年轻呢？年轻的生命是不会如瓷器破碎那样轻易的。谁又不热爱自己的生命呢？也许，谁会轻易地摔碎一只“瓷瓶”。生命，他却不会。那么我呢？我相信自己，会像珍惜一只易碎的瓷瓶一样来珍惜我的生命。

生命因敲击而动人

那一年的大地震，眨眼之间，许多人都被埋在了一片片废墟之下。他那时只有二十岁，大块的楼板一层层地压在他的头顶上，他的身边就是父母的尸体，无边的黑暗包裹着他，大地像死一般地寂静，绝望之中，他开始哭了。

也不知过了多久，在他的嗓子都哭哑了的时候，他听到了“当当当”的敲打声，他精神突然一振，以为是救援的人来了。可是，在他仔细凝听的时候，才听出来那“当当当”的敲打声音是从身边的一块楼板下传来了。他明白了，隔着那块楼板的不远处，还有一个狭窄的空间，里面有一个人像他一样仍然活着。他摸索到身下的一个碎水泥块，也对着那块水泥楼板“当当当”地敲了几下。很快，那边也传来了相同几下的敲击声音。他止住了眼泪，原本，他以为他会死的，现在，那“当当当”的敲击声又给了他生的希望。

他的意识渐渐地模糊了，不知过了多久，那边的敲击声音又突然响起，他精神又为之振奋，摸起手边的水泥块，回应着那敲击声。第三天，他终于得救了，在医院里醒来后。才得知，那个和他回应着敲打声音的，是一个和他年岁相仿的女孩，那个女孩比他先被救起，她告诉救援人员，和她相隔不远处，有一个人还活着。

后来，他和那个女孩结了婚。他相信，他们能在无助绝望的黑暗里，生命相依互相鼓励，以后还会有什么过不去的坎呢？

新婚后的一段日子里，因为要重建家园，一无所有的他们日子过得很是艰难。有时候，他满身疲惫地从外边回家，吃过饭，她微笑着看着他，用筷子轻轻地敲几下碗沿，他心领神会，也回应几下。那敲击声如幸福的涟漪，一圈一圈地荡漾在他们心中，直到伴随着他们走出了新婚后那段艰难的日子。

男人有了自己的事业，在他45岁的那一年，他的财富迅速积累到了上千万。男人开始很少回家，也忘记了用手中的东西，回应她发出的敲击声。终于，有一个女孩，一如她当年20岁时的年轻和青春逼人，女孩说她爱上了他。他不顾一切地和她同居了。一天，他开着车带着那女孩一起到一个山区的风景区去游玩，一不小心，车冲出了公路滑下了山坡。山坡下浓密的树林和灌木丛遮挡住了他的小轿车，而车从公路上滑下时，也几乎没留下什么痕迹。所幸的是他们都没有死，但他们都受了伤，更要命的是，他和那个女孩都被卡在车里面一动也不能动。在这山沟里面，手机根本没有一点信号。女孩拼命地呼喊救命，他告诉女孩，在这样的山沟里，是没有人能听到他们那微弱的求救声的，女孩根本不相信他的话，不一会儿，她的声音就嘶哑了。他艰难地伸出手，用手指弹在车身的金属壳上，手指和金属的碰撞发出了清脆的响声。女孩的眼睛都气红了，她说：你疯了吗？现在你还有心思悠闲地玩这个。他对那个女孩说了那年大地震他被埋在废墟下，和后来成为他妻子的她一起相互敲打、激励生命的事，他想让那女孩也同样用手指敲打小轿车的金属壳，他说：现在，他们没有别的办法，只有等待救援的到来，生命能多等待一天，就多了一天存活的希望。女孩气得大骂起来，她说她还年轻，不像他那么大岁数了，其实离死也不远了，她可不想死，这样死了也不值得，只有傻瓜才相信他的那些破事，跟着他，她这一辈子是倒大霉了，现在她已经后悔死了。

他轻轻地叹口气，闭上眼睛，告诉那女孩，在这一时刻，保存体力比干什么都重要。但那女孩仍然是又哭又骂。终于，在第二天的时候，他们被人找到了。他的妻子打他的电话总也不通，就报了警，警察一路追踪下来，终于发现了他们失事的车辆。但那个女孩已经死了，原本，那些撞伤和在野外待的这一天多的时间根本不足以使她失去生命。女孩根本不相信他的激励，他会和她相互搀扶相互依命的。

许多人都以为他的事业会因此停滞不前，可是，他事业前进的脚步并没有因此而中断。只不过，在以后的日子里，不管应酬多忙，他晚上都会回家陪伴在妻子身旁。闲下来的时候，他总是习惯地拿起身边的任何东西，或一支笔，或一根筷子，或是就那样伸出手指头，敲打着桌子、碗沿，或是一面墙、一棵树。他说，他已经经历了两次在生死面前的徘徊，才发现一个人的生命，只有有了另一半能和你相互地敲击和激励，才会更加和谐与动人。

生命中彼此温暖的她和它

当地时间1976年5月6日晚上8点56分，在意大利北部城市热莫纳，突然发生了强度为7.6级的大地震，短短的数十秒，数万栋房屋倒塌变成一片废墟，美丽的古城热莫纳顷刻间变成一座人间地狱，呼叫声、哭泣声、房屋倒塌声连成一片。

就在余震不断、许多房屋还在摇摇晃晃随时都会倒塌的危险情况下，救援者已经冒着生命危险，开始在瓦砾中抬运死者、救助伤者、搜寻掩埋在废墟下的幸存者。救援者们配备了当时最现代化的超声救生设备，它可以探测到地下数十米的声音，哪怕是细微的呼叫声和轻轻击打声，都能通过声波的传递被探测到。因为有了这样的探测器，许多被埋在废墟下的生命在最短的时间内被一个个发现，并被及时地救出来。

救援者都清楚，废墟下的生命被掩埋得越久，他们生还的希望就越渺茫，所以，他们争分夺秒，紧张的救援工作使他们忘记了饥饿和疲劳。但没有人抱怨，随着时间的推移，从废墟下传来的生命迹象越来越微弱，常常，他们探测器下的废墟里寂静一片。他们知道，掩埋的废墟里，肯定会有人曾经充满希望地等待过，等待着被他们发现，被救援，但整个城市都是一片废墟，更多的人等不到自己被发现和拯救，就在黑暗中绝望地离开了这个世界。因此，他们的耳朵里常常满是呼声。

5月13日晚上，距离大地震发生已经过去7天了，救援队从早上到晚上再也没有发现一点生命的迹象，伤心和失望包裹着救援队的每一位队员，但他们仍然在废墟中穿梭着，希望能找到活着的人。突然，在一大片废墟高高的瓦砾堆上，一个救援者从他探测器的听筒里，听到一种咔咔声，他再仔细听，又听到一些非常微弱的、断断续续的、有规则的声音。他知道，有规则的声音常常是智能的标志。再增大仪器探测的强度听，他又听到“笃笃笃”的声音。他兴奋起来：“这是生命的信号！”

他兴奋的叫声立刻吸引了更多的救援者，有的人不相信，已经过了7天了，这片大瓦砾堆下还会有生命的存在，于是也打开探测器的听筒仔细听，不错，“笃笃笃”的敲击声细微而令人感动。

几十名救援人员小心翼翼地轮番工作。他们不能使用大机械，需要用手小心地搬开每一块水泥、每一块砖、每一根柱子。否则，稍一不慎，就会引起致命的崩塌。救援者们一边拼命地投入抢救，一边时刻监听着瓦砾下的声音。他们一会儿听到刮擦声，一会儿又听到敲击声。从瓦砾下传来的声音仿佛在催促着每一位救援者，夜深了，在强烈的聚光灯下，他们紧张而有序地忙碌着，有的人的手被砸伤了，有的人的腿被碰流血了，但在天灾面前，没有一个人退缩。当清理工作进行到一半时，救援者已经能根据瓦砾下传来的声音，准确地锁定其位置了。于是，救援者用微型扬声器向瓦砾下面喊话，但是，下面没有任何声响。难道，瓦砾下的人因为等不及救援者把生命的通道打开，就已经离开了这个世界？但他们仔细监听探测器，却又听到了废墟下传来的敲击声。

废墟下的生命已经被困7天多了，救援者们不再犹豫，顶着余震下乱飞的石块、瓦砾和弥漫的烟雾，加快了救援的速度。直到第八天的7点多钟，一位救援者在探测到的敲击声位置周围小心翼翼地搬开一块水泥块时，一只满身灰尘的鹦鹉突然飞窜出来，它吱吱地叫着，不一会，又一步一跳、一步一回头地钻进了下面一块水泥板的缝隙里。这时，救援者们才发现，水泥板的外边还有一只鞋。大家都紧张起来，担架队和救生医生也急忙跑过来。救援者用力搬开这块水泥块时，所有人都惊呆了，一个老太太蜷曲着躺在一块破碎的木板上，奄奄一息，上面的那块水泥板正好构成一个掩体，那只鹦鹉正一步一跳地踱步在她身旁……

原来，这个鹦鹉是老人养的，大地震到来时，它和老人一起被掩埋在了这片废墟下的掩体中，那“笃笃笃”的敲击声，就是鹦鹉用喙啄在一个木板上发出的。在这7天多漫长的黑暗中，老人和一只鹦鹉相依为命，多少次，她意识陷入模糊；多少次，她对生命感到了绝望，是鹦鹉用喙啄出的“笃笃笃”的声音把她唤醒，让她感受到了生命的坚强。

这个世界上，生命应该是没有高贵与卑贱之分的，如果所有的生命都能共生共荣，同舟共济，那么，生命与生命就能彼此依靠，共同温暖和感动。

希望不灭，生命不倒

一片无边无际的沙漠里，太阳像一团火球猛烈地蒸烤着炙热的沙粒，也烧烤着在这片沙漠里的一小队探险队员们那岑寂的身影。

你可以想象，在温度高达四五十摄氏度的沙漠里他们是怎样跋涉：没有大树，他们找不到乘凉的地方；不见奔走的小动物，他们感受不到生命的痕迹；看不到绿色的草丛，他们不知道绿洲在哪里。展现在他们面前的只是一座座沙丘和稀疏低矮看似枯死的灌木丛。他们的嘴唇干裂出一道道血口，身体像一条条裂开的又长又宽的地缝等待着水去灌溉。

然而，他们不能把水饮个痛快。因为，他们的队长把一只水壶举到他们的面前说：我们就剩下这一壶水了，知道吗？它是我们生命之水，所以我们必须在最艰难的时候才能饮用它，除非，我们找到了绿洲湖泊。

这沉沉的一壶水在他们每个人的手里传递一遍，他们仿佛听到了泉水的叮咚声，感到了体内有江河在奔涌流动，口舌也湿润多了。他们想，生命是不会轻易逝去的，因为，即使最艰难、最干渴的时候，我们还有一壶水。

那一壶水就在队长的腰间晃动着，这一支小小的探险队在沙漠里蠕动着，延伸着，有这一壶希望之水、生命之水在身边，他们不会倒下。

终于，在一天傍晚，他们看到了前面的有一片绿洲和一汪碧绿的湖泊。他们艰难地跑过去，对着清凉的湖水饮了个痛快。

这时候，队长把挂在腰间的水壶取下来，旋开盖子，一股细细的沙粒从壶嘴中缓缓地流了出来。

其实，他们早已没有水了，支撑他们生命不倒的，是那一壶沙子。这秘密，只有队长一人知道。

很多的时候，艰难和困苦还不足以将我们击倒。可是，我们自己却首先支撑不住了，倒下了。

希望不灭，生命不倒。那个富有人生经验的队长知道。

我们也知道。

敬畏生命

狼凶残、强健。狈狡诈、机警。狼和狈勾结在一起，常常使猎人束手无策。

村民们都知道有一头狼和一头狈勾结在一起，它们经常下山来祸害他们养的牲畜。虽然村民们采取了种种防范措施，但根本起不了多大作用。尤其可恨的是这对狼和狈常常把村民们养的猪、牛、羊肚子掏空，咬死后也不怎么吃，显然，它们的行动有报复的意思。村民们不知怎么得罪了这对狼和狈，于是都去求助老猎人玛哲。玛哲也早就对这对狼和狈的行动愤恨了，他决定进山去寻找狼和狈的踪迹，寻找机会除掉它们。

玛哲带着他的猎犬，一对高大威猛得像小牛犊一样的藏獒进山里搜寻了，整整搜寻了十多天，这对狼和狈似乎知道危险的来临，这十多天它们躲在一片荒草丛生的乱石沟里一次也没有下山。可是，最后，老猎人玛哲还是发现了它们的踪迹。狼是黄褐色的，狈是灰色的。它们看到猎人和猎犬似乎知道自己不敌对手，狼就驮着狈飞快地奔跑。两只藏獒在后面紧追。狼的奔跑速度应该和藏獒的奔跑速度差不多，但现在它驮着狈，如同背着一个包袱，因此它就跑不过藏獒。

很快藏獒就追上了狼和狈，一场撕咬开始了。如果是两头狼对这两头藏獒，也许会势均力敌，但前腿短、行动不便的狈成了累赘，它根本不是一头凶猛的藏獒的对手，一会儿就被藏獒咬得惨叫声不断。狼频频回头去看惨叫声不断的狈，它这样一分心，就被藏獒在身上狠狠地咬了几口。这头狼可也够凶狠的，它只好向藏獒发起频频攻击，它似乎知道，不解决这头藏獒，它今天也别想救狈。于是，它对狈不断发出"嗷嗷"嗥叫的求救声也不顾及，不一会儿，这只藏獒就有点招架不住狼不要命的攻击了。

正在这时，玛哲赶到了，他一个呼哨，正在撕咬的两头藏獒就飞快地撤回到了他身边。玛哲端起猎枪瞄准那头狼，可还没等他开枪，那头狼就跑到狈的身边，狈熟练地把前爪搭在狼身上，狼飞快地背着狈躲在了一块石头后面，玛哲只好无奈地收起枪，指挥两头藏獒继续追赶那对狼狈。

那头狈刚才被藏獒咬得浑身都是血，它有气无力地趴在狼身上，狼驮着它，急匆匆地顺着乱石沟时隐时现地逃窜。但是，很快两头藏獒又追上了。狼瞪着血红的眼睛，一转身，狈突然从它的背上滚了下去，狼这一次对着两头藏獒东咬一口，西咬一口，它同时对付两头凶猛的藏獒，一有空隙，它就冲那头狈凄厉地叫着，似乎告诉狈，现在有它挡着，让狈赶快逃命。但狈离了狼，它那极短的前腿导致行动不便。那头狼像疯了一般不顾及自己的身上多处被咬伤，它看准机会，一个猛扑，咬住了一头藏獒的后胯不放，另一只藏獒咬着了狼的尾巴，可是狼全然不顾。狼的尾巴被咬掉了，但那头藏獒的后胯被它撕下了一块肉，鲜血淋漓地惨叫着，面对狼的进攻，这头藏獒一步步颤抖着、后退着，开始害怕了。

玛哲又叫住了藏獒。狼和狈在一起为奸，但在生死关头，通常都是狼丢下狈逃命了，行动不便的狈就成了牺牲品。玛哲不知道这头狼为什么拼命地救这头狈，其实如果它丢下狈，狼是完全有机会逃命的。看到自己心爱的藏獒被狼咬成了这个样子，玛哲愤怒了，他对准狼就是一枪，那些乱石又救了狼的命，倒是那头行动不便的狈似乎中了枪，它嘴巴一张一合，发出一声声的哀叫。狼凄凄地围着狈转，想让狈能站起来把前爪搭在它身上逃命，但狈鲜血淋漓地躺在地上再也站不起来。狼把头扎在地上一声长长的哀嚎，不等玛哲打呼哨，两只藏獒就又扑了上去。狈身受重伤，狼似乎也知道狈活不长久了，但这时候狼仍不逃跑，它围着狈一边撕咬着，一边凄厉地叫着。这不是狼的品性呀，玛哲更加疑惑不解。狼为什么不扔下狈逃走呢？

两头藏獒有它的主人在身边助战所以越战越勇，而因为狈身受重伤，狼更加无心恋战，一不小心，一头藏獒一爪拍打过来狼躲闪不及，它的一只眼睛被抠了出来，像玻璃球似的眼球吊在眼眶处，狼凄厉地哀叫着，它一转身就向乱石中逃去。玛哲心想，决不能让这头狼逃走了，狈离了狼，它就不能下山祸害牲畜，而狼离了狈它还能去祸害那些猪、牛、羊。可是，狼没逃多远，就听见狈发出一声又一声如泣如诉的哀嚎，狼突然站住了身子，面对逼上来的藏獒，它却转回身又跑到了那头狈的身边。

再次撕咬，狼似乎有气无力，它不停地哀嚎着，不长时间，就被藏獒扑倒在地上再也不能站起。玛哲喝叫住撕咬的藏獒，因为它看到那头再也爬不起来的狼，却顽强地朝那头狈爬去，在它的身后，拖出了一条长长的血痕……

玛哲走近狼和狈，它们都只有出的气没有吸的气了。玛哲不明白，为什么原本自私的狼突然这么重情义起来了。走近一看，玛哲突然发现，原来，那只狈也是一头狼，只不过它的前爪早已没了，只露出短短的骨头。显然，是被什么截去了。玛哲看到这头没有前爪的狼突然想起，一年前，村里的朗格为了防狼去咬他家的羊，晚上在羊圈外下了捕兽的铁夹，可第二天早上起来，朗格只看到捕兽的铁夹上夹着的一对狼的前爪，显然，是狼被夹住后为了逃命，残忍地咬断了自己的膝盖。当时，他们都不明白，没有了前爪的狼是怎样在那天晚上逃走的，现在他明白了，原来那天晚上是一对狼一起下山行动的，那头咬断前爪的狼，是像狈一样趴在另一头狼身上逃生的。这一对狼一定是为了报复失去前爪之仇，才频频下山来祸害牲畜的。

那头失去了前爪的狼肚皮出奇地鼓，玛哲看到它的肚皮还一跳一跳地抽动。玛哲突然全明白了，这是一头怀孕的母狼，里面的生命还没有死。它们一定是一对狼夫妻。打了一辈子猎的玛哲突然流下了泪，那天，下山回村的时候，他没有一丝胜利的喜悦。

玛哲说：为了逃生，那头母狼咬断了自己的腿；为了行动不便的母狼，公狼把自己的狼妻子背到了背上，跋山涉水，不离不弃，在生命受到威胁的时候，它是有机会逃走的，可是，它却情愿和那头母狼死在了一起，这两头狼，它们应该有被尊重的荣耀，有活命的机会。不然，所有生灵求生的渴望、求生的本能、求生的努力、求生的挣扎全部都失去意义。

从此，玛哲把他的猎枪高高地挂到了墙上，任它一天一天地锈迹斑斑。那两头狼从此以后消失了，但猎人玛哲说，他杀死那两头狼的时候，觉得自己同时谋杀了宽容、善良、对生命的执着以及对勇者的尊敬。

三分钟的温暖

男孩上小学的时候特别自卑，男孩的自卑是因为贫穷。男孩穿的衣服都是别人捐赠的，用的教科书都是高他一年级的学生用过的旧课本，作业本也是男孩用捡来的纸自己装订的。男孩的自卑还不仅仅是因为他的贫穷，因为小小的年纪放学后便要常常打猪草、做饭、洗衣服并照顾躺在病床上的母亲，而他的学习成绩也不好。

自卑的男孩就像一株长得又矮又不起眼的庄稼苗，坐在几十个人的教室里，每当老师提问问题时，他常常把头垂得很低，这样，老师也很少注意他，更不用说老师会在课堂上点着他的名字，让他回答提问了。老师们似乎都忘记了男孩叫什么名字。

那个冬天特别的冷，刚刚进入冬季不久，天空就飘起了细碎的雪花。教室里窗户上的玻璃破了好几块，风卷着雪花直往教室里灌。上课铃声响过之后，进来一位新老师，原来，他们的数学老师病了，这位新老师是来代课的。男孩座位旁边的窗户上一块破了的玻璃，他蜷缩在座位上冻得瑟瑟发抖，根本不知道老师在讲什么。突然，男孩似乎听到老师在叫自己的名字，男孩以为自己听错了，但看到同学们都把目光向他射来，男孩就条件反射般地站了起来。原来是老师在叫他上黑板前演算一道数学题。男孩惊讶地张大了嘴巴，慌慌张张地走到黑板前，大脑里一片空白，他被老师突然的提问弄蒙了。男孩呆呆地站在黑板前，面对着那道数学题，手里捏着粉笔却不知从何做起。很快，男孩听到了同学们窃窃私语并伴有笑声，男孩感到一双双鄙夷的目光利刃般戳在他的脊梁骨上，他更加恐慌了，泪水在他的眼里不停打转。

就在男孩的精神快要崩溃的时候，男孩听见老师对他说：不要紧张，这道题有一定难度，给你三分钟的时间考虑一下，你会算出这道题的，同学们也在下面好好算一算。

一阵噼里啪啦掀本子的声音掩盖了男孩的窘态，男孩知道同学们的目光都从他的身上收回了。他深深地吸了一口气，再仔细看这道题，他发现这道题他以前就做过，可是，焦急的他愣愣地看着黑板，却怎么也想不出答案。

突然，老师轻轻地拍了拍男孩的肩膀，男孩看到了老师伸到他面前的手掌，在掌心里竟然清晰地写着那道题的答案。老师正温和地对男孩笑着，男孩也笑了，在冰冷的教室里，仅仅三分钟的时间，男孩顿时感到温暖如春。这个答案让男孩在同学们面前重新抬起头来，这是男孩生命中最重要的一个答案。

男孩长大后考进了一所师范学校，毕业后他主动要求去了一所山村小学教书。每当他让他的学生们站起来回答问题的时候，面对那些自卑又敏感的学生，他总是温和地微笑着说：不要紧张，这道题有一定难度，给你三分钟时间考虑一下，你会想出正确答案的。

男孩知道，三分钟的时间不算长，但它可以安抚学生紧张的情绪；三分钟的时间也不算短，因为三分钟的温暖也可以让一个人铭记一生。

亮出你的旗帜来

我们都知道蝉。蝉从卵生幼虫到钻出地面蜕去那薄薄的壳，这是一个极为漫长的过程。通常情况下，生活在寂静泥土里的幼蝉，从钻出泥土到站在树梢上展翅歌唱，这个过程需要它做四年黑暗的苦工。在北美有一种红眼睛的蝉，它的幼虫在地下依靠吮食树根竟然能生活17年之久，日复一日，年复一年，在黑暗的泥土中积蓄生命的能量。而在钻出地面成为幼虫时，它仅能有一个月阳光下歌唱的生命。

自然界里，有一种叫依米的植物，它生活在非洲的荒漠地带，默默无闻，少有人注意它，许多游人也以为它只是一株普通的草而已。但是，这种不引人注目的草，会在某个春天的清晨绽放出美丽的花朵来。它绽放的花朵艳丽无比，仿佛要占尽世间的所有色彩一样。它开的花朵呈四瓣，每瓣各成一色，红、白、黄、蓝，在那荒芜的非洲大地上，似乎要与天空上的烈日争艳。

这种植物的花期并不很长，仅有两三天的时间，之后，花儿便随母株一起香消玉殒。但是，为了这两三天的开花，依米却要耗费6

年的时间。一般纪录，生长在荒漠中的植物，只有拥有庞大的根系才能很好地生长，而依米，它的根只有一条。这一条根，蜿蜒盘曲，孤独地钻入地底深处，它一点点地寻找水源，一点点地蓄积养分。而完成这根茎的穿插工作，依米至少要花费6年的时间，直到第6年春，在吸收了蓓蕾需要的全部养分后，它才在地面吐绿绽翠。植物的生长需要水分，而开花的植物对水分需求更大，依米6年的积累，只是为了这一生中两三天的美丽，它为什么还要开花呢？苟且偷生的生命不是能存活得更久？

还有一种生长在地中海东岸沙漠里的蒲公英，这种蒲公英不是按季节来舒展自己的生命的，如果没有雨，它们一生一世也都不开花。它的种子被风携带着，像一个个小降落伞，星星点点，遗落在沙漠深处。干旱的沙漠也许5年，也许10年。都不会落下一滴雨水，这一粒粒孤独的种子只有等待。周围尽是沙粒，沙粒对它的苦苦等待肆意地嘲笑；常常有风吹过，风以为它只是一粒干瘪早已没有生命的种子。可是，也许是在深秋，远方飘来的一朵云在沙漠上空凝结成了雨水，雨水落下了，有一滴雨水落在了蒲公英种子的身上，这时，这些孤独等待了5年、10年的蒲公英种子，就会抓住这难得的机会，迅速开出自己的花朵，并在雨水被蒸发之前，做完受孕、结籽、传播等所有的事情。

这世界上的万物都有灿烂的时候，这是上苍赐给万物的权利。

任何一个卑微的生灵，只要她是大自然万千家族中的一员，她都要以其独特的生命方式，向世人亮出自己的旗帜来。哪怕是长时间坚韧不拔的进取和历尽艰辛的等待，甚至耗尽她一生一世的光阴和毕生的精力。

而我们人类，自称是大自然的万物之灵，这一生要走的路途远比一只蝉、一株依米草、一粒蒲公英的种子要漫长，可是，在我们一生充满艰辛漫漫求索的历程中，又有多少人亮出过自己的旗帜？又有多少人会比那些让我们轻视过的卑微生灵做得更好？

失去后才知道珍贵

1992年的初秋枯燥而又烦闷，当我把我所有的书本都廉价卖给学校门口那个收废品的老人，我心里发了誓：以后要与书一刀两断。

12年的寒窗苦读并没有达到父母对我望子成龙的目的，他们失望之余，只好同意了我的选择。

告别校园的时候我尽量显得很快乐，时隔多年，我又想起了那时的样子，才觉得自己愚蠢得可笑。那时同学们都在苦读，准备来年高考再杀个回马枪，我只隐隐约约地发觉有一个女同学对我流露出不同寻常的目光，但我没放在心上。后来，我同班的一名铁哥们儿关切地问我，说我与莲的关系怎么样，我很惊奇地问他莲是谁，他气得狠狠地打了我一拳，以至于我睡了一觉之后那疼痛依然折磨着我。

我这位铁哥们儿很生气，他说我们那么好，你和莲在上中学时谈恋爱怎么瞒着我。这时我才想起莲，就是那个在我离校时对我流露出不同寻常目光的女孩。

我极其庄重地告诉他，我与莲根本就没谈过恋爱，并对他这种无中生有的造谣表现出了极大的愤慨。他看着我不像是伪装的，才吞吞吐吐地说他偷看过莲写的日记，每一天都记着她对我思恋及祝福的话语。他这么一说令我目瞪口呆，我怎么从来都没有注意过那个叫莲的女孩对我的爱慕呢？或许是我太贪玩根本就没注意过这些儿女情长，或许是羞怯的莲把她的这种感情掩埋得太深，根本就没让我发现。

现在我才明白，那天那徘徊在我身上的目光其实包含了莲对我的关切、依恋和询问等复杂的含义。

莲音信全无。

莲，或许现在你已忘记了我；或许，你仍怨恨我曾对你那刻骨铭心的爱的忽视，对你不理不睬。如果没有我那铁哥们儿的无意透露，我至今也不会知道，上中学时，一个清纯少言寡语的女孩曾把她的感情寄托过我，而我，却什么也没有给她。

现在，我早已对自己发过的誓毫不在意。我不断地买书，看书，写书。当我选择读书时，书与我的生命同在。

上学时每天听到的只是老师苦口婆心地引导和父母的逼迫，现在，父母一看我下班看书写字就旁敲侧击地说，某某下海挣了大钱。说不清为何要与文学结缘，当写作成了生命中的需求时，已让我再也难以放下笔。想必那个叫莲的女孩是不会知道的，她一定以为我告别学校后就会放弃读书而到商海游泳。可是，我又重新选择了读书。如果那时我就对读书如现在这样痴迷而又多愁善感，我想，我一定会注意到那个叫莲的女中学生，她如琼瑶小说中的女孩一样纯情而善良。

可惜这都已成为过去。我明白，那时我决心不再上复读班的原因，正是因为老师和父母联合起来的频频引诱和逼迫的结果。他们认为向我不停地施加重重压力会使我不由自主地更加努力学习，可我讨厌。后来我听说我们那个复读班在来年的高考中全军覆灭的悲惨消息。那时我正兴冲冲地拿着刚发表的八篇散文去向他们炫耀，在人群中我看见了莲，她眼睛红红的正盯着兴奋的我，此刻流露出了痛苦而又依恋的表情。

再后来，我知道了莲在日记中记述对我的思恋与祝福，莲在我心中莫名其妙地让我思念牵挂。仔细回味中学时与莲不多的交往，才明白自己一直忽视着一位女孩对我难以看出的爱慕。

那时我们都是十七八岁，时隔多年，每每在夜深人静的时候，那个叫莲的女孩不知不觉地走进我的心中，而且是从很久到现在第一个走进我心中的女孩。我再也难以忘记她。

我想，或许这就是我们彼此的初恋，她爱慕过我，我又为她而牵挂。尽管，我们之间连话语都很少交谈。

人性是多么高贵

那个地方叫“母猪林”，山高坡陡，乱石林立，河床狭窄，人迹稀少。山里的天气瞬息万变，本来是晴空万里的天空，忽然就被一块黑云笼罩了。

眼见要下大雨，他慌忙丢下手里的活，匆匆赶往“母猪林”去接割牛草的12岁女儿和5岁孙女。女儿是他36岁时才有的，中年得女，他常常喜欢得梦里都在笑；孙女是他继子的孩子，但继子和儿媳都在深圳打工，孙女出生两个月后就被抱到他身边，是他用奶粉一口一口喂大的。

他跑到半路，电闪雷鸣，狂风大作，雨水如注，等他一路狂奔到“母猪林”，四下张望，却看不到女儿和孙女的身影，他只好爬到一处高地，大声呼唤女儿和孙女的名字。忽然，他听见有人大叫：“幺爹爹，快来救我们呀！”循声望去，他看见6个孩子正站在河中的两块石头上惊恐地叫他。他的女儿紧紧背着他的孙女在离岸边仅2米远的石头上，而另外4个孩子手臂相互挽着站在河中间的一块大石头上，洪水咆哮着包围了那块大石头，水位仍然在上升。

“你们站稳，我把他们几个救上岸后马上来救你们。”他对自己的女儿和孙女说着就跳进了洪水，又猛又急的洪水很快就淹到了这个1.70米汉子的胸部，他一手用力撑着石头稳住身子，一手抓住一个小孩用力往岸边的草地上推。第一个推上岸的是一个9岁的女孩，第二个是11岁的孩子，第三个是一个7岁的孩子。“爸爸，你怎么还不来救我们啊？”雨中，女儿的哭叫声一遍遍传来，孙女更是早已吓得面无人色。他掉过头来，大惊失色：河水已没过女儿的腰！女儿和孙女的生命危在旦夕！然而，他还是冲向另一个孩子。就在他抓住第四个小孩时，洪水已涨到了他的脖颈，这个12岁的孩子刚刚被他抓住手，洪水就淹没了他们刚才站立的那块大石头。当他转身正准备扑过去抓女儿、孙女时，一堵“水墙”，把他和他的两个孩子一下子卷进急流中……他在洪水中拼命挣扎，当他预站在乱石间的一刹那，看到离他几十多米远的前方，女儿已被洪水卷着向前冲，孙女在离女儿更远的洪水中。他知道，再向前不远，就是十几丈高的悬崖……

他满身的鲜血深一脚浅一脚地追向崖边，在泪水和雨水中发疯般地大声呼唤着孙女的名字。三天后，在离事发现场3公里外的峡谷的乱石缝里，女儿和孙女的尸体被村民们找到了，两个孩子的身体被乱石划得伤痕累累，身上的外衣都被大水冲走了。

这个为救4个被洪水围困的孩子而失去了自己的女儿和孙女的农民叫黄永明，家住在三峡库区忠县善广乡雨台村。记者问他：“你在救别人的孩子时是怎么想的？”黄永明满脸的木讷，好长时间，才说出这么一句话：“天地良心……当时我想的是把那6个孩子都救出来。”记者又问：“难道你一点都没有考虑先救自己的孩子吗？”黄永明哽咽了，他说：“时间不允许我考虑亲人、邻居之分。我女儿是他们中最大的，也是最高的，况且他们在靠近岸边的石头上，比起那4个孩子的处境来说，要安全得多。我往返4次游经我女儿和孙女身边时，每次她们都用求生的目光死死盯着我，如果不是洪水涨得那么快，我的女儿、孙女也不会被洪水卷走，不会死呀……”记者硬起心肠又问：“如果时光倒流，你会做什么选择？”黄永明说：“如果那一幕重现，也许我还要承受失去女儿和孙女的悲痛和折磨，因为谁最远，最危险，我就先救谁……”

谁最远，最危险，我就先救谁。最容易被救的亲生女儿和孙女，最后却在这场洪水中失去了生命，这位普普通通的农民，用这种大爱演绎了一场生死瞬间的感天动地，他告诉我们：人性是多么高贵！

走过窗外的阳光

17岁那年，我因生病住进了医院。

那是我第一次长时间地住在医院，医院里雪白的墙壁、刺鼻的来苏尔味和沉闷的空气压抑着我，使我更加郁郁寡欢。

和我同病房的一位病人，他有30多岁，正是年富力强、事业有成的时候，却因车祸失去了双腿。每天，他除了躺在病床上之外，就是坐在轮椅上在房间内活动。

渐渐地我发现，每到下午4点钟左右，他就把轮椅滚到病房的窗户前，静静地望着窗外，两眼放出神奇的光芒。这使我好奇：窗外有什么好看的呢？

终于，我忍不住问他。他说："你看，阳光正从我们的窗外走过。"这时的他看上去更像一个快乐的大男孩。

我向窗外看，是的，这个时候的阳光是应该照射到我们的窗子上，但由于这幢高楼，阳光只斜斜地在窗子下面的墙上照出一条光带。

我不知道他是怎样发现阳光这时正悄悄地从我们的窗户前移动

脚步的，因为，那条窄窄的光带不太容易发现。顺着他手指的方向我向下看，哦，原来，在这两幢高楼间狭窄的缝隙中，有一株爬山虎正攀沿着光滑的墙壁努力向上生长着。

他说，有一天清晨他推窗呼吸新鲜空气时，忽然发现了这株爬山虎，他想，这株绿色的生命一定是在向着阳光的地方生长。于是，在下午4点钟时，他发现阳光穿过一幢幢高楼的缝隙洒落在窗子下面，形成墙壁上一条窄窄的光带。这太阳的光，爬山虎感知到了，他也发现了。

多少年以后，那位病人的名字我早已忘记了，但他那棱角分明的脸庞却留在了我的记忆中。留在我记忆中的，同时还有那窗外的阳光和一株爬山虎。

每个人都是一棵树

那一年，他跟着一个旅行团去西部戈壁，他看到满眼的黄沙一望无际，他看到起伏的沙丘连绵不绝，他看到烈日下的沙漠里没有一丝生命的痕迹。他被这样辽阔而干旱、寂寞而荒芜大漠惊呆了。这是他第一次来到戈壁，他一直生长在遥远的南方水乡，他们那里的空气湿润，手往空中一抓就能纂出满把水来；植物茂密而旺盛，那里生长有一种树叫榕树，它盘根错节，枝干相连，一棵榕树就能独木成林。

可是，这戈壁沙漠却是这样的辽阔而荒凉，在这样干旱的漫漫黄沙里，没有一棵绿色的植物能生长。

那时，他的心也如这沙漠一样的荒凉。

从小他就生活在一个不幸的家庭里：父亲早早地去世，母亲又一直多病，连学业也没能完成，生活的重担就早早地压在了他的肩上。他曾经也有过远大的理想。可是，由于没有学历，又没有雄厚的经济基础做后盾，他热爱的发明屡屡失败，他做生意又赔得一塌糊涂。想想自己的前半生，他觉得总是和失败连在一起，在苦恼和彷徨中，他渴望自己能长成像家乡的榕树那样的一棵树，能独木成林，能高大茂盛。可是，他知道，一棵树上面的枝叶覆盖有多大，躯干长有多高，那么它的树根就延伸有多远、就扎有多深。像他这样贫瘠的土壤，他一直以为连一棵树也长不出来。

汽车在辽阔的沙海里行驶，除了沙丘还是沙丘，他的眼睛都有点疲劳了。突然，就在他昏昏欲睡的时候，他看到了一棵树，他以为是他的眼睛看花了，揉揉眼睛，不错，是一棵树，不过，又不只是一棵树，而是一片树林，一片生长在干旱沙海里的树林。

他惊呼了起来。

导游笑了，他说：那是胡杨，一种生长在沙漠里的英雄树。他要求停车，去跟前看看那片胡杨林。踉踉跄跄地，他走近了。这是怎样的一种树啊！一种树上竟只长出了三种叶子，树枝上长了许多长毛，而它的叶子又细如柳叶，就这样寂寞地扎根在沙漠深处。

他不禁震撼了，竟然还有能够生长在这样荒凉又干旱地方的树！

导游告诉他，胡杨虽能生长在这极其干旱的荒凉处，但在骨子里却充满了对水的渴望，为适应干旱的环境，它做了许多改变。胡杨的生命力极强，活着三千年不死；死后，三千年不倒；倒下，三千年不枯。

他用手轻抚一棵胡杨，看着胡杨树屹立在阳光下，他突然想，其实人活着，谁没有对着美好的土壤向往过？但是，出身和机遇却不会公平地分配到每一个人身上，每个人都是一棵树呀，虽然他没有家乡榕树生长那样的土壤，但最起码他是应该能长成一棵胡杨呀！

可是，许多人其实远远没走到胡杨这样干旱恶劣的环境，却为什么连一棵胡杨树都长不成呢？坐在车上，他不禁陷入沉思。

命运是一架纸钢琴

有一个小男孩，出生在德国一个叫法兰克福的城市。很不幸的是，这个小男孩出生在一个贫困的家庭里。在他周围居住的邻居不是穷苦的泥瓦匠就是纺织厂的车间工人，而他家的生活也总是捉襟见肘，似乎从来都没有宽裕过。更意外的是，这个小男孩竟然迷上了音乐。音乐，那是富贵而高雅家庭的孩子才能爱好得起的呀，像他一个穷人家的孩子，每天为了能吃饱饭都得绞尽脑汁，仅仅是那一架昂贵的钢琴，都让他的爱好和梦想望而却步了。

但是，小男孩像疯了一样痴迷地爱上了音乐。父母无奈地叹气，邻居嘲讽和不屑，这一切，都没有能阻挡住小男孩追求音乐的脚步。他不相信命运，他还不相信因为贫穷买不起钢琴，他的音乐梦就会为之破灭。男孩自己动手，用纸板制作了一个模拟的黑白键盘，他在那个纸板画上黑白键盘，练习贝多芬的《命运交响曲》。男孩是那样的勤奋，虽然在这样的黑白键盘上，他听不到钢琴发出的美妙声音，但在男孩的心中，贝多芬的《命运交响曲》如同洪钟大吕，时时刻刻都在撞击着他的心灵，从而激励着他。

在纸板做的“黑白键盘”上，勤奋练习的男孩十指被磨破了，殷红的鲜血渗透了纸键盘他也全然不顾，渐渐地，周围对男孩的嘲讽少了起来，邻居们不由得对这个男孩肃然起敬，因为，男孩竟然开始自己作曲，而他做的曲子，也有人愿意出钱买。能自己挣钱的男孩开始让邻居们刮目相看。后来，男孩竟然真的买回了一架钢琴，那是他用作曲换回的稿费买的。但那个钢琴实在是太破旧了，男孩称它为“老爷”钢琴，它常常“罢工”，莫名其妙地或是发不出声响，或发出的声音刺耳跑调。男孩不得不自己修理、调音。虽然是这样一架“老爷”钢琴，但也让男孩如虎添翼。他沉醉在自己的音乐世界里，作曲时常常走火入魔。有一次，母亲让他蒸饭，他竟然蒸成了红烧大米；还有一次他煮面条，边煮边用粉笔在地板上写曲子，结果使面条煮成了一锅面汤；即使在梦中醒来他突然来了灵感，就是打着手电筒也要把曲子记录下来。

男孩的这些举动让许多人都说他是“音乐笨蛋”，但是，就是这样的“音乐笨蛋”，年纪轻轻就开始在德国乃至世界的乐坛上腾飞。他一直飞到了美国洛杉矶，成为好莱坞电影的音乐创作人员，在第67届奥斯卡颁奖大会上，以闻名于世的动画片《狮子王》荣获了最佳音乐奖。

他就是汉斯·齐默尔，一位自学成才的音乐大师，曾经依靠自己用纸板做的钢琴练习音乐，终于练出了一项属于自己的桂冠。原来，追求理想并不是从起点的高低、贫富贵贱开始的，我们每一个人，只要有自己真正的爱好和梦想，即使把命运交给一张纸做的黑白琴键，也会像齐默尔那样，弹响《命运交响曲》啊！

命运的座次

三年前的那个秋天，我们市里很著名的食品企业集团打出了招聘公关经理的广告，而且开出了很诱人的年薪。一时间，自以为有公关才能的应聘者踏破了那家企业的大门。看到招聘广告，我很快就报了名，那时，我觉得那个座位非我莫属，因为，我的一位好朋友现在已经进入了那家企业的领导层，通过他我了解到，这次报名者虽然不少，但一是应届毕业没有经验的大学生多，二是一些鱼目混珠碰侥幸的人多，像我这样有一定经验、在圈内有一定小知名度、有学历岁数又不大不小正合适的人选并不多。

果然，通过笔试后，很快通知包括我在内的一少部分人进行面试。我知道决定命运的时候到了。就在这时，我的那位好朋友悄悄告诉我，虽然我的笔试成绩不错，但还不是最好的，有几位刚毕业的大学生，不但分数不错，而且还有各种证书和参加社会实践的材料，看样子实力也不容小觑。

朋友的话使踌躇满志的我开始有了顾虑。我对自己充满了自信，现在看来，事情还不是我想象的那样简单，我还是要多考虑考虑，凡事要做到万无一失。

面试那天，由于我离那家食品企业集团住得比较近，我早早地来到了那家公司。面试是在一个小型会议室进行的，那个小会议室的外边是一个走廊，那天为了方便赶来的面试者，那家公司特意在走廊里摆放了一排长椅。我到来之后就坐在挨着小会议室的第一名位置，所有面试者陆续赶来之后，就挨个坐了下来，看起来个个都是修养不凡，都静静地坐着等待面试的开始。

就在面试开始前的十几分钟，我那个朋友突然发来短信，悄悄给我通风报信，说：我隔着窗户看见你了，坐在第一个位置，刚才我们老总说了，一会面试不再抽签排号了，就按你们外边座位的顺序进行，至于一会儿要问什么，我也不知道，你赶快准备准备吧。我突然紧张起来，我准备好了吗？果真，老板派人出来说：一会就按座次进去面试。我紧张地思考了一下，装着抱歉地对我后边的那位说：我去一下厕所，马上就回来。谁知我后边的那位看出了我的心思，拉住我说，马上就叫你进去了，你一走我不成第一了。就在我俩争执中，后边过来一位男孩对我说：你俩别争了，我坐你的位置，第一个进去，你去坐我后边的座位吧。我看他很青春很稚嫩的样子，心里很高兴，想：也许是个刚毕业出来磨炼的学生吧。

面试很快进行了，我注意到第一个进去的那个男孩过了很长时间才出来，我还想看看每一个走出来的面试者面部表情是喜和忧？但根本就看不出什么来，也发现不了蛛丝马迹。终于轮到我了，不知为什么，经过了这么长时间的准备，我却越发感到忐忑不安，进去会问些什么呢？我那个好朋友在里面再也没有给我透漏出一点信息来。

原以为老板会提一些高深刁钻的问题，但想不到只是很简单地提问了几个问题，就示意我可以出去了。我心里感到空落落的，我看到我那位朋友和集团的另外几名领导坐在两旁，但看起来只是作为陪衬都没有提问。

很快结果就出来了，一直充满希望的我这时才知道，被录用的就是第一个进去的那个男孩。我的朋友一见到我就说：都是我害了你。朋友告诉我，他已经向老板推荐了我，本来，老板对我也有一定的印象，面试那天我坐在第一名的位置他也注意到我了，可面试快开始时，他从里面看到了我的退却，而那位初生牛犊不怕虎的男孩却被老板看到了。老板说：他们这次招的本来就是公关经理，在这个竞争异常激烈的社会里，这样的退缩，将来还怎样适应残酷的商业竞争？更不用说让他带领一个部门冲锋陷阵了。一个人的经验不足可以慢慢学，而退却、观望和优柔寡断却不是一个优秀人才所应有的。

我不禁目瞪口呆。这次招聘这样的费尽心机，最后却让机遇从身边白白流失了。

然而，这，又能怪得了谁呢？

人生总有奇迹与你相遇

1997年3月，春雪消融，香港即将回归的新闻和广告铺天盖地，整个中国大地热闹非凡又喜气洋洋。我先坐火车，然后坐中巴车，最后坐的是一辆农用三轮车，来到秦岭深山的大巴山区去采访。

路越走越险，人越来越少，四周也越来越荒凉。大巴山的初春寒风刺骨，刚参加工作时间不长的我因为是第一次进入大山，看什么都是新奇，内心充满了兴奋。

直到我见到了黄春草，一个13岁的女孩。

13岁的黄春草由于营养不良，看上去比实际年龄要小得多。她头发枯黄，面呈菜青色，真的像一株生长在贫瘠土壤中的野草，在寒风中瑟瑟发抖。她的班主任老师告诉我说：大记者同志，我们这所学校的学生快走完了，马上就要关门了，但黄春草没学上太可惜了，这个孩子学习最刻苦，上不成学我怕她会疯掉的。

黄春草刚上初中一年级，她胆怯地站在我面前，始终低着头不敢看我的眼睛，只是使劲地把自己的脚趾头往鞋里面缩。我看到，她穿的是一双阔口手工布鞋，每只脚的大拇指和小拇指都把鞋面顶了个破洞，脚趾头露在外面。

我问一句，她答一句，采访经常冷场。

这个13岁还从没有走出过大山的女孩，她根本不知道外面的世界究竟是怎样的繁华，也不知道为迎接香港回归，我们改革开放的总设计师面带笑容的巨幅照片，已经挂在每个城市最醒目的地方。她没见过火车，没见过铁塔，没见过一层一层盘旋的桥梁，也没见过有着高楼大厦的城市夜晚是怎样的一种灯火辉煌。

这里，时光仿佛停滞。

破旧的校舍四处透风，破烂的课桌有的已经支离破碎，稀稀拉拉的几个学生，就像散养的牛羊一样懒散地坐在教室里。这里唯一与外面繁华世界相联系的是一面五星红旗，绑在一根栗木杆上迎风飘扬。

从黄春草和她班主任断断续续的讲述中我才知道：因为贫穷，这里的男人大都靠在外面的小煤窑里挖煤为生，因为事故不断，每年村里添得最多的是年轻人的新坟，村里的女孩大都小学没毕业，最小的十五六岁就出嫁了。黄春草的家离学校有七八公里远，本来小学毕业后她父母就不让她上学了，他们计划让她帮家里干上两三年农活，就给她找个人家嫁出去算了。

她为此绝食了两天。

父母没有办法，才把她送到这所中学。四处透风的校舍都没钱维修，更没有学生宿舍和食堂。父母不太支持她上学，每天早上四点多钟，黄春草就起床自己做饭，匆匆吃一口半生不熟的饭，她踏上了上学的路。

这时，山里的凌晨，仍是漆黑一片。

黄春草举起一个火把，深一脚浅一脚，走在崎岖的山路上，觉得害怕她就背诵课文，有时还会泪流满面地大声唱歌。中午，她吃一口自己带的干粮，喝一口凉水。晚上，她再举着火把赶夜路回家。

黄春草的班主任说：几乎每个月，都有辍学的学生，学校里的孩子越来越少，这个学校很快就空了。黄春草也上不成学了，这孩子是真爱学习呀，你一定要帮帮她。

黄春草怯怯地说：叔叔，我不想嫁人，我想读书！

我的眼睛也湿润了。摸摸口袋，里面只有100多元，那是我回去的路费。我自私而又吝啬地缩回了手。那时候我也看不到未来，租住在城市郊区的一间民房里，夜晚赶着写稿的时候趴在一块木板上，为不知何时才能有一间属于自己城市里的“鸽子笼”而发愁。

关于“黄春草求学之路”的那篇报道发出之后，生活的艰辛和忙碌，很快我把她忘记了。直到半年后，我收到了黄春草的来信，信中，她说：谢谢你，叔叔，我不会失学了，现在我到乡里边的中学读书了。

原来，是一位好心人看到我的报道，资助了黄春草，并且承诺，一直资助她考上大学。再后来，我断断续续地知道，黄春草考上了大学，依靠自己打工赚取学费。

2017年的春节，我收到黄春草给我发来的邮件，邮件里有她一张照片，她站在美国马萨诸塞州剑桥市的麻省理工学院大门前，面色红润，鼻梁上架着一副小巧玲珑的眼镜，带着自信的微笑仰望着湛蓝色的天空。

黄春草读完博士，留在美国工作。信中，黄春草说：一晃二十年了，回想她艰难的读书之路，每一段的路程既充满了艰辛，又充满了温馨。她不敢想象，如果当初她不举着火把去读书，如果不遇到我，不遇到资助她读书的好心人，她现在会在哪里？在她最艰难的时候，总是有奇迹与她相遇，总是有好心人给她帮助，她要谢谢她人生路上遇到的每一个好心人。

我在回复她的邮件中写道：坚强的女孩，你不必谢我，要谢，首先应该谢你自己，如果你没有创造人生的奇迹，人生的奇迹怎会与你相遇？

我想起20年前，一个女孩，举着火把，走在黑暗寂静的山路上，流着眼泪唱着歌。如果，她没有坚持举着火把去上学，她现在会在哪里呢？

谁能告诉我答案？

有梦想的人生

如果你只有初中学历，你敢做这样的梦吗：有一天坐在电视台的演播大厅，成为中央电视台的节目主持人吗？是的，对许多人来说，这个梦想的高度遥不可及，甚至是异想天开。

但是，有一个人却做到了。

那一年，这个贫穷的山村孩子，怀揣着梦想来到城市里找工作，根本没有多少选择的余地，因为他的最高学历只是一张初中毕业证。工作找了很久，才终于在一家保安公司找到了一份差事，虽然，他会朗诵诗歌，虽然，在南方那个城市他还会说一口普通话，但保安公司看中的是他的充沛精力。

白天看大门夜间巡逻，他这个小保安的生活每天被公司安排得满满的。上一个班下来，同事们不是躺在床上倒头大睡，就是出去逛街进录像厅消磨无聊的时间，而他却用每月几百元的工资买来大量有关主持艺术的书籍，或者抱着个《新华字典》把上面的生僻字连同拼音一块抄到一张又一张小卡片上，他把这些小卡片放进衣兜里，一有时间，他就一个字一个字地练习。别人看电视都是喜欢看电视连续剧，只有他喜欢看《新闻联播》，守在电视机旁的他仔细揣摩《新闻联播》主持人的一言一行。他所有的努力，都因为他有一个梦想：有朝一日，他要成为一个电视节目主持人，进入中央电视台的演播大厅去主持节目！

他的这些努力在那个环境下换来的只是嘲笑，人们说他是井底之蛙，就凭他，一个小小的初中毕业生，还想到电视台当节目主持人，这有可能吗？

是呀，这会成为可能吗？梦想是美好的，但现实是残酷的。他知道别人有一千个理由不相信这会成为现实，他这个梦想，对一个只有初中学历的小保安来讲，是一座高不可攀的山。虽然面对嘲笑他也有过困惑，但是，他相信，只要朝着理想不断努力，机会才有可能降临到自己头上。他不懈的努力使他的普通话练得炉火纯青，就连那些经常嘲笑他的同事们也不得不纷纷竖起大拇指称赞他的普通话说得标准，说得顺溜，说得就像是电视台播音员一样。

命运给他的机遇降临了，一家气象台面向社会招聘一名临时气象播报员，虽然气象播报员只有短短三分钟的出镜时间，而且还只是一个每月只拿200元劳务费的临时工，但他还是决定一试。他递上自己的简历，气象台主管人事的主管草草一看，便面无表情地丢还给他说："你看清没有，我们招聘对象的首要条件就是要具备本科以上学历。"

他心里难过极了，他知道，别人有理由拒绝仅有初中学历的他。

但是，这是他梦寐以求的一个机会，他必须抓住它。他说："我虽然没有上过大学，但我练习了很长时间的主持艺术，恳请您给我一个机会。"主管人事的领导听他的确吐字清晰准确，又经不住他苦苦请求，最终同意他试一试。经过考核，他的综合素质竟是所有应聘者中最好的一个，他应聘成功了。

临时气象播报员只是他当电视节目主持人的一个敲门砖，他知道，要想成为一个优秀的电视节目主持人，必须全面地掌握播音主持的知识。为此，仅有初中学历的他，一边当好保安，一边抽时间做好气象临时播报员，一边自学报名参加了北京广播学院的自学考试。

就在他每天像陀螺一样忙碌而充实地转着的时候，保安公司解聘了他，做临时气象播报员每月200元的劳务费根本解决不了生存问题。为了谋生，他不得不放弃自学考试，和同学一起开了个服装店。由于他和同学的精心打理，服装店的生意红红火火，但是，每天数着挣得大把钞票，巨大的失落感却使他的内心十分痛苦。他知道，这是因为，梦想从没有被遗忘，它强烈地刺激着他的内心，告诉他不能放弃。

为了梦想，他毅然放弃了服装店正红火的生意，插班进了一所学校的高三。这时，离高考仅有4个月的时间了，从早上5点到凌晨1点，所有的时间都被他充分利用起来，他要为梦想搏一搏。但他毕竟只有初中学历，4个月时间让他学完整整3年的高中课程，这简直有点天方夜谭。

1996年2月，他拿到了北京广播学院播音系的录取通知书。现在，如果你早上7点打开电视，在电视台的某个节目中，你会看到他健康、清新、亲和的主持风格。可是，又有谁知道，他曾经只是一名只有初中学历的保安。如果不是梦想，现在的赵普有可能还是一名保安，或者是一名常常奔波在汉正街上与人讨价还价的商贩。一个人在追求成功的方向越是执着，埋藏在心底的梦想就越深。

这一秒不失望，下一秒就有希望；前一台阶踩牢，后一台阶才会再踩在脚下。因为你的人生有梦想，追求的方向就不会迷茫。

人生不艰难

父亲离开我们已经将近7年了，夜深人静无眠的时候我常常会想起父亲：父亲，您现在会在哪里呢？如果真的有天堂的话，我认为勤劳一生而又善良的父亲现在应该住在天堂里。我想，天堂应该是个大花园，里面鸟语花香，自由自在，人们悠闲地喝着茶，听着轻松的音乐，生活没有苦难也没有忧虑。

父亲是个农民，他侍弄了一辈子庄稼。侍弄庄稼是件繁重的体力活，小时候我最怕的就是小麦丰收的季节，因为，每年这个季节，父亲都要“脱一层皮”。

金黄的小麦快要成熟的时候，劳累一天的父亲就要在晚上开始抽空磨镰刀了。我曾经读过一首诗，是这样充满理想地描写麦收季节：雪白的月光像银子一样洒满大地/农人们磨镰刀的声音沙沙作响/他们舒展轻盈的身体/然后/让锋利的镰刀亲吻金色的麦子。

我想，这个诗人一定没有体验过麦收的艰辛，他笔下的理想与现实相差千万里。从小生活在农村的我，每当站在满眼起伏着金黄色的麦浪前时，内心都充满了恐惧：这些麦子需要父亲一下一下地挥舞镰刀把它们放倒在地，然后，捆扎，再运到打麦场，用石磙一遍遍碾压，扬去糠皮，沉下麦粒，收归粮仓。

这中间的艰辛难以言表。

记得第一次跟随父亲去割麦时我已经8岁了，8岁的我非常贪玩，不爱学习也不知道珍惜粮食，母亲也拿我没办法。父亲对母亲说：儿子该学学干农活了，跟我一起下地去割麦吧。虽然非常不情愿，但是，在父亲威严的目光下，我只好拿起父亲为我磨好的一把小镰刀去了田地。

麦田一望无际，我不由埋怨道：这么多麦子，什么时候才能收割完？父亲淡淡地说：一镰刀接着一镰刀地割，总有收完的一天。然后，父亲弯下腰，一把抓起麦子，镰刀往怀中一拉，一大片麦子就倒下了。我跟在父亲身旁，割一把麦子，直起腰抬头看一眼麦田的尽头，愈看，愈是发愁。而父亲，总是头也不抬一下，一会，父亲弯腰的背影就隐约不见了，田野里只听到父亲割麦子“沙沙”的声音。很快，我就感到腰酸腿疼，心想，这么多麦子，如果把它们都收割完，还不把我累死？割麦的过程真是度日如年，太阳越来越毒辣，晒得我皮肤发红，汗水流进我的眼里让我睁不开眼睛，像针尖一样的麦芒，也把我裸露的胳膊和小腿扎得布满红点。我不由一屁股坐在麦秸秆上，小小的我从那时已经开始体验到人生充满了艰难。

父亲很快割完了一垄麦子，他身上的褂子早被汗水浸透了，粗糙的皮肤被晒成了黑黝黝的颜色。我坐在麦秸秆上不由得愁楚地问父亲：这么多麦子，咱永远也割不完了？父亲看我脏兮兮的小脸，叹口气说：孩子，你割一把麦子再直起腰抬头看一眼麦田，这样你自己都吓倒。

是的，我已经把自己吓倒了，被刚刚体验到的繁重体力劳动、被刚刚感受到的人生艰难吓倒了。

经过那个夏天，我好像忽然长大了许多，知道爱惜粮食了，也知道主动学习。后来，我从乡村走到了城市，举目无亲，无依无靠，我感到城市的生活比乡村还要艰难，但是，我知道，无论生活是怎样的艰难，我只有咬紧牙关，依靠自己。

但不如意的事仍然常常发生。父亲病倒的时候，我的工作也恰巧陷入了困境，一个所谓“朋友”，经历很多事情后才看清楚他是一个小人，他像一个阴魂不散的小鬼缠着我，假冒别人的名义，屡屡给我设下陷阱。我的心情糟糕到了极点，人性的险恶，生活的困境，再加上病倒在床上的父亲，我感到人生实在是太艰难了。

虽然我强装笑颜，但躺在病床上的父亲一定看到了我的不如意。一天，我拖着沉重的步伐来到父亲的病房，眼里噙着忘记拭去的泪水。父亲用他干枯而粗糙的手拉起我的手，忽然问我：儿子，你还记得小时候跟我下地割麦的事吗？

我点点头，童年和少年时的艰辛我怎会忘记？父亲接着说：那么多麦子，你认为永远也收割不完了，但每次不都被我割倒在脚下？长在田地里的麦子虽然很多，只要你不去看它们而是埋头收割，总有把它们割完的时候。

我又想起了小时候跟着父亲一起收割小麦时的情景：父亲弯下腰，被镰刀割下的小麦不停地倒下，那时的父亲强健有力，现在，身患癌症的父亲枯如干柴。父亲又说：只要不停下来去看那些一望无际的小麦，我就不会被它们吓倒，人生就没有过不去的坎，人生也就不艰难。

如今父亲离开我们已经将近7年了，现在，我也已经步入了不惑之年，每次面对困难的时候，我都想起被沉重生活压弯了腰的父亲，被病魔折磨成骨瘦如柴的父亲和他告诫我的话：孩子，不要被小麦吓倒了，人生不艰难。

父亲啊，你是我一生都怀念的财富！

人生的对手

记者采访一位企业家：如果朋友和对手同时落水中，你先救哪个？

企业家说：我先救对手。

说出这个语惊四座的决定后他又说：人生路上有朋友相伴固然快乐，但没有对手的生命肯定会黯淡无光。

甚至传说远古时代的恐龙就是因为庞大无敌，最后才郁郁而终，从这个地球上消失了。

对手是一个影子。

这个影子紧紧地尾随在我们身后，或者它就在我们面前，仿佛伸手可及却又触摸不到，只有暗暗地较劲。

对手是一个目标。

人生的追求就是一个又一个的目标。今天，我们实现了这一目标，但下一个目标又在前面；如果我们停滞不前，那么目标就会消失，对手也就看不见了。只有不断地追求新的境界，我们才会在不断地充实和完善自我的过程中，让生命放出光彩。

对手也是一种朋友。

这种朋友可以是彼此心慕已久，却又彼此互不相让、互不服气，你追我赶，不敢有片刻的停留。相遇的时候，又都暗暗打量对方，两双手握在一起，有力而友善。这种朋友，也可以是敌人，彼此都不能容忍对方，但又对对方无可奈何。于是可以明争也可以暗斗，只要有一方明显弱于对手，就有可能被对方击败吞没。所以，你必须向前，他会使你时时刻刻处于一种警惕而昂扬的精神状态中。

对手是剑，他有可能给你带来创伤，但这种创伤也许会在你苍白的记忆中增添一种色彩，使你寂寞的生活因此而辉煌。

在人生路上，有朋友相伴固然重要，但有对手的存在，也许是人生的另一道风景线。

有的时候我们太懒惰，有的时候我们得过且过，有的时候我们自以为看破红尘。

所以在人生的道路上，我们需要对手。拥有对手的日子里我们会充满自信；拥有对手的生命里，前进的脚步才不会停息。

人生不必匆忙过

一位朋友骑摩托车在十字路口与另一位摩托车手相撞共同住进了医院，我去医院看他时，他头上扎着绷带，手臂上打着石膏。原来，在十字路口的红绿灯下，他两眼只顾着盯着左边那个方向的绿灯，当那边的黄灯亮起的瞬间，他立刻发动摩托车急躁地向前冲去，恰巧与另一个方向想趁着红灯亮起之前冲过去的摩托车在十字路口的正中心相撞。

我问他，那天那么急着赶路一定是有要紧的事了。他苦笑说：能有啥急事，你还不知我这急性子，有事没事都这样慌慌张张。

我哑然。现在人的生活节奏真的是加快了吗？我的许多朋友见了面都急急忙忙、紧张兮兮地抱怨叹气说：你不知道，整天那个忙劲让人喘不过气来，好像个个都是厂长、经理、主持一方平安的"父母官"，日理万机有一大堆事等待他去处理。于是，上班下班，风风火火地把自行车骑得飞快像百米冲刺；赶公共汽车，车还未停稳便一窝蜂似的都削尖了脑袋往上挤；听说传销能挣大钱，不管是非三七二十一就急急忙忙交上钱找亲戚朋友发展下线，渴望一夜之间就能发大财。

我的父亲是个农民，小时候我跟着他下地干活掰玉米棒子，我掰到地头儿，而父亲仍在地当中，父亲说：我是掰你疏漏下来的玉米棒子，你手头儿可以快，心里可不要急。原来，我掰过去的玉米棒子地上有许多仍在玉米秆上长着哩。

父亲没读过几天书，他说出我“心里不要急”其实是告诉我一个最朴素的哲理：“欲速则不达。”

急着功成名就；急着什么都能拥有；着急“透支”一切赶快走到尽头。可是，步子迈得盲从、草率，心里的欲望被填得太满，做人的章法也就会大乱。急着达到最终的目标，却失去了过程中获得的快乐，活得怎么不粗糙、流俗呢？

循序渐进的学子成了渊博的学者；蒲团上默默静坐的老僧修得正果。他们都不急，却活出了人生，活出了境界。

人生如戏

在我们每个人的童年和少年时期，谁没有过当一代天骄或各路风云人物的梦想呢？然而，一旦走上工作岗位，一切梦幻都化为了现实。哥哥上学的时候，把参军做一名军官当成了他一生的夙愿，但最终，他却成了一名商人。哥哥原本不是经商的料，性格豪爽，大大咧咧，但现在他做事却周全细致，精于算计，一开口说话先露出三分的笑，哥哥已经完全接受了现实的一切。他说，你一旦坐上某个位置，就必须演好这个角色。我们常感慨说人生如戏。所谓人生如戏，并非说游戏人生，而是说人生是各大舞台，生旦净末丑，行行各有其分，我们都要扮演好自己适任的角色。

日本广告业奇才松山登志说过，我不快乐，但别人要求我快乐；我不美丽，但别人要求我美丽；我不富有，但别人要求我富有。坐在那个广告业的头把交椅上，松山登志不得不“快乐”“美丽”“富有”，他也因此而脱胎换骨，在自己的领域独放异彩。因为，他适应了这个职业，适应了这个舞台角色。要知道，天下是没有主动适应你的好事在等待着你的，只有我们努力去适应这个世界、这个社会，然后超越适应，达到卓越。

可是，从古至今，又有几个人了解“人生如戏”的道理呢？许多人不知道，一出戏要演得出色，靠的是各行当角色都称职，搭配得无懈可击，然后，各种品位的场面才能迫切地一一展开。无论哪一种角色都有出场的机会，一旦到了演出时，就是你发挥才学的时刻。可是，我们中有许多人常常是不自量力，或争先恐后地要为生为旦，或是想要跨行兼容地要生旦净丑一起包。可结果呢，弄得文不文，武不武，冷不冷，热不热，把人生的舞台弄得一团糟。

我有一个叫大阳的好友，他在一家事业单位干了多年，至今仍是干跑腿提茶的差事。在人生的舞台上，可算是一个不入流的“杂角”，大阳也并非没有才能的人，这让我们几位朋友都为他抱屈，说就是没功劳也有苦劳，怎么那么多机遇都让别人挤走了？大阳听了说，既然担了这个“杂角”，那就本本分分地跑龙套吧，何况，大场面上大帅的威严，也是靠我们显出来的。

最好的人生态度就是务实，就是实实在在地演好自己的人生角色，生旦可以让你尽显风流，净丑也不差，只要你有恢宏的气魄来展开人生，只要你有情调幽默地享受人生，也都可以使你的人生舞台显得多姿多彩。

把握自己的角色，珍爱自己的角色，承担责任，钟情一生。人生如戏，粉墨登场；鸣锣开道。

自己的梦想

1898年的某一天，有一个在街头流浪乞讨的小男孩闲逛到他曾经的母校。当时，许多他曾经的同学们都在学校的大礼堂里排练节目。小男孩好奇地往大礼堂里探了探脑袋，谁知他这一探头刚好被正在组织排练的老师发现了。老师不由分说就把这个小男孩拽到了排练现场，原来，恰巧有一个参加排练的同学因为生病没有来，老师以为这个探头探脑已经辍学了的小男孩就是那个因病不能来的学生。

小男孩曾经是这个班集体中的一员，在他很小的时候，他的父亲就去世了，而他的可怜母亲，因为承受不了生活的重担和心中丧失丈夫的阴影，不久精神失常了。可怜的小男孩被另外一个平民家庭收养了，但是，养母并不喜欢他。他又瘦又小，极度敏感，苦难的经历让他的心理变得极为脆弱，养母不喜欢他，周围的人也没有人喜欢他，甚至连话都没有人愿意和他说，就这样，小男孩患上了严重的自闭症。养母并不愿意花钱让这个小男孩上学，辍学后的小男孩没有人与他交流，但内心里，他仍然渴望走到所有人的面前去。

小男孩的手被老师紧紧地牵着走上了彩排的舞台，他太紧张了，在上舞台的时候，他差点摔倒在台阶上。很快，正式的表演开始了，那是一次合唱演出，矮小的小男孩站在合唱队伍的最后一排，台下，欢呼声不断；台上，小男孩吓得浑身发软，嗓子眼里好像被塞上了一团棉花，他只听见别人在齐声歌唱，唯独听不到自己的声音。

这个被糊里糊涂拉上舞台的小男孩叫卓别林，那一年，他9岁，那次演出是他人生中第一次登台。演出结束后好久，卓别林仍然没有从演出中回到现实来，长这么大，这是他第一次拥有激动的感觉，同时找到人生意义。从那以后，卓别林有了自己的人生梦想，他白天流浪乞讨，晚上躲在草棚里常常回忆起那天演出时的情景。过早的苦难经历，让卓别林尝尽了生活的酸甜苦辣。但是，不管生活是怎样的艰辛，那天舞台上的经历和上舞台的梦想，再也不能从他苦难的生活中磨灭掉了。卓别林根据自己辛酸的流浪经历，自创了一套节目，寒冷的伦敦夜晚，卓别林就依靠他自编自演的节目，打发漫漫长夜。

一天，一个马戏团来伦敦演出，卓别林找到团长毛遂自荐，当着团长的面，他将一个流浪儿童的辛酸以喜剧形式演得活灵活现，但又使人笑后感到泪水的苦涩。团长当即拍板留用了卓别林。从此，他随着剧团跑过英国的角角落落，后来，他又去了美国，并在影片《威尼斯赛车记》中创造出一个悲剧小人物“夏尔洛”的角色。从此，这个有着特别装束的流浪汉形象风行了世界70年，而且历久不衰。

人这一生，每个人总会有一个潜在的梦想属于他自己，当卓别林被稀里糊涂地被拉上舞台时，他的梦想被激活了。卓别林在他的日记扉页写道：拥有一个自己的梦想，再勇敢地迈出自己的脚步，也许，成功就在你面前等着。

梦想的深度

在他上小学三年级的那一年，他让父亲突然感到了他的变化。他让父亲最初感到疑惑的是，性格内向的他，怎么就突然变得好交朋友起来。家中经常有他呼朋唤友叫来的小伙伴，有的父亲是认识的，他们是周围邻居们的孩子，父亲经常能见到；有的，家不在这一块住，他相信父亲从来都没有见过。父亲一定不知道他怎么会有这么多的朋友，那个时候，他的父亲担任一所中学的校长，工作上的事情太忙了，父亲根本无暇顾及他的事情，父亲只是以为是一群小孩子在一起闹着玩的，而爱玩是小孩子的天性，所以，每次回家见到那么多和他年龄相近的孩子，把家中弄得乱糟糟的，父亲总是很礼貌地和他们打个招呼，并不去责怪他们。

有一天，父亲回家很晚，他还没有睡，在等父亲回来。父亲在洗漱完准备休息时，看到他站在身边欲言又止的样子，父亲知道儿子这么晚还没睡。于是，父亲问：你有什么事情？父亲对自己的工作一向是严肃的，对自己的学生也一向是严肃的，不知不觉，父亲把这种严肃也带回了家，儿子有点儿怕父亲。

他这才开口说：爸爸，我们明天要演出一个话剧，都想请你来参加。

他看到父亲笑了，是不易察觉的那种笑。父亲不但是校长，也是很有名的教育专家，请他看演出，在他们的眼中是有一定分量的。他紧张地等待着父亲的答复，眼神中充满了期盼。父亲看破了他的“小诡计”，说：你们这么小，都知道请“名人”来捧场了。父亲想了想，然后肯定地对他说：好吧，爸爸一定去。

第二天，父亲准时到了他指定的演出现场，看到了他的全部演出人马，都是他经常带到家的那群小伙伴。他看到父亲恍然大悟的眼神，偷偷地笑了，他想，他就是想给父亲一个惊喜：他们把家中弄得乱糟糟的，不是在胡闹，而是在排练话剧。

他是这幕话剧的导演，在剧中，他还反串了一个女生。演出的过程中他们获得了一阵阵掌声，给他们鼓掌的都是他们请来的家长，他暗自得意。演出结束后，他和小伙伴们把父亲围在了中间，都想听听父亲提的意见。

父亲清了清嗓子，说：应该说，这幕话剧的演出是成功的，不过话剧的内容还有点幼稚，不知道谁是编剧？他正想告诉父亲，一个急不可待的小伙伴已经说出了答案。

他就是这幕话剧的编剧和导演。

父亲有点不相信地看着他，他骄傲地仰起下巴，等待着父亲对他的赞扬。可是，父亲却淡淡地说：“不错，不过，戏演得再好，也不如把书读好。”父亲的话犹如给他当头泼了一盆冷水，父亲是著名中学的校长，和很多人一样，崇尚的是传统的教育和成才方式，他这些天赋在那个万般皆下品、唯有读书高的年代根本不值一提。

果然，因为喜欢电影，连续两年他都高考落榜了，青春期学业上的不顺遂，无法满足父亲的愿望，使他与父亲格格不入，没有人知道，他的青春充满了苍白和失意。直到他考上艺专影剧科，他才发现，原来人生可以不是千篇一律地读书与升学。他在舞台上找到了真正的自己，学芭蕾、写小说、练声乐，甚至是画素描，各方尝试后在电影领域里渐放光芒。

今天，那个青春期曾充满苍白失意的男孩，如今在影坛上经常成为全世界都在追逐的人，和他大器晚成的一生，是人们津津乐道的励志故事。人们在谈论他的成功时，又有谁会想到，其实，在他上小学时，就已经为自己种下了“我要当导演”的梦想。

梦想是有深度的，往往你梦想的深度，会决定你成功的高度。

请尊重你的梦想

他的父亲是一所著名中学的校长，一向以严谨治学而闻名，父亲希望他学习成绩能出类拔萃，这样不但给他的脸上带来光彩，而且长大后儿子也会有一个美好的前程。可是，偏偏他的书却读不好，原因是他喜欢胡思乱想，读书不专心。父亲所在学校里有的是名师，但是，无论名师们对他的补习是怎样的努力，他的成绩还是不见起色。

第一年考大学，他落榜了。第二年考大学，因为数学成绩差而拖了后腿，他又落榜了。父亲对他失望透顶，在家中，他的生活犹如世界末日，自尊心也受到极大的打击。终于，饱受痛苦折磨的他告诉父亲："其他科目都不喜欢，我想当导演！"他不顾父亲的反对，报考了美国伊利诺伊大学的戏剧电影系。他的决定被父亲认为是十分的叛逆，父亲坚决反对。父亲的反对有充足的理由，因为在美国百老汇，每年只有200多个角色，但却有50000多人要一起争夺这少得可怜的角色，父亲认为他这样固执未来的出路几乎是死路一条。但他一意孤行，决意登上了去美国的班机，父亲和他的关系从此恶化，此后，近20年间和他说话不超过100句。

在电影学院，他学芭蕾、写小说、练声乐，甚至是画素描。他发现，原来人生不是千篇一律的读书与升学，他在舞台上找到了自己，灵魂获得第一次解放。

但是，在电影学院毕业后，严酷的现实立刻摆放到他的面前。在美国电影界，一个没有任何背景的华人想混出点名堂，几乎没有任何机会。他这个电影学院的毕业生，大多时候仅能在剧组帮人看看器材，做点剪辑助理一类的杂事。他拿着自己的剧本一家接一家公司跑，但是，面对的只有白眼和拒绝。转眼，他已经30岁了，可是他连自己都没法养活，这时他终于明白了父亲的苦心所在。

仅依靠在一家小研究室做药物研究员的妻子那微薄的薪水，生活一次又一次地陷入危机，而他，所能做的就是每天在家里读书、看电影、写剧本，同时，包揽了所有家务，负责买菜做饭带孩子，将家里收拾得干干净净。善良的岳母看到他们家的生活是那么的艰辛，给了女儿一笔钱，让他们拿去开个中餐馆，也好养家糊口。但好强的妻子拒绝了，把钱还给了老人家。他知道了这件事后，辗转反侧想了好几个晚上，终于动摇了心里的梦想：也许这辈子电影梦都离自己太远了，还是面对现实吧！

他去了社区大学，看了半天，最后心酸地报了一门电脑课。在那个生活压倒一切的年代里，似乎只有电脑可以在最短时间内让他有一技之长了。那几天他一直萎靡不振，妻子很快就发现了他的反常，细心的她发现了他袋里的课程表。那晚，他发现妻子流泪了，但妻子一夜没和他说话。

第二天，妻子临上车前突然在台阶上转过身来，一字一句地说："我一直相信，人只要有一项长处就足够了，你的长处就是拍电影。学电脑的人那么多，又不差你李安一个！你要想拿到奥斯卡的小金人，就一定要保有心里的梦想，尊重你的梦想。"

妻子的话让他的心里像突然起了一阵风，那些快要淹没在庸碌生活里的梦想，像那个早上的阳光，一直直射进他的心底。妻子上车走了，他拿出袋里的课程表，慢慢地撕成碎片，丢进了门口的垃圾桶。他想起在青春期学业上的不顺遂，无法满足父亲的期望；他想起自己在选择的道路上，毫无保留地去拼命重复，不断给自己压力。可是，现在，仅仅因为生活上一时的困窘和蜗居家中没有电影可导，他怎么就想放弃自己的努力，不尊重自己的梦想？

从青涩紧张到大气从容，现在，全世界影评人总是想要为大器晚成的李安的成功寻找理由。如果说，李安的成功真的有理由的话，那就是，每个人的人生都会有低谷和高潮，关键是，在人生低谷的时候，请记着，要尊重你的梦想。

被嘲笑的梦想

1869年的法国，塞纳河静静地流动着。在一个叫作青蛙塘的地方，水光荡漾，光影流动。有一个青年画家，他喜欢户外的阳光、人群和生机盎然的事物，绘画时用画笔、色彩和心灵捕捉印象，永远不模仿别人，一气呵成，之后永不修改。

“一切的生动必须是精细的、有差别的、细腻的，不是线条，不要形体，只要笔触。”“是印象，没有局部，只有整体！”《青蛙塘》，这一年，世界绘画史上的杰作，在这个青年画家的调色刀下横空出世。

可是，艺术沙龙又一次拒绝了他选送的作品。那些所谓的大师和同时代的艺术家们，还有当时的报纸，对他的作品极尽嘲讽之能，他们嘲笑他根本不懂艺术，嘲笑他连滥竽充数都不会，甚至嘲笑和谩骂他根本就是一个疯子。

他记不清这是第几次被拒绝了。塞纳河畔薄暮时分的煤油灯下，痛苦时常伴随着他。他在思考，他的梦想与艺术的方向是不是真的有了偏差，因为，穷困和孤独是那时他永远的朋友。

到35岁的那一年，他已经画了20年的画。就在这一年，屡次被沙龙嘲讽和拒绝的他，在朋友的帮助下，四处凑钱第一次开办了印象主义画展。在他展出的十多幅作品中，唯一命名的《日出·印象》受到了最强烈的嘲讽和抨击，而那展出的十多幅作品的标价，也仅仅在几百法郎之间。

到了十八世纪末期，他的作品才得以进入官方视线。多年后，他的作品才得以较高的价格出售。再以后，受到他影响的高更、梵高在艺术的道路上才走得更远，但也更加孤独和痛苦地被人不理解地嘲讽和谩骂。

他就是莫奈，对光影变化的描绘，已到走火入魔的境地的莫奈，世界印象画派的代表人物。今天的莫奈拥有众多的粉丝，成为研究世界美术史的人都不能忽视的重要名字，他的作品也成为收藏家、博物馆竞相高价求购的珍品。

我们在嘲讽别人的时候，最后往往嘲笑的是自己的无知。莫奈的画不是在嘲讽中被逐渐认可和升值的吗?

真正聪明的人，肯定是有梦想的人；真正有梦想的人，肯定是坚持走自己路的人；真正坚持走自己路的人。

擦亮的梦想

中学时，我最讨厌的就是我们的语文老师，我讨厌他因为我的作文经常被他当“范文”讲评，那时我写作文经常是天马行空，词不达意的句子特别多。有一次在一篇《我们的理想》的作文中，我写道：“我希望我们的生活都是葡萄美酒夜光杯，金钱美女一大堆”，马上就成了每个同学无限向往的“美好生活”。虽然他把我的作文当“范文”讲评时没提我的名字，但同学们还是猜出来了，他所讲评的“范文”作者就是我。

每当同学们向往“葡萄美酒夜光杯，金钱美女一大堆”时，我都把我们语文老师那个小老头恨得牙根直痒。一天，该上语文课了，我跑到黑板上画了一幅画：一个小小的眼睛。大大的鹰钩鼻、轻微弯腰驼背的小老头，愤怒地看着我们。旁边写着：我们的语文老师。其实，我写这些纯粹是多此一举，我的那幅漫画是那么夸张那么惟妙惟肖，不用我画蛇添足，同学们也看出是我们语文老师的形象。

语文老师进来时，教室里一片沉寂，但同学们的目光都聚焦在了我身上。我的一颗心也悬了起来：这个严厉的小老头，会怎样对待这幅漫画的作者呢？

“我知道是哪个同学画的，因为我经常批改你们的作文，能不认识你们的字吗？”想不到他一看黑板上关于他的漫画，就严肃地说。糟了，我怎么没想到呢？我想站起来承认是我画的，但忽然又没有了勇气，于是硬着头皮倔强地坐着。想不到他没批评我，也没点名让我站起来，却笑眯眯地说：“其实这个同学的漫画画得很不错，不过，我想他应该把我画成这个样子。”说着，他用黑板擦轻轻擦去我把他画得下垂的嘴角，然后，添了一道笑纹，又把嘴角改成了往上翘着。那个气愤的小老头，马上变成了笑眯眯的样子。他说：“同学们看，还像老师吗？”

一个同学站起来说：“老师，像你，不过你的鼻子没那么大。”

他用手轻轻地抚着下巴，说：“是把我的鼻子画得大些，但这是漫画，漫画不是照片，是允许夸张的，这幅画把我的鼻子拉长放大，是准确地抓住了我一个最明显的特征，就像是文学一样，可以夸张地写，作文也是文学，但夸张的同时，不要偏离主题，更不能词不达意。这幅漫画的作者是一个很聪明的孩子，我之所以经常把他的作文当‘范文’，并不是批评他，而是因为他的想象力非常丰富，我想让大家像他那样提高想象力的同时，又要教大家怎样用词准确。我相信，只要他多读书，将来会成为一个作家的。当然，他的漫画也不错，努力的话还会成为一个画家。”

教室里响起了同学们热烈的掌声。

第一次，我知道，我原来是一个想象力非常丰富的人；第一次，我明白，老师把我的作文当“范文”，并不仅是对我的批评和否认，也有鼓励在里面。

我不由把身子坐直了，我的不礼貌并没有得到老师的批评，相反，他却用这幅漫画鼓励了我。随着老师用黑板擦一点儿一点儿地把那幅漫画擦去，我的眼睛湿润了。老师把嘲弄他的漫画擦掉了，却把我的梦想擦亮了。

理想的种子

他是一位奥运会田径赛场上的冠军，当他从高高领奖台上下来后，被许多人围住了。光环和荣耀并没有使他兴奋得忘乎所以，相反，他的脸上略显得疲惫，疲惫中他应付着所有的提问者。这时，有人问他：你是不是在很小的时候，就在内心埋下了要在田径赛场上夺取世界之冠的理想的种子。

他用目光搜寻到提问者。那是一位很年轻的女孩，她询问的目光里写满了崇拜和稚嫩。稍微顿了一顿，他说：不是的，我没有那么远大的抱负，也没有那么理想，我是从体操开始我的体育生涯。

他的回答使所有的人一愣，其实，他完全像应付所有的提问者那样，简单地告诉那位女孩，说：是的，我这理想的种子是在很小的时候就埋下的。这样有志者事竟成的豪言壮语，更能给他的身上增加耀眼和夺目的光芒。

他淡淡地讲述了他的故事。

原来，他刚开始时是一名体操运动员，但是他的平衡能力不太好，教练对他失望了，他也对自己失望丧失自信。那时，他的确想在世界体坛的单双杠项目上，展示他矫健和优美的身姿，把一套最完美的动作，留给每一位观众。那是他刚进体操队时在内心埋下的理想种子。现在，他知道他那理想的种子难以发芽了。就在他彷徨无措的时候，一名田径教练发现了他所具有的最好的爆发力和耐力，如果他改行做田径运动员，显然要比做体操更有优势。他就这样痛苦地告别了体操运动，开始了在田径场上的“从零起步”。一次又一次的大大小小的比赛，优秀的人比他多的是，他实现了一个目标，才把理想的种子埋到了下一个目标的土壤里，就这样一步一个脚印，他走向了世界，走向了成功。

他意味深长地说：别把理想的种子埋得太深了，理想的种子要想让它发芽，那只有把它种到适合它的土壤里，及时地浇灌，才能茁壮成长。如果我告诉你，小时候我就立志说长大要当一名科学家，一名作家，一名世界冠军，这些豪言壮语听起来是激动人心，其实是多么的可笑。

不是吗？不要把你理想的种子深埋在土壤中，固执地等待它发芽，而是把它埋在适合它生长的土壤中，有时候把理想的种子换一个地方植下去，也许会更容易让你到达成功的彼岸。

它失去了脚，却学会了飞翔

沃特曼15岁那年因车祸失去了双脚，这对一个天真活泼充满各种梦想的孩子来说，是一件多么残酷的事情，他不得不躺在轮椅上，每天都在想着该怎样去死，以哪种方式去死。沃特曼想，他现在这个样子，什么都做不成，活着不但连累别人，自己也受罪。

离沃特曼家不远处的地方有一个水塘，以前沃特曼从这个水塘边经过的时候从来没有注意过它。现在他只能靠轮椅走路了，于是常常一个人转动着轮椅来到池塘边发呆。

池塘里经常有一群鸭子在嬉戏，看着这群自由自在的鸭子，沃特曼想，他连这群鸭子都不如呀，也许把轮椅转动到池塘里，永远都不再出来，是他离开这个世界的最好方式了。

一天，沃特曼又独自一人对着池塘和池塘里面的鸭子发呆，突然，不知是什么惊吓了鸭子，那群鸭子像炸开了锅一般地用翅膀拍打着水面四散地飞奔。沃特曼正在好奇，这时，他被一只鸭子惊呆了，那只鸭子竟然飞出水面，从他的头顶上飞跑了。野鸭子？一群家养的鸭子里面竟然混进了一只野鸭子？奇怪的是，那只野鸭子并未飞远，而是飞进了邻居霍尔斯先生家的院子里。带着好奇，沃特曼飞快地转动着轮椅，到了霍尔斯先生家。霍尔斯看到沃特曼急匆匆的样子，好奇地问：我可爱的孩子，你有什么紧要的事吗？沃特曼说：霍尔斯先生，难道你没看见一只野鸭子飞进你的院子里吗？

霍尔斯惊奇地问：什么时候？

沃特曼说：刚刚飞进来的，我敢肯定，它飞进来不会超过三分钟时间，是一只灰色的野鸭子，它飞过我的头顶，一直飞进了你家的院子里，我的眼睛不会看错的。

霍尔斯笑了，说：野鸭子？哦，我明白了，你说的是我家的那只失去了脚掌的鸭子呀，难道你从来没有见过它吗？霍尔斯说完，突然盯着沃特曼那空荡荡的双腿，说：孩子，我带你见见你所说的那只“野鸭子”吧。霍尔斯推着沃特曼的轮椅，来到了他家的鸭舍前，说：你所说的就是这只鸭子，它刚刚飞过你的头顶。沃特曼看到在霍尔斯先生家的鸭舍里，一只灰色的鸭子正卧在里面，它一双惊恐的眼睛正盯着陌生的沃特曼。

沃特曼说：是这只鸭子吗？霍尔斯先生，你是知道的，家养的鸭子是不会飞的。

霍尔斯说：是的，孩子，可这只鸭子它不一样。霍尔斯伸手把那只鸭子从鸭舍里抓了出来，拎着给沃特曼看。沃特曼吃惊地发现，这只鸭子两条光杆的腿下光秃秃的，它根本没有脚掌。霍尔斯说：这只鸭子在小的时候，由于我的不小心，一只馋嘴的猫把它的两个脚掌蹼都吃掉了，当时我以为它活不过多久，想不到它不但活了下来，而且长大了。每天，别的鸭子都是走着到那条池塘里的，只有它是直接从鸭舍里飞到池塘里，晚上它再从池塘里直接飞回来，这只鸭子虽然吃了不少苦，但它却学会了飞翔。孩子，你知道吗，上帝从来都是不偏不向的，它让一只鸭子失去了双脚，又让一只鸭子学会了高高地飞翔。

沃特曼的心震惊了，他为一只鸭子，一只和他一样没有双脚的鸭子。他的眼睛湿润着说：谢谢你，霍尔斯先生，谢谢你让我的心中又拥有了阳光。沃特曼将手握成了拳头，他从来没有发觉过，原来自己的双手是那样的有力量。

爱情·友谊

Chapter Two

7秒钟的爱情

那一年，她的丈夫，一位48岁的钢琴演奏家，突然得了一种罕见的疾病，因为大脑中用来储存短暂记忆的区域感染了病毒，一夜之间被抹去了几乎丢失所有的记忆，他的记忆只剩下7秒钟。

他从昏迷中醒来后，面对紧紧拉着他手的妻子，大脑一片空白，他不知道她是谁，也不知道自己是谁。她给他端过来一盆水，他把双手放进去洗了一遍又一遍，每隔7秒，他就面无表情地继续把手放进去搅动盆里的水。他被困在了记忆的牢笼中——短暂的7秒记忆，哪怕是她离开房间给他倒一杯开水的时间，当她再回到他身边的时候，对他都是一个陌生的女人。他不断地刷牙，不断地喝水，不断地咀嚼，不断地念叨同一个单词……如果没有人阻止，每个动作对他来说都将永远持续下去。

由于没有记忆，他的情绪常常会莫名地焦躁，他走出家门就会失踪，他发怒起来不管随手拿起什么都会往她身上摔去。每天，她都会被他搞得精疲力竭，还常常伤痕累累。为此，她不得不在家中安放十几个报警器，她疲惫不堪，比如打盹儿的时候他出走，报警器马上就会发出警报把她叫醒。

但奇怪的是，他虽然忘记了所有朋友，所有家人，包括他最喜欢的儿子的名字，可他却还记得她的名字。偶尔，他会在某个宁静的时候，看着忙碌的她，突然说："德博拉，亲爱的，我爱你！"

每一次听到他这样的问候，她都泪流满面，慌忙放下手里的活计，过去紧紧拥抱着他，哽咽着叫着他的名字说："亲爱的威廉，我也爱你！"每当这个时候，她都希望有奇迹出现。但是，他面无表情，什么也不懂。

一晃7年的时间过去了，他仍然没有任何好转的迹象，她却尝遍了难以名状的各种折磨。儿子眼见妈妈越来越苍老，他劝妈妈开始新的生活，并用爸爸病情，背着她在法院取得了证明文件，然后，儿子代替爸爸在他们的离婚协议上签了字。看着儿子，她泪如雨下。离婚手续办完了，在分别的那天，她依依不舍地看着这个曾经温暖的家，趴着窗台叫着他的名字，可是，他却什么也不知道。

为了能彻底抛却这段辛酸的记忆，她远离了家乡，在一家慈善机构找到了一份工作。但是，离开他以后，每到夜晚，她的内心便装满了孤独和对他的思念，时间并没有让他在她的记忆中消失，相反，面无表情的他那句"德博拉，亲爱的，我爱你！"的问候，常常越来越清晰地响在她的耳边，折磨得她彻夜难眠。

尤其是每周她都从打给儿子的电话中得知，她走后，他常常坐在布满灰尘的钢琴前久久发愣，还常常跑出屋外几小时找不到他的去向，她更是寝食难安。

她想，她一定错了，在他仅有的7秒记忆里，他知道她对他最重要。

她再也待不住了，立刻辞去工作，飞了回去。还没到家，她就看见了他，正无助地在大街上找不到回家的路。他又苍老了许多，满脸的皱纹。她拉着他，泪流满面地呼叫着他的名字。他抬起头，眼睛眨也不眨地看着她，突然，他说："德博拉，亲爱的，我爱你！"

她的泪水汹涌澎湃，激动地拥抱住他。他一定认出了她，他也拥抱住她，但7秒钟后，他就忘记了他们刚完成了一个拥抱，于是，马上又把她紧紧拉入怀中。那个阳光灿烂的下午，所有的路人都惊讶地目睹了这样一幕——两个头发已经发白的老人，一刻不停地站在路上拥抱、拥抱、再拥抱……

她又重新披上了嫁衣，和他举行了复婚婚礼。在复婚典礼上，他不停地问他们为什么而庆祝，她就一遍遍告诉他，他们再也不会分开。他凝视着她的眼睛充满爱意地说："德博拉，亲爱的，我爱你！"7秒钟后，他就再把这句话重复一遍。

"德博拉，亲爱的，我爱你！"他把所有的人都忘记了，但是，在他只有7秒的记忆里，唯一不能忘记的就是她。

7秒钟，他对她的爱情表白是那么的短暂，但在她的心里，漫长过一生一世，因为，她相信，即使他把整个世界都遗忘了，但是他对她的爱，一定藏在他心中的某一个角落里，等待着复苏。

那份爱，在他的心中，永远而刻骨铭心。

一个人的爱情

那时我19岁，19岁的我和现在一样显出过多的是忧郁。而我的同学们大都显得无忧无虑。尤其是小涵，像个百灵鸟一样，常常在校园的林荫道上撒下一路的欢笑。

小涵是一个漂亮的女孩，这样开朗漂亮的女孩身边当然有许多男孩围着她转。他们都在讨好小涵。

只有我在一旁冷眼观望着小涵，从不接近。其实我也想和小涵在一起。然而，我不能，自卑的我想，小涵一定是不会喜欢像我这样的人的，我又何必自作多情讨她的白眼呢？没有人知道我暗恋着小涵，包括小涵在内。

那时候我一个人躲在教室最后一排的那个角落里，经常写些风花雪月式的文章自己欣赏，偶尔装进信封投寄给报社，竟有一些发表了。同学们都知道原来在他们中间还有一个“小作家”。于是许多人对我刮目相看，这其中也有小涵。在小涵和她周围的同学们谈笑时，她常常好像是毫无意识地转过头来用她漂亮的大眼睛扫我一眼，这转瞬即逝的目光也经常让我捕捉到，但那匆匆而过的目光里我并没看到有多少激情。

毕业的日子一天天地逼近，校园里的空气也因此变得感伤起来，那一阵子许多同学都买了一个精美的日记本，然后每个人都在上面写上一段毕业留言。小涵也买了一本崭新的日记本，那本浅蓝色的日记本流转到我手中时，上面写满了全班36位同学对小涵的各种问候。我手捧着小涵的日记本，一时间觉得千言万语不知从何写起。抬起头，小涵不知何时已悄悄站在我身边，一言不发满含期望地看着我手中的笔。我的脸一红，写下“小涵”两个字后就再也写不下去了。我把日记本递给小涵说：“还是留一段空白吧，人生有许多空白要走的。”

我没看见小涵接过日记本时眼睛中打转的泪水。小涵，一生都难以让我忘记的小涵，其实我想在那上面写：小涵，你不知你在我心中占有怎样一个位置……

最后的日子到来了，同学们都在收拾自己的行李。我怀着莫名的伤感来到教室，站在小涵曾经坐过的座位上。我下意识地拉开小涵的抽屉，小涵的书竟然没有拿走。我信手拿起小涵的毕业留言本，却奇怪地发现我写的“小涵”两个字下面被写满了字：我一直都在等待着他，最后竟是一场无言的结局，在毕业留言上他也不肯为我写下一言半语。他从来没正视过我，我伪装的欢笑也引不起他的注意。原想在这最后的机会给他一点暗示，如果接受，我将留在这个城市，现在……

是小涵写的，我的心不由一阵狂跳，我飞奔出教室去找小涵，而小涵却已坐上开往她家乡的一列火车。

有很多的时候包括爱情在内，一生中的许多机缘就这样与你擦肩而过了。

有一些爱情是用来放弃的

17岁那一年，我正在上高三，我爱上了我们班的一位女同学。

女同学的名字叫炫。炫有一头漂亮的长发，扎成了马尾状，走路的时候，她那长长的头发就在肩膀上左右晃动，深深地吸引着我的眼球。我知道炫喜欢手托着下巴做沉思状，我打听到炫喜欢吃话梅和虾条，喜欢看席慕蓉的书和打羽毛球，喜欢红色和蓝色，穿的休闲鞋是37码，用的牙膏总是一种苹果香型的。

炫，就这样被我迷恋上了，我那火热的目光，常常从黑板上不由自主地游移到她身上。炫一定感觉到了，因为，她的目光每每和我的目光碰撞到一起，显出和我一样的慌乱，脸上也同时飞起了两朵红晕。终于，有一天，我把一张约会的纸条放到了炫的书本中。那个夜晚，一轮像镰刀似的残月斜挂在天上，校园围墙外的草丛里，不知名的小虫子在尽情地唱歌，我忐忑不安地靠在一棵歪脖紫槐树上，终于等来了一个迈着细碎脚步的身影。

是炫。我激动得心都要跳出来了。炫低着头，我不知道她的脸是否也和我的那样烧得发烫。我的手握着她的手时，炫微微地挣扎了一下，但她没能挣脱，于是她就安静了下来。我感到炫的手心里和我一样出了许多汗。

爱情来的时候是那样的甜蜜，但我们的成绩却开始急剧下降。终于，老师开始找我们谈话了。我们的班主任是一位快要退休的小老头，平时对我们十分严厉，我们看见他都有点怕。我想，完了，真的完了，不被他狠狠地骂一顿才怪呢？

谁知，一向严厉的班主任老师把我叫到他办公室里，却拍拍我的肩膀，笑眯眯地对我说：怎么，恋爱了，哪个少男不钟情，哪个少女不怀春，但在这节骨眼上，老师想让你答应我一件事，好吗？

我看着这个头发都快要白完了的小老头，心里奇怪他今天怎么这么和蔼，不知道他葫芦里卖的啥药，于是一言不发地等待他说什么。他说：你们能不能先把爱情放弃一段时间，专下心来学习，等高考过后，再继续你们的爱情，好吗？

我知道他对炫一定进行了同样的谈话，因为，炫找到我时，她也说：让我们的爱情放弃一段时间，好吗？我想，或许，我们那头发都快要白完了的班主任小老头是对的。于是，我和炫约定，专下心来，全力冲刺高考，等填报高考志愿时，我们的第一志愿报考同一所大学，然后再比翼双飞。

但是，那一年的高考我被第一志愿录取了，炫被第二志愿录取了，我们一南一北去了两个城市。

开始的时候我们还互相通信，一封、两封、三封……直到最后，我们互相断了音信。因为我身边又有了女朋友，我想，炫身边也应该有了新的男朋友。

有一次回母校，我又见到了我们的那个班主任，他的头发全都白了，他还记着我和炫，他问我们现在是否在一起，我不好意思地说早分手了。他笑了，说：那时我要是强拆开你们，说不定你们产生逆反心理，最后肯定耽搁学习，大学说不定就与你们擦肩而过了，你们都是那样的年轻，谁又能阻挡着爱情呢？但年轻的爱情也有一些是用来放弃的，至于你们最后是不是能走到一起，那谁也说不定。

是呀，那时我们都是那样的青春，谁又能阻止我们身边没有爱情呢？我知道，爱情应该是坚贞不渝、忠心不二的，但是，在我们成长的路上，有一些挫折是用来磨炼我们的，有些时间是让我们经历的，还有一些爱情是让我们用来学会放弃的。

爱情的味道

还是女孩儿时，她有一个闺中好友恋爱了。那个女孩和她好得无话不谈，她看到她恋爱后整个人都变得神魂颠倒的。

有一次，那个女孩悄悄地告诉她，她和那个男孩接吻了。当时，还没有心仪的男孩在她身边出现，她这个闺中好友的男朋友她也见过，感觉那是一个很普通的男孩，很喜欢抽烟，烟把他右手的食指和中指都熏得发黄。她想，她竟然和他接吻了，那个烟鬼的口腔里一定有一种尼古丁的味道，那多恶心人呀!

她含含糊糊带着恶作剧的口气问她：和你那个大烟鬼，味道很好闻吧？她无法想象和一个烟鬼嘴对着嘴，像电视剧里那样两个人互相吮吸着，还不把人给呛死。她那个闺中好友一点也没听出来她的揶揄，快乐地说：是的，很好闻，那是爱情的味道。

她无法想象闺中好友那时的感受，也无法在想象中和她一起分享那种快乐。

后来，她也恋爱了。那是一个大大咧咧的男孩，那个男孩喜欢打篮球，也喜欢抽香烟，因此他的身上经常散发着汗腥味和尼古丁的混合气味，以前，这些怪味是她一直不能容忍的，要知道，各种各样化妆品散发出来的气味一直是她习惯的。

但很奇怪，当她把头依在男孩的胸前时，男孩身上散发出来的气味竟让她感到那样的痴迷，后来男孩低下头来吻她时，她不由得感到一阵眩晕，或许是淡淡的，或许是甜甜的，她讨厌的尼古丁的怪味怎么不见了？

原来，美好的爱情真的是有味道的呀。她想。

理想女人

正如每个女人都有自己心目中的白马王子一样，每个男人心中也有自己的理想女人。

什么才是最理想的女人，不同时代，不同地域和国家，还有不同的风俗习惯，我想，都有不同的理想女人的审美标准。

在非洲的一个部落里，女人们大都以把耳垂拉得又长又大为美。为了追求这个美的目标，女人们忍受着巨大的痛苦，从小就把耳垂上加上重物，长到青春年少时，个个耳朵肥大，外人看上去很可笑，然而部落里的男人都喜欢，他们选美的标准就是看谁的耳垂拉得最大最长。那个耳朵又长又大的女人就是部落里男人心目中的理想美丽女人了。

东南亚有一个地方，那里的女人们随着年龄的增长，不停地往脖子上加戴铜环，因此一个个把脖子撑得长长的。用铜环托着的长脖子那滋味想想都恐怖，一旦把铜环取掉，长长的脖子受不了头颅的重压，这个女人很快就会死去。我想，那里的男人也一定是以女人的脖子长为美、为理想中的女人吧。现在我们看来，一定在内心里嘲笑那里的男人们，怎么都有点儿变态呀！还是打住吧，才过去多少年，我们的男人们，从北宋到清末，上千年不是一直以女人缠的畸形小脚为美吗？

所以说，女为悦己者容，女人是为了迎合男人的审美标准才甘愿自虐的。男人把大耳垂女人做美的对象，女人们就千方百计把耳垂拉大拉长；男人们以长脖子女人当美人，女人们一生就不停地往脖子上套铜环；男人喜欢小脚女人，女人就拼命把脚缠成畸形。看女人们把自己折腾得七死八活的，我们说女人变态，其实是男人在变态。

我还听过一个故事是这样的，大街上走过来一女子，从背影看，这个女人披肩长发，双腿修长，身材婀娜多姿，心里不由恨恨的：怎么这女人长得这么美呀，我家那黄脸婆能有人家一半美就好了，于是哀叹自己没有艳福，怎么人家的老婆看上去一个个风姿绰约，风情万种，娶了那样的女人，才是自己心中的理想。等那女人走近一看，哎呀，原来，这个吸引自己眼球的女人就是夜夜与自己同床共枕的老婆，今天刚刚做了发型，刚刚换上了一件新衣，自己竟然认不出来了。

理想女人是水中月，镜中花，男人们都在寻觅理想女人，却总又觉得理想女人都遥不可及。

走到大街上看，看满街都是美女。女人永远都在跟随流行，走在时尚的前沿。但你别看她们一个个一脸矜持满脸冰霜，说不定心里正在悄悄地数自己的回头率呢。所以说，哪个女人又不想成为男人心中的理想女人呢？曾经，我也在苦苦寻觅自己的理想女人，但常常是满怀失望：有的女人看上去华艳耀人，却又粗俗不堪；有的女人温柔贤淑，却又平平淡淡；有的女人气质高雅，却又固执己见。唉，上哪儿去找理想女人呢？

一日，遇见了多日未见的好友杨君。早些年杨君找了一个我们都认为很俗气的女孩为妻，看着现在的杨君吃的又白又胖神采奕奕的，我以为杨君早已冲出了“围城”，可想不到杨君却乐呵呵地告诉我，说：这都是你嫂子的功劳，怎吗？还不赶快找一个也好恩恩爱爱热热闹闹过日子。看我惊诧的样子，听了我的诉说后，杨君说：其实，理想的女人就在你周围，比如说你嫂子吧，尽管她不是很美丽，但却善解人意；尽管不像你们想象中的是一个浪漫的女人，但她却能包容我的缺点。而你想象的理想女人，大都既美丽，又温柔，既聪明，又浪漫；既能出入厅堂，又能入得厨房，你想想，这样的女人上哪去找？爱情无界限，婚姻无模式，世界上最适合你的，就是最美好的。而理想女人就是最适合你的那个女人，她可能不美丽，也可能不温柔，也可能不浪漫，但你们在一起却能彼此相爱，相互包容，白头偕老。

杨君的一席话使我豁然开朗。原来，理想的女人，需要你用一颗平常的心去看她，去要求她，理想的女人大都平平凡凡，因为理想的女人她不是“完美的女人”，理想的女人有缺点，也有许许多多需要你去发现的优点。

是的，不论在什么地域和国家，不论有什么风俗和习惯的约束，理想的女人都是一样的：她会和你一起走过风风雨雨，同甘苦共患难，心连心走完生命的历程。

最纯洁的爱

这是一档在茫茫人海中寻人的电视节目，上这个节目来寻人的是一个刚过20岁的湖南女孩，她的羞涩让主持人称她为“小白兔”。

“小白兔”说，她要寻找的是一个男孩，是她在火车上邂逅的一个男孩，这个男孩在武汉上车，在北京下车，十多个小时相处的时间，他们只说过一句话：男孩问她吃苹果吗，“小白兔”说不吃。

主持人问她：“你上火车一看到他就爱上他了？”

“小白兔”说：“差不多吧。”

主持人又问：“他和别的男孩子有什么不一样吗？”

“小白兔”笑了：“他长得像阮经天，他的皮肤和古天乐一样。”

主持人说：“你这么勇敢，都敢上中央电视台来在全国人民面前寻找你的白马王子，为什么当时在火车上不跟他说喜欢他呢？”

“小白兔”脸红了：“因为心里喜欢他，反而不敢说。夜里他睡了，我一直没睡，我在想怎么办。一直到他下了火车，我也没想出什么办法。”

“是什么决定来求助我们？将来节目播出了，不怕别人说你吗？”

“人生就是这样的，不怕没有遇到，就怕遇到后错过了。”

在电视上，这个被“小白兔”寻找的男孩被找到了，但是，他不是一个人出现的，他是抱着自己的儿子、带着妻子一起出现的。男孩早已经结婚生子并有一个幸福的家庭。

男孩带着一家人出现的时候，“小白兔”傻了，她虽然还在笑，但眼泪在眼眶里打着转。这时，台下很多观众都笑了，这种笑声，有讥笑，有嘲笑，还有幸灾乐祸地笑：“小白兔”怎么这样不靠谱呀？

有人质疑，电视台动用这么多公共资源，就为这个“不靠谱的女孩”瞬间的爱情去努力，值得吗？主持人回答说：你不能说“小白兔”是错还是对，有的人人生排列顺序可能是爱情第一。生活吧，酸甜苦辣都应该有，小兔子还有各种颜色呢，小黑兔、小黄兔、小灰兔……当然，我叫她“小白兔”就是因为这姑娘很漂亮、很干净。

“小白兔”的爱情也许被世故的我们认为非常荒唐，但是，她的爱，一定纯洁。

因为，灵魂成长的过程一定充满了各种诱惑，但青春开花的瞬间一定要绽放出美丽；也许年少时的纯真已经离我们远去，但坚守的梦想不能让它早早死去。

阴险的蜂鹰

生活在北部非洲的鸟类中，有一种专门吃蜂蜜和蜂蛹的鸟，它的名字叫蜂鹰。蜂鹰要想吃到美味的蜂蜜、蜂蛹，常常先要嫁祸于人或动物，然后趁机偷袭。

蜂鹰最喜欢吃的就是非洲大黄蜂的幼虫。然而，非洲大黄蜂也非常不好惹，它们长着长长的螯针，又有非常强的毒性，最重要的是，这些野蜂性情凶猛，数量特别庞大，又非常团结抱群，遇到外敌或受到惊吓，这些大黄蜂就一拥而上，拼了性命也要把尾部的螯针刺入入侵者的身体。

虽然蜂鹰经过长期的进化，头侧具有短而硬的鳞片状羽毛，非常厚密，对一些蜂的螯针有很大的防御能力，但是，面对蜂拥而至拼命抵抗的大黄蜂，蜂鹰还是有一些惧怕。

因此，蜂鹰每当发现一些特别庞大的大黄蜂巢穴后，都会隐藏在大黄蜂巢穴旁边茂密的树林里静静地等待。它在等待时机，一有人或动物经过大黄蜂巢穴附近时，蜂鹰就会飞速地飞向大黄蜂的巢穴，用身体猛烈地撞击蜂巢，然后飞速地飞过附近的人或动物的头顶。

受到惊吓的大黄蜂很快倾巢出动，以为是人或动物袭击了它们的巢穴，就拼命地追赶经过的人或动物，用蜂针蜇去，每年，都有人和动物因此而丧命。

这时，蜂鹰就会飞快地从隐藏的树林中飞到蜂巢旁，用它的爪刨开蜂巢，开始享用美味的蜂蜜和蜂蜡。

为吃到美味的蜂蜜，蜂鹰可谓用心险恶，这或许是蜂鹰的本能。然而，可悲的是，我们人类，只有一些人，却把蜂鹰的这种本能，当成了自己的生存之道。

这种嫁祸于人的险恶，蜂鹰是永远也不会明白的。交友中，我们一定要远离这种人。

友情的基石

曾在一条名叫颍河的岸边，一个叫管仲的青年和一个叫鲍叔牙的青年相遇了，这两个青年相遇后成了好朋友。他们的友情经过这么多年的沉淀，直到今天，已经变成了一个时代传颂的佳话。

那时候正是社会大动荡，诸侯争霸，战争此起彼伏，局势跌宕变幻，为了生存，两个青年决定合伙做点买卖。但管仲的家太穷了，他出资少，家庭情况比他略好的鲍叔牙出资多。生意很快做了起来，并且有了盈利，在这个时候，管仲就私自把盈利的钱先还了自己所欠的一些债务，到了年终分红的时候，鲍叔牙并没有因为管仲出资少，又先私自花钱为自己还账就少分管仲的红利，反而两个人平分了赚来的钱。

这样的合伙买卖显然太不公平了，有人就替鲍叔牙打抱不平，他们告诉鲍叔牙：管仲出资少，本金又早早抽出来，最后还平分了赚来的钱，这样的人太贪婪了，不可交。

后来，因为战乱四起，两个年轻人就当了兵，上了战场。在战场上，鲍叔牙作战勇敢，很快就被提拔做了一个小头目。而管仲每次作战都是躲在后边畏缩不肯上前，在退却的时候却是拔腿跑得飞快。他的贪生怕死让很多人瞧不起，因此对他冷嘲热讽，只有鲍叔牙对他还是一如既往的好。

后来，随着年龄的增长、阅历的增加，两个人都有幸结识了贵族人士。鲍叔保护小白逃到莒国；而管仲当了齐襄公另一个弟弟公子纠的谋士，公子纠当时寄居在鲁国。两个人各为其主，尽心辅助他们的主公，为他们以后能成就霸业出谋划策。

齐襄公死后，齐国大乱，这让公子小白和公子纠都看到了希望，他们都从各自的流亡地赶回齐国。谁先回到齐国，就意味着谁将成为新的国君。这时候，跟随公子纠的管仲自告奋勇，带领一路人马在公子小白回国的路上拦截刺杀他。

在莒国和齐国的交界处，管仲的箭射在了公子小白的身上，公子小白应声倒地，管仲以为大功告成，带兵撤走。但是，管仲的箭恰巧射在了公子小白的带钩上，公子小白安然无恙，他的应声倒地只是为了蒙骗管仲。

最后，公子小白成了胜利者，登上齐国王位的公子小白派人把管仲捉来后，恨不得要把他千刀万剐。就在这关键的时候，鲍叔牙站出来了，他反而劝公子小白重用管仲。鲍叔牙说：若论治国的才华，管仲远远在他之上，主公你要想成就霸业，就需要管仲的辅佐。

这个公子小白，就是历史上有名的齐桓公，他听从了鲍叔牙的话，拜管仲为相。由于管仲的改革，齐国在几年内就兴盛起来，获得了“九合诸侯，一匡天下”的地位。

鲍叔牙和管仲一起做生意时，别人以为管仲贪婪，鲍叔牙却说：管仲的家里缺钱，他比我更需要钱，后来留下了“管鲍分金”的成语；管仲在战场上贪生怕死被别人嘲笑时，鲍叔牙说：管仲的为人我是最了解不过了，他家有80多岁的老母亲无人照顾，他不能不忍辱含羞地活着以尽孝道；公子小白要杀管仲的时候，鲍叔牙告诉公子小白，管仲这样做，是因为各为其主，不但使管仲逃过死难，还推荐他做了齐桓公的宰相。

管仲病危时，齐桓公找他商量让他推荐下任宰相，并提出要把宰相位置传给鲍叔牙。管仲却极力反对，推荐了隰朋。易牙为此挑拨离间，鲍叔牙却说：“我之所以要推荐管仲，就是因为他忠于国家，对朋友也没有私心。至于我鲍叔牙，要是让我做司寇，捉拿坏人，还绰绰有余。要是让我掌管国政，像你们这样的人怎么可能有容身之地？”

鲍叔牙和管仲的友情经过时间的检验，为我们留下了“管鲍之交”的千古佳话。但是，更多的时候，友情往往经不起权力与欲望、金钱与美色、贪生与怕死等的诱惑，因为这些朋友反目成仇，甚至兄弟自相残杀的故事不胜枚举。

如果没有理解与信任，在“管鲍分金”、战场上畏缩不前时，留给鲍叔牙的就是猜疑；如果没有欣赏与宽容，在齐桓公要砍管仲头颅时，鲍叔牙就不会极力举荐他，让齐桓公拜他为相，也不会在小人易牙挑拨离间时仍然对他赞誉有加。

千百年来，关于友情的解释有千万种，但是，所有在时间长河中经过磨砺而存留下来的珍贵友情，都离不开理解、信任、欣赏与宽容，这些，是友情能长久存在的永恒基石。

脱脱的朋友

1354年，元朝的中书右丞相脱脱率领大军，把高邮城围得水泄不通。在高邮城做困兽犹斗的是张士诚，此时，元朝的政权正处于风雨飘摇之中，全国各地的农民起义不断被点燃，张士诚是当时起义队伍中实力最强的一支。

脱脱是元朝后期比较有作为的一个政治家，他对元朝进行了一系列的政治改革，使腐朽的元政府上下气象一新，因此脱脱也被称为“贤相”。元朝各地的农民起义被点燃后，脱脱率领元军南征北讨，经过几年的征战，到1354年，已经基本控制住了局势。这一年的11月，被脱脱困在高邮城里的张士诚已经毫无斗志，高邮城已经成为一座孤城，从时间上来说，城破人灭已经是早晚的事情了。而张士诚每天和将领们谈论的也都是投降的事情，但起义军又怕投降后不能被脱脱赦免，所以也只好硬着头皮坚持。

但是，谁也想不到，12月，元军突然不战自溃，高邮形势发生了戏剧性的变化，张士诚不仅得救了，还顺势收编了大量的元军，成了起义队伍中势力较大的霸主。

百万元军的不战自溃完全是元朝自己制造的动乱，因为在元顺帝身边，有一个叫哈麻的官员。

哈麻最初是脱脱的政治密友，两个人的关系非同一般。哈麻的母亲曾是皇帝的乳母，因此哈麻得以入宫并做了皇帝身边的一个侍卫，逐渐受到了元顺帝的宠信。当时，脱脱因为与朝中的重臣与太平、别尔怯不花等有矛盾，哈麻支持脱脱，并在元顺帝那里为脱脱说了不少好话，最后，脱脱复出被拜为中书右丞相，可以说哈麻功不可没。因此，脱脱把哈麻当作政治上的同盟和可信赖的朋友，投桃报李，脱脱也提拔哈麻做了中书右丞相。

可是不久，脱脱与哈麻之间就发生了矛盾。史书中记载：时脱脱方信任汝中柏，由郎中为参议中书，自平章政事以下，见其议事，皆唯唯而已。独哈麻性刚决，与之论，数不合，汝中柏因谮哈麻于脱脱。八月，出哈麻为宣政院使，又位居第三，哈麻由是深衔脱脱。

脱脱先是升哈麻为中书右丞，后又降哈麻为宣政院使。这让哈麻怀恨在心。哈麻知道要想报复脱脱，就得让元顺帝听自己的话，于是，他偷偷找来西藩僧人，教元顺帝学习运气术，元顺帝十分信任哈麻。

脱脱出征高邮时，哈麻趁机让监察御史弹劾脱脱，并借机进献谗言进行挑拨。果然，元顺帝下诏以劳民伤财的罪名剥夺了脱脱的兵权，消除一切官职，贬居淮安，听候处置。脱脱被夺去兵权后，元军不战自溃，随后，脱脱又被流放到云南。最后，哈麻假传圣旨，在云南贬所中毒死了脱脱。

脱脱和哈麻，他们曾经惺惺相惜才走到了一起，并成了朋友。人是一种群居的高级动物，每个人都有自己的朋友，你交往的是什么样的朋友，就会得到什么样的收获，历史上的哈麻被称为奸佞小人，最终的结果是被杖责而亡。而被称为“贤相”的脱脱，用兵有方，政治上也有所作为，可惜的是，在识人上，却把一个卑鄙小人当成了朋友，并最终给自己挖好了坟墓。

洗脚

那个冬季的同学聚会是大学毕业后的十年之约。酒桌上，同学们都谈得兴高采烈，有的在炫耀自己的辉煌历程，有的在卖弄自己过五关斩六将后的成功。只有他，坐在角落里，默默地喝着茶水，根本插不上一句话。是的，走仕途的许多同学已混上了处长、局长，经商办实体的个个都表现出了大款的派头，而他到现在仍然在一家不死不活的企业里做着一名技术员，拿着微薄的薪水。他怎能和他们相比呢？

酒足饭饱之后，有一名同学说，聚一次也不容易，不如出去娱乐。于是大家纷纷同意，有人说去唱歌，一些五音不全的不乐意；有人提议去按摩，立刻有人反对，说花钱让人家对你又踩又打的，没意思。在意见不一的时候，当年的老班长一锤定音地说：别争了，洗脚去！

乱糟糟的声音立刻静了下来，对呀，洗脚去。那时候，大大小小的洗脚屋洗脚城在这座城市的大街小巷遍地开花，酒足饭饱之后去洗脚，也正在成为时尚和流行，在座的谁又没去那些地方洗过几次脚，于是，大家都把目光盯向了老班长，老班长据说现在仍如当年在学校里时一样春风得意，在一家大型集团公司主持工作，个人的资产已经有好几千万了，这次十年之约的聚会，已经实行了AA制，去洗脚他这个大款总得放点血吧！

老班长果然财大气粗：所有费用算我请客，不过，每个人都要讲个故事，就讲自己在洗脚屋里发生的故事吧，然后，咱们评选出一个最浪漫的故事，那个有勇气讲出自己关于洗脚而发生最浪漫故事的人，我在咱市里最高档的洗脚城里给他办一个年卡。

所有的人都哄堂大笑，老班长的创意一下子把这次聚会掀到了高潮。很快就有一个同学开始讲了他的故事，说他每次洗脚的那个洗脚屋，有二三十味中药泡脚，那里面的服务员，有一个对他特别好。他讲自己的故事时挤眉弄眼又隐隐藏藏，好像给人无限想象的空间。另一个说：我经常去洗脚的那个洗脚城，有个服务员总是愁眉不展的，有一次她给我洗脚时和她聊天，我打开了她的心扉，才知她是一个大学生，出来打工挣学费的，我说你有知识有文化，给我当秘书得了，现在，她已经成了我的私人秘书了。他说完首先独自嘿嘿笑了起来，好像他的档次比前一个人高了许多。

每个人都七嘴八舌争着炫耀自己的故事，这时，有人忽然叫他的名字，说怎么从开始到现在他都一直在沉默，上学时他的成绩是那么的优秀，现在他的故事也一定丰富。所有人的目光都注视到了他身上，他的脸一下子红到耳朵根上，他想不到在这个时候会有人提到他，原来，他一直思考着他们去洗脚屋的时候，他该怎样趁机溜走。他结结巴巴地说：我从来没……没有去过那种地方。所有的人都不相信，认为他一定想隐瞒什么。于是都起哄，一定要让他讲讲他在那里面遇到的故事。

看来实在是推辞不掉了，他知道他们不相信，只好告诉他们，说：你们也许不知道，我上班的那家工厂从我进厂起就一直不死不活的，因此里面的条件也很差，差到冬季连热水都没有，我睡的房间又破又旧，常常冷得像一个冰窟。后来我谈了个女朋友，她们单位在我们单位附近，条件要比我们单位好一些，她知道那个冬季里我的脚冻了，有一次就对我说，干脆让我去她那里洗脚算了。谈了两年恋爱，那两年的冬季我一去她那里，她就接一盆热水放到我面前，我们都将脚泡在那盆热水中，让温暖直抵肺腑。后来，我们结婚了，这种习惯一直保留到现在，无论我回去得多么晚，她都等我，等我回来一起洗脚，然后相拥而眠。他把他的故事讲完后，羞涩地说：因此，我从不在那些洗脚屋里洗脚，你们相信了吧！

每个人都在沉默，似乎又若有所思，随后，响起雷鸣般的掌声。那个冬季的晚上，本来要计划去洗脚的一群成功男人们，就取消了他们的计划，破天荒地在酒足饭饱之后早早地回了家。据说，许多人回家后都打来一盆温水，非要糟糠之妻过来和自己一起洗洗脚，有的也许是为了寻找曾经的感觉。

第二天，老班长给他打来电话，说，同学们全部同意，昨晚评选出的最浪漫的故事属于他，但是，他们都知道，那个最高档的洗脚城里的年卡他根本就不需要，他们祝福他和他爱人的那种温暖一直延续下去。

我以为你还爱着我

多年前，他们的爱情故事曾是在朋友圈中流传的经典。

那时，她年轻、活泼，周围不乏追求者。然而，她却爱上了贫穷的他，像所有落入老套的爱情故事一样，她的选择当然遭到亲朋好友的反对。

冲破重重阻力后她终于嫁给了他。他们的相爱，是那样的坎坷，每当向别人说起他们的爱情时，常常能引来一片感叹的声音：原来爱是可以融化坚冰的；原来爱顽强如压在石块下的那棵小草，不停地向上生长终于见到了阳光。

他握着她的手，说：我爱你，永远都会爱着你。

她记住了，记住了他对她的那份承诺：永远都会爱着你。

她好感动。为此，她放弃了她热爱的事业，默默无闻地支持着他。他那么聪明，那么能干，又有她背后全力以赴的支持，很快就事业有成了。

但是，就像贫穷不会是永远，许多承诺也根本经不起时间的淘洗。

发了财的他周围聚了不少年轻貌美的女人，渐渐地，对于她们的诱惑，他把持不住了。

这时，他们已是人到中年，他提出了要和她离婚，曾经幸福温馨的日子就这样一去不复返了。

她当然不同意，她以为他只不过是暂时的执迷不悟罢了，一时被那个年轻漂亮的女孩迷惑罢了，她要等待他回头。

但是，那女孩逼得很紧。冷战、争吵各种手法他用尽了，她就是不同意离，他不明白她为什么这样的固执，离了婚他可以用钱来补偿她的一切。最后，弄得他也心力交瘁，想，也许，这是命吧，离不了就不离了。不过，从此，他们虽然在一个锅里吃饭，在一张床上睡觉，他却在心里对她有说不出来的反感与厌烦。

一天中午，她做了他喜欢吃的糖醋鱼，催他一遍又一遍让他离开电视机时，他说：你烦不烦呀？你还不知道我早就不爱你了。

她顿时泪如泉涌，连饭也不吃了，非拉着他，要马上去离婚。他不明白是怎么回事，一直她死都不愿离。下午去民政局的路上，他问她：你不是一直不愿意离吗？

她说：是的，虽然我们吵过、闹过，我也知道你外边有了情人，但是你从来没有说过你不爱我了。我以为你还爱着我，那你总有回头的那一天。今天，你终于告诉我，你已经不爱我了，那我们在一起还有什么意义呢？

他突然呆住了，一直，他以为，她不愿离婚是因为她不想放弃

娶了她，他在心里是不是有过后悔和委屈，她想，如果他心里真的后悔和委屈那也是应该的。因为，她实在配不上他呀，即使有一天他在外面有了女人，回来和她提出离婚，她也不怨他不恨他。因此，不管别人是怎样地议论他们是多么的不般配，她始终保持着一颗平常心，做一个温柔贤淑的女人，安静地料理家务，妥帖地侍奉他的双亲。

可是，他从来没有在她面前表现过不满和后悔，相反，不管是生意做得再大再忙，每天，他都会按时回家吃饭。渐渐地，他们的儿子长大了，他们不被别人看好的婚姻却一直和和美美。因为平时在家没事可做，所以，她常常研究各种菜的做法，有一次，她买回半盆子的田螺，用清水泡了两天，然后用剪刀把田螺的尾巴剪掉，冲洗干净后，为他炒了一盘田螺。

那天晚上他回来吃了她炒的田螺后，大声称赞这田螺肉质丰腴细腻，入口清香鲜美异常。她看着他吃得满头大汗的，笑得心满意足。

他问她："这田螺你是怎么做的，怎么比我在星级酒店吃的都好？外边炒的田螺，吃起来总有一种泥腥味。"

她说："要想去掉田螺的泥腥味，买回来的田螺要用清水泡上两天，而且用清水泡时要在水里滴几滴油，每隔几小时都要换一次水。最重要的是，炒田螺时一定要和紫苏叶一起炒，紫苏叶虽然是很平常的花草，但它却能让田螺去腥提味，更加鲜美可口。"

原来，这看起来一盘平平淡淡的炒田螺，却费了她那么多的心血，他的眼睛不由潮湿了。现在，他们都老了，她再也不会像当年那样，常常傻傻地问他："你说，你为什么喜欢我？我漂亮吗？"那时候，因为年轻，只知道自己在心里喜欢，却说不清楚。现在，他终于明白了，原来，两个人完美的爱情和婚姻，就像这紫苏叶和田螺一样，都是那样的平凡，但它们配在一起的时候，却搭配出了鲜美可口的味道。这一生，如果她是一株平凡的紫苏叶，那么，他就是一盘因有紫苏叶搭配才鲜美可口的炒田螺呀！

你最漂亮。如果他再对她说出这句话，她肯定相信。因为，在他的眼中，自己始终就是一个最漂亮的女人。

你教他悲伤，他却学会了快乐

有两家是邻居，关系还算和睦，后来，因为一点鸡毛蒜皮的小事，两家有了矛盾，矛盾越来越大，升级成了一次械斗。在那场械斗中，一家的男人被打断了两根肋骨，一家的女人被打伤了腿卧床两个多月。

这两家就成了仇人。这家的鸡跑到那家的院子，一会儿就被赶得鸡毛乱飞惊慌失措地飞回来了；那家的猪跑到了这家的门前，一块砖头扔过来，猪一路嚎叫着跑回猪圈里，有点惊魂未定。

两家的孩子一个八岁，一个九岁。两家都教育孩子，不许和那家的孩子玩，更不许亲热。他们告诉孩子，那一家是他们的仇人，应该仇恨才对。

孩子们却不管这些，他们以前就玩得很好。两个孩子都喜欢玩泥巴，泥巴捏成的小人、小狗经常排成队，很是逼真，两个孩子常常玩得很痴迷。两家的大人见了，就训斥自己的孩子。孩子们很委屈，大人们教育他们有关仇呀、恨呀什么的，他们根本理解不了，在孩子们的眼睛里，这个世界依然是一片纯净。

但是，大人们的仇恨多多少少也影响到了他们两个。以后再在一起玩时，他们会找一个不引人注目的角落，尽量不让双方的父母发现他们又在一起。有一次，他俩在野外发现一个蜂巢，孩子的顽皮使他们拿起棍捅向那个蜂巢，很快，成群的蜂都向他俩扑来。两个孩子在野外撒开脚丫子就跑，但他们根本跑不过那些愤怒的蜂群，两人都被蜇伤了，但更多的蜂仍向他们扑来。

突然，那个稍大一点的孩子把那个小一点的孩子扑倒在地，压在了他身上，蜂都扑向了上边那个孩子，一会儿他又被蜇了好几下。但由于他们趴在地上一动也不动，蜂群失去了攻击的目标，一会儿都四散飞走了。他们爬起身，看看额头上的被蜂蜇了几个小疙瘩，甚是滑稽，忍不住想哭又想笑。

又有一次，他们到池塘边玩水，大一点那个失足跌落到了水中，他不会游泳，在水中一沉一浮的。小一点的站在岸边大喊“救命”，人们离得都比较远，有人听见了从远处向这边跑过来，小一点的孩子看见落水的那个孩子一会儿就要沉入水底了，他慌忙拿起岸边一根木棍，也跳了进去。他把木棍递过去，落水的孩子胡乱挥舞着手，竟然抓住了那根木棍，等大人们跑过来时，两个人已浑身湿淋淋地趴在了岸边。

大一点的孩子的父母知道了是仇人的孩子救了儿子，想，仇是仇，但人家的救命之恩应该答谢，于是买了礼品去仇人家。这家一愣，但看人家提着礼品，把寒起的脸又放了下来。

两家人先是说了些感谢的话，渐渐地许多话题也扯起来了。被救孩子的一家先说了对不起，另一家也不好意思，互相谦让了几句。再以后，两家见面，开始说话了，彼此间，也有了笑脸。

两家的大人原本经常向孩子灌输仇恨，但是，一点作用也不起，甚至起了反作用。孩子的心就是这样，你教他悲伤，他却学会了快乐；你教他仇恨，他却学会了仁爱。

亲情·事业

Chapter Three

母爱的力量

她练习马拉松长跑的目的只有一个，那就是马拉松长跑冠军那笔不菲的奖金。

所有人都以为她疯了，一个山区农民的妻子，一个25岁已经是4个孩子的母亲，没有足够的营养供给，没有受过专业的基础训练，除了种地她一无所长，她凭什么能取胜？凭什么赢得马拉松长跑冠军那笔不菲的奖金？

可是，除此之外，她别无选择，她想让她的孩子们上学，想让她的孩子们不再继续穷人的命运，如果连做梦的勇气都没有了，那么，她的生活将真的永远没有改变的可能了。

当地长跑运动盛行，名将辈出，唯一可以安慰并激励她的是，她还是少女时，曾被教练相中，但因为种种原因未果。从此，每天凌晨，天空还是黑蒙蒙一片，她就跑上了崎岖的山路。她的双脚磨出了无数的血泡，她的双腿像灌了铅一般沉重，与其说她是用腿在跑，不如说是用意志在跑。她也想过打退堂鼓，可是，一想到家中4个要读书的孩子，她知道她不能退缩，继续跑下去是唯一的希望。

清醒的她不禁为自己的懦弱感到羞愧。

有一天，快到中午了，长跑的她仍没有回来。丈夫担心有事，赶快出去寻找，终于发现她昏倒在了山路上。原来，她把自己的训练强度逐渐增加，可贫穷的家庭使她的营养远远跟不上。丈夫把她背回家，懂事的孩子们围着她放声大哭，说：妈妈，我们不上学了，你也不要再跑了，她泪流无语。第二天，她依然早早奔跑在了寂静的山路上。大山无语，山路崎岖，但她执着的脚步始终向着一个方向奔跑。

一年后，她参加国内马拉松比赛，初次比赛，她就获得了第七名。有位教练被她执着的精神所感动，自愿给她指导，科学的训练，使她的成绩突飞猛进。终于等来了内罗毕国际马拉松比赛，这一年，她27岁。为了筹集路费，丈夫把家里仅有的几头牲口都卖了。发令枪响后，她一马当先跑在队伍前列，这是异常危险的举动，马拉松比赛是一项极限运动，比的是坚强的意志和优秀的身体素质。她这样跑时间一长可能会体力不支，甚至无法完成比赛。但为了家庭，为了孩子，她不要命地奔跑在前面。

她一路跑来，有如神助，她第一个越过终点。趴在跑道上，她泪流满面，疯狂地亲吻着大地，她忘了向欢呼的观众致敬。突然冒出的黑马，让解说员不知所措，手忙脚乱了半天，解说员才找齐了她的资料。

颁奖仪式上，有记者问：你是个业余选手，而且年龄处于绝对劣势，我想知道，是什么力量让你战胜众多职业高手、夺得冠军？

她说：因为我非常渴望那7000英镑的冠军奖金。

她的话太不合时宜了，真是有悖于体育精神。台下一片哗然。她哽咽着继续说：有了这笔奖金，我的4个孩子就有钱上学了，我要让他们接受最好的教育，还要把大儿子送到寄宿学校去。

喧闹的运动场霎时间寂静下来了，原来，她的奔跑是因为孩子。孩子，是她奔跑的力量源泉呀。

这个农妇叫齐默季尔，她来自肯尼亚，27岁，这个训练仅一年的业余选手，以她母爱的力量，赢得了国际马拉松冠军。

父亲的眼泪

从小，他和父亲之间的关系就似乎显得很生疏。他和父亲都是沉默少语的人，彼此很少交流。后来，他下乡当了知青，进城后，到棉纺厂成为一名普通的工人，这中间他吃了很多的苦，但父亲从来都没有问过他，他觉得父亲根本就不关心他，也不爱他。偶尔，他回到家中，父亲顶多就是问一句“回来啦”“吃过没有”之类不咸不淡的话，之后，彼此就又是沉默。有时候，父子两人可以对坐上三个小时而不说上一句话。

为此，他曾在心里不止一次地怨过父亲没有温情。恢复高考后，他考上了北京的电影学院。毕业后，他做演员，做摄像，因为醉心于事业，他四处漂泊，和父亲更是聚少离多。虽然当演员时他也拿过几个奖，但都是无人问津，他仍然是默默无闻，在别人的眼里他始终无关紧要。

刚开始做电影导演的时候，所有的人都不看好他，认为他根本就不懂电影，更不用说会成功，他在外面受尽了艰难和委屈。回到家里，他多想靠到父亲的肩膀上感受一下父爱的温存，但是，沉默的父亲根本不会让他感受到他内心所渴望的那种父爱。走出家门，他仍然是把所有的艰辛都压在自己一个人的身上。

想不到他导演的电影在国际电影节上得了大奖，他一炮而红。

出了名的他回到国内，迎接他的并不都是鲜花和掌声，更多的反而是在报章上关于他和他导演的电影的负面新闻，他感到压力很大，想安静，似乎又无处躲藏。他只好回到家中寻找温暖，让他想不到的是，父亲看到他后仍是一言不发，只是把他细心剪贴在一起在各种报纸上有关他的各种消息拿给他看。

后来，他去意大利拍电影，父亲已病入膏肓，当医生的母亲告诉他，父亲最多只有一个多月的时间了。但工作缠身，他不得不走。

到医院与父亲告别，他走到病床前，轻轻地对父亲说他要走了，然后，慢慢地退出，拉上了房门。父亲仍然沉默，但从眼角的余光中，他还是看到了父亲头耷拉在病床边，一直望着他……父亲没有过多的言语，但他突然发现，父亲看他的目光里却有一种震撼力，让他深深地感到了父亲发自内心的那种爱与不舍。那一刻，他好像感到了父亲的悲伤，父亲的泪不仅在眼睛里流淌，还流在心里。

他在那一刻突然对“可怜天下父母心”那句俗语有了更深刻、更细腻的理解，原来，天下父母心都是一样的，特别是父亲，无论他采用的是怎样的一种爱的表达方式，他对孩子的爱，永远都不会改变。

因为，母亲的爱，对孩子，泪水常常是噙在眼里；而父亲，对他的孩子，他的眼泪常常是流在心里。

远游的父亲

一

我7岁的时候生了一场大病，这场大病与父亲有关。

那一年，是实行家庭联产承包制的第二年，家里的小麦大丰收，父亲去乡政府交公粮时我执意要跟他一起去。交完公粮，我就闹着向父亲要好吃的。父亲无奈，只好带着我下了馆子，他要了一大海碗的捞面条。吃完饭，父亲让我坐到人力车上拉着我回家。

关于我生病的细节我现在没有任何记忆，所有的细节都是母亲告诉我的。母亲说，我回家时，躺在父亲拉的人力车上蜷缩着正酣睡不醒，哈喇子流得老长。天上阴云密布，刮着风，预示着一场暴风雨即将到来。

我不知道那时我是不是在父亲拉的人力车上，摇摇晃晃中做了一个香甜的关于吃的梦。我童年的往事现在回忆起来都是与吃有关，至今我清晰记得村中某某家在哪个地方种了一棵怎样的桃树或者是梨树与杏树，因为每次没能等到果实成熟，我已经开始盘算怎样才能让这些果实进入我的肚皮中。

那天吃晚饭时，我只吃了小半碗就不吃了。这种情况对我来说很少见，因为每次做饭，都是饭未做好我就趴在锅沿边等饭吃，用母亲话来说我上辈子一定是饿死鬼托生的。母亲以为中午在街上的馆子里我吃得太饱了，或者是受凉了，所以也没在意。第二天，我的肚子仍然胀得难受，吃不下饭。第三天依然如此。

我对母亲说：妈，我肚子胀得难受。母亲揉搓着我的肚皮，说：吃饭时少吃点，拉泡屎就好了。农村的孩子都是鸡狗的命，我上边有哥哥姐姐，下边有妹妹，农活重，家务活又多，还有猪和鸡、鸭要照看，某种程度上，这些牲畜比我还要重要，我肚子胀与不胀根本就是一件小事。

我肚子胀了三天多，最后终于拉了一泡稀屎，瘪了下去。可是，从此以后，我开始三天两头拉肚子，一个月不到，眼窝就陷了下去。母亲用了村里老三奶提供给她的很多民间验方在我身上实验，可对我根本无效，没办法，母亲狠心卖了积攒了三个多月的鸡蛋带我到乡里的卫生院去看，但吃了医生开的药仍然没有效果。三个月时间，我变得像一根营养不良的细豆芽，皮肤也黄得像一张透亮的黄纸，一阵风就有可能将我吹倒，不但拉肚子不停，我还患上了黄疸肝炎。

德高望重的老三奶对我母亲说：冯姑娘呀，找不到病根，这孩子恐怕是长不成人了。

那时候村里树多人口也稠密，吃饭的时候都喜欢去凑饭场，饭场是一个磁场，也是一个小型的会议场和信息交流场。村里村外，家长里短，国家大事，狐狸精鬼故事，都会在饭场交流传递。我家大门外就是一个饭场，周边有十多户人家，吃饭时以我家大门口为中心各自散开找一棵树蹲在树根下，一边吃饭一边天南海北地胡扯。

一天中午，父亲端着母亲做的面条吃完，在饭场上感慨地说：今年去乡里交公粮，我狠心下了一次馆子，夹生的面条在水里过一下就捞出来浇上臊子了，那臊子真叫一个香，一海碗捞面条我家三儿吃去了大半碗。

三儿就是我。父亲在饭场上向人回忆的是那天臊子的香辣可口，说者无意，母亲听出了问题：夹生的面条你让三儿吃了大半海碗？母亲想起，我是那天和父亲一起交完公粮后回来肚子开始胀的，然后是三天两头拉肚子，原来，是父亲让仅仅7岁不知饥饱的我吃了大半海碗的夹生捞面条。

父亲说：我也吃了，一点事也没有。

老三奶说：你皮糙肉厚的，吃铁也没事，三儿才7岁，肠胃还娇嫩着哩！

拉肚子的病根就这样找到了，那天，我吃了大半海碗的夹生捞面条后，一定舒服地打了个饱嗝，然后，躺在摇摇晃晃的人力车上，暴雨前的凉风吹在我的肚皮上，舒服极了，可不知，病根从此就埋下。

又是老三奶提供的偏方，她让母亲把一把面条放在一片青瓦上，用小火烧煳焙干，然后冲进滚烫的开水让我喝下。母亲捏着我的鼻子连让我喝了三天这种难闻的脏东西，说也奇怪，我拉出这些脏东西后，拉肚子的毛病渐渐好了。

我1.68米，父亲1.78米，在身高上我一点也没有遗传父亲的基因。母亲一直埋怨，我个子没有能长高，就是父亲在小时候让我吃了夹生的捞面条，从而造成我一场大病差点没死去造成的。

父亲一定是无意的，他在我的记忆中是一个马虎而粗糙的人。

留在我记忆中的父亲，和我交流极少，一年四季就在田地里干活，胆小、怕事、寡言、少语，他从来没有表达过爱我们，似乎也不知道怎么去爱我们。少不更事时，我常常会羡慕别人的父亲，会给自己的孩子买糖吃，会语重心长地给自己的孩子谈心、讲故事，甚至会欢笑着和自己的孩子一起做游戏。

而自从我记事起，父亲似乎和我越来越陌生，即便他偶尔生气时想打我，也是眼一瞪，巴掌高高扬起，做出凶恶状，但巴掌从没有落到我身上过。有时，我甚至会想，即便是打孩子也是一种爱，父亲他爱过我吗?

二

在我童年和少年的记忆中，一年四季家中有干不完的农活。每到收割小麦的季节，早上，我不知道父亲是什么时候起床下地的。有月亮的夜晚，别人早就休息了，父亲仍然没有回来，母亲拉着我一起到田地里给父亲送饭。走近了，惨淡的月光下，父亲头也不抬一下，专心地用镰刀割麦子，寂静的田野里除了蛐蛐发出的鸣叫声，只有父亲挥舞镰刀与小麦秸秆亲吻发出的沙沙声。

收麦的夏季最难受，中午的太阳毒辣得将人晒得昏昏欲睡，大部分的人家都是等到下午4点以后躲避过太阳的锋芒才下地，而父亲却是中午饭碗一丢，就去地里了。

父亲用镰刀收割小麦和别人不同。别人都是弯腰割麦，割几把麦子，就要直起腰舒展一下。而父亲却是一只腿跪着，手中镰刀从不停歇，而且父亲收割后的麦子和邻居家的比较，人家的麦茬整整齐齐，地里干干净净，而父亲收割后的麦茬高，地里遗弃的麦子也多。

大哥在外当兵，二哥和姐姐在外边的工厂里当临时工，母亲的身体从我记事起就一直多病。我从小就是一个怕下力气的人，割一把小麦，就要直起腰歇息半天，在地里帮父亲干点活其实是可有可无，也有邻居家的孩子因为干农活偷懒而被训斥或者挨打，但父亲从来没有训斥过我一回。

因此，我常常心安理得地偷懒。

家中繁重的农活都压在了父亲的身上。时节不等人，田地里成熟的麦子来不及收割，一场大雨就会让这个时节的收获所剩无几。父亲从没有要求我们将汗水流到田地里，别人收割的季节是一大家的人，而他几乎是一个人在忙，他不得不与时间赛跑，也不得不将农活做得比别人都粗糙。

还有就是秋季侍弄家中种植的10余亩棉花。

每年，买化肥农药需要钱，母亲看病需要钱，奶奶吃药也需要钱，我上学更需要钱。棉花是经济作物，因此，每年我家种植的棉花都比别人家的要多。但是，棉花是一个非常难伺候的农作物。

从育苗开始，再一棵一棵带着土起到地里，挖坑、盖土、浇水，待棉花苗长高了再打尖、去杈，喷洒农药，一直等到花蕾开始一个个绽放成雪白的棉絮，再摘下花蕾，择棉花。

早上，父亲要趁着太阳还没出来，盛开的雪白的棉花蕾上还沾满露水，就去地里将花蕾一个个摘下。这时候，包裹棉花花蕾外的叶子因沾有露水潮湿不容易破碎，太阳一晒，这些已经没有生命的叶子就容易烂碎，摘下的雪白棉花上面容易沾满黑色的叶子，棉花厂收购的时候就压级压价，影响卖相。

白天一天的劳作，到了晚上父亲坐在昏暗的煤油灯下择棉花。一瓣一瓣将棉絮从花蕾中抠出来，是一个漫长而枯燥的过程。常常到半夜，我迷迷糊糊起床撒尿，看到父亲一边打着瞌睡，一边仍然机械地在择棉花。有时候听到母亲说：瞌睡了你先去睡。父亲说，再择一会儿。

早上起床，父亲不知何时已经下地了，西屋牛槽里满满一槽父亲起早铡拌好的草料，家中那头老牛正在不紧不慢地吃着草。院子内几个搭好的秸秆席上，晾着昨天晚上父亲和母亲择好的棉花，一眼能分辨出哪些是父亲择的哪些是母亲择的，父亲择的棉花，糅杂着很多棉花的破碎叶子。

老三奶劝父亲：文增呀，孩子们可不能娇惯，应该给他们分点儿活干干，不吃点苦不知道父母的难处，长大也不知道孝顺。

父亲说：我看不中他们干活，磨磨蹭蹭，碍手碍脚。

我相信这种没日没夜繁重的农活能压垮一个人，它让人看不到希望。村里或者临近的村子，不时能听到有人喝农药自杀，喝的大都是一种名为“三九一一”的剧毒农药，这种农药主要是喷洒杀死“棉铃虫”用的，杀虫效果奇好。喝药自杀者大部分都是因为鸡毛蒜皮的小事，或与别人生气，或与自己的家人生气，然后，几口“三九一一”下去，就去了另外一个世界，了无牵挂。

活着苦，活着累，活着比牛还沉重，那时的自杀者多数真的是活着没有意思。

记得有一天中午父亲在地里喷洒“三九一一”，吸入过多喷出来的药雾，中毒了。幸亏那天闷热，母亲让父亲带了一瓶凉开水。

父亲对母亲说，感觉到中毒的那一时刻，其实他想过不想活了，可想想他死了，上有老娘，下有几个孩子，这一家以后不就完了？他还不能死。就挣扎着爬到地头，将一瓶凉开水灌了下去，然后扣着嗓子眼，呕吐了一地。

父亲的希望就是活着，活着是因为有牵挂。

三

其实，父亲简直是含着金钥匙出生的。

我的家乡南阳的简称是宛，地形就像是“碗”。四周是山，中间是一块平原，是为南阳盆地。北边的伏牛山一路蜿蜒向西，接连了秦岭。据史料记载，闯王李自成兵败后躲藏在秦岭的商洛大山里练了兵马，然后出山，一路向东杀来，首先遭殃的就是南阳盆地。

李自成第一次攻打南阳城时吃了败仗，于是恼羞成怒，大批流寇，就在南阳的盆地上像过筛子一样杀来杀去。传闻李自成带兵杀人后，让士兵在路上抛撒下银两，等两天回头再找，如路上银两有人捡拾走，说明仍躲藏有人，回头再杀。南阳盆地上百里见不到人影，肥沃的土地上长满野草，野草地里奔跑的是吃习惯了人肉的野狗。

清初，山东曹州府“蛤蟆洼”的马姓两弟兄辗转来到南阳，开始扎根开荒屯田，这两兄弟是我们马村的始祖。

开枝散叶到我老爷这一支时，人丁凋零。我曾祖父是单传，爷爷又是单传，我奶奶连生四个都是女儿，眼看要断了香火。就在老爷和爷爷绝望时，我父亲出生了。

那时，还没有解放，曾祖父是清末秀才，村里识文断字的人寥寥无几。我家有50多亩地，养有牛羊猪鸡鸭鹅，农忙时还雇短工帮忙种地收割。春节、八月十五等重大节日，父亲能一个人抱着一个猪腿或羊腿啃得嘴巴上油花花的。冬天，村里一群穷孩子都没有棉袄棉裤穿，冻得龇牙咧嘴的，而我父亲，就像地主家的孩子一样，穿的是新棉袄棉裤棉靴。四个姐姐，三代单传，父亲从小享受着不一样的待遇，和村里多数衣不蔽体的穷苦家孩子相比，父亲简直就是生活在蜜罐里。

新中国成立后，大队书记坚持要把我家划为富农。有50多亩地，还雇过短工，剥削过他人，大队书记最为妒忌的就是我父亲。

大队书记的父亲原本是村里的一个混混，好吃又滥赌，上无片瓦，下午分文，农忙时给别人当雇工，农闲时偷鸡摸狗，据说还顺便给土匪做了不少事，后来收留了一个豫北流浪乞讨的女人做老婆，才繁衍后代续上了香火。

说也奇怪，这个看似病恹恹的女人，肚皮却非常肥沃，几乎不隔年，这个女人一连生了七个孩子。再生一个，大队书记的爹说，他们家就是“杨家将”了，每到过年的时候，这对父母就带着这“七头饿狼”在周边村庄挨家乞讨，新中国成立后，一家人根正苗红，是真正的贫农。

这家孩子中的老大后来就成了我们村的大队书记，他之所以能当上大队书记，是因为打土豪分田地的时候他最为积极，也最为凶狠，周边曾给他们家施舍过的很多大户人家，最终都被他残酷地踩在了脚底下。

大队书记记忆最深的就是一次要饭到我家门口，看到我父亲正抱着一只猪腿啃得满嘴流油，他当时两眼放着绿光。他气愤地说：文增从小过得像地主家的孩子，将他家划为富农已经便宜他家了。

正好公社书记是我大姑父的一个本家兄弟，在他的坚持下，最终将我家划为了中农。而我的三姑和四姑，赶着新中国成立前攀上了高枝，都嫁了个小地主家庭，没享两天福，接下来的日子是无穷无尽的批斗，我有两个表哥连娶妻生子繁衍后代的愿望都没能实现。

中农是依靠和团结的对象，新中国成立前上过几天私塾的父亲19岁那年当上了生产队长。那时的父亲应该是雄心勃勃。大兴水利工程，父亲带着社员去黑山头修水库，依靠庞大的人力，最终将“黑山头”搬走，成了现在的鸭河水库。工地上，父亲是突击队队长，他想用劳动证明自己的价值和存在。

无数个夜晚父亲挎着一杆长枪，走在漆黑的夜色中，他的内心充满熊熊的火焰。他在向革命接近，向组织靠拢，父亲一定有他的理想，他的理想也许是想成为英雄，成为模范，如果能去北京天安门见到伟大领袖挥挥手，那将是他一生的荣耀。

年少的英雄梦让父亲天不怕地不怕，有使不完的干劲。

一天晚上，在离村5里外的一个村庄开完批斗会，已经是深夜，父亲顺着熟悉的田间道路往家赶，经过一片墓地，他走了一圈又一圈，却总走不出去。父亲浑身冒出了冷汗，他明白自己遇到了“鬼打墙”。

父亲拉开枪栓，冲天放了一枪，清脆的枪声划破夜空，迷雾突然消失。夜空下他看见村庄就在不远处。

父亲说：你强，鬼也会怕你，那时的父亲什么都不怕，他是一个热血青年。

四

生活的压力一天比一天重，哥哥、姐姐还有我和妹妹先后出生，父亲再也不是幼时有父母和四个姐姐宠着的孩子了，再也不是充满热血冲动的青年，一大家人都在张口吃饭，需要他用肩膀挑起来。

沉重的生活压力让父亲已经认命，他竭尽全力，只为让一家人都活下来。

常年的农田劳作，使父亲经常穿得如同乞丐，新衣服到他身上，不需要三天，就满是尘土，不是裤子绽了线，就是上衣被撕裂了一道口子，他不知道珍惜衣服。

父亲从来没有穿过干净的衣服，其实我们穿在身上温暖的棉花，吃到肚皮中的五谷杂粮，都来自泥土，但与泥土打交道的人根本无法去珍惜衣服。

可是，我不懂这个道理，年少时，经常羡慕为什么别人的父亲能穿得干净整洁？别人的父亲为什么能给自己的孩子提供更好的物质生活？有时，我甚至为自己的父亲感到羞愧。记得有一次我不想读书了，为此和父亲发生了激烈的冲突，我说：你说，你除了会种地还会干什么?

我看到父亲低下头，没说一句话。泪水一定在父亲的眼中打转，也许，父亲也为自己羞愧，他除了拼命在田地里劳作，真的什么也给予不了我。

我不知道我对父亲的伤害有多深，他是我的父亲，我是他的儿子，我们都无法选择。

刚上班的时候，每到周末，我都要骑自行车回家去。我认为自己仅仅是这个城市的过客，那个我从小长大的乡村才是我的家，尽管，那个乡村充满牛粪猪粪的气味，经常会有人家丢失一只鸡，就有泼妇一样的女人敲着脸盆从村东头到村西头鸡飞狗跳地骂街，但是，我知道，无论我喜欢还是不喜欢，这个村庄，因为父亲的存在，已经融入了我的血液中，这里永远是我的家。

我和父亲经常无话可说。

我所做的事情父亲不懂，有时他偶尔问我，我一句话就给他个闭门羹：你什么也不懂，说了你也不知道。

父亲就欲言又止。

父亲唯一唠叨的就是，每次周末我回家，一吃过中午饭，父亲就催着我赶快走。我说，早着呢，急什么急?

我知道父亲催我的原因，他是怕我走夜路，不安全。我不着急，父亲也无奈，想冷落我让我赶快走，就牵着家中的几只羊去村外放羊去。等我骑着自行车终于出村时，看到父亲坐在我们村进城必经的那条土路上张望着，几只羊在河沟的坡地上吃草。我知道父亲是等我出来，冲父亲摆摆手打声招呼，父亲却不耐烦地说：快走吧，一会儿天就黑了。

命运是什么？虚无其实又都能让我们看得到。16岁时，我以为我可以仗剑走天涯；20岁时，我喜欢与人争个高下；30岁时，我开始知道，世上的很多事情，不是我所能改变的；40岁时，我知道，我其实连自己都改变不了。

生命是一个轮回，父亲的一生，过得寂寞而无趣，等我明白人生的许多道理时，父亲就走了。他完成了他的使命。没有了父亲的老家，也就没了牵挂，只有在无聊闲暇时，我会想起应该回老家去看看。

老家现在空无一人，我推开每个房间的门看，冰冷而寂寞。父亲已不见踪影，可是，我总觉得父亲就藏在家中，或是在门后，或是在灶台，或者是在已经倒塌的牛屋里。

我喊一声：爹！

没有人应声，我想和他说句话，他不搭理我。我总以为，父亲没有走，他不会走，父亲只是远游了，他一生没出过远门，一直在田里劳作，他一直希望出去走走，看看外面的世界。他把我们兄妹都养大了，应该出去看看。

现在，我已经把城市当成了家，儿子也不愿意回马村。他说，那不是我的家。

出村回城的路上，我往路边的沟渠里看，几只羊在沟渠的坡上啃草，我习惯性地摆摆手，失神地说：爹，我走了。

父亲仍然不耐烦地说：快走吧，一会儿天就黑了。

泪水模糊了我的双眼，父亲已经越走越远了，这一幕，已经成了幻觉，他只会在我的梦中一次又一次地出现。

童年的电影院

我的老家离一个小镇有1里多的路程。小镇里有一家电影院，大门的院墙是用铁栅栏围起来的，大门口那个狭窄的过道旁有一个小黑板，上面写着当日要演的电影。它是小镇唯一的一个娱乐场所，古老而陈旧。

记忆中的童年就是从这里开始的，常常在下午从小镇的学校后，我和几个小伙伴往往要拐到电影院的门前去看一看。这时，电影院的那个狭窄的小铁门紧锁着，里面也静悄悄的，那个40多岁的售票员兼管理员回家吃饭去了，我们手攀着铁栅栏尽情地嬉闹一阵子后，看看小黑板上写着的影片，然后飞快地往家跑去。

在饭场上，往往就有邻居问我今天要演啥电影。许多时候他们也只是问问罢了，除非遇到非常吸引人的影片或这一天有什么重大高兴的事，才舍得花那几角钱去看一场。那个简陋的电影院好像是专门为小镇上的邮所、储蓄所、商店、乡政府那些吃“皇粮”的人而建的。常常，在电影开始之前，他们会拖家带口悠闲而高傲地手拿着电影票鱼贯而入。而我，则在电影院门前那个电灯照射不到的阴影里偷偷地窥视着他们，小小的内心充满了伤感和自卑，心想，以后再也不来了。

然而，那些经常上映的战争故事片对我又充满了诱惑，一有这样的影片，我就会匆匆地扒两口饭，在夜色里趁父亲和母亲不注意跑出去。电影快开始的时候，那个40多岁的管理员就会冲门前探头探脑的我们喊：“要看快买票，电影马上就要开始了。”我们就会挤到门口央求他，不过，手无分文想白看一场的央求往往没用。在开映十几分钟后，他把小铁门一锁就也钻进里面看电影去了。那时候，我最羡慕的工作和人就是他。

次数多了，我们就在刚开始进门时打主意。有时是夹在买过票的人长长的队伍中间企图混进去，有时是拾起昨天废弃的电影票想再用一次。但小孩们的“精明”总逃不过大人的眼睛，在长长的队伍中间，他总能准确地把我们拉到一边然后训斥我们几句。

后来我发现电影院门口有两个铁栅栏当中的空不知被谁用力掰大了一点，我试着把头插过去，竟然钻了进去。这个发现使我惊喜，几个和我一样瘦小的伙伴一个接一个都钻了进去。后来好长一段时间那个管理员都不明白，他明明知道我们没买票可不知怎样混进去的，问我们，我们只是冲他做鬼脸，在坐满了人的电影院里面，他也拿我们没办法。

灯亮散场，随着人流流向那片狭窄的灯光，一路上抛下了许多朗朗的欢笑。许多天过去了，情节和故事在脑海中都会拓写成一帧清晰的画。似乎男孩天生就要玩打仗游戏，那些战争故事使我挎起了木枪，做着英雄梦。那梦在今天看来永远也不能实现。

我上三年级那年期末考了全班第一，父亲一高兴问我想要啥，我说电影票，那天晚上我请了两个小伙伴。当我把钱递给那个管理员时，他摸摸我的头，说："给你们半票。"第一次，我觉得那个整天凶巴巴的管理员也有慈祥的时候。我们坐在第一排，当投射银幕上的光柱照射到雪白的墙壁上时，我们抛起了帽子，挥动着手臂，等了好大一会儿，也不见开始，银幕上却打上了"串片未到"的字样。场内响起了一片嘘声。我们几个在场内乱成了一片，漫长的等待竟也觉得是那样的快乐。

好吃吗

那天我下了飞机赶到家里时，已经是晚上9点多钟了，母亲知道我要回来，正坐在厨房里等我。我一进家门，母亲就连忙叫父亲往灶膛里填柴，锅里的油正热气腾腾，母亲把面放进锅里打了几个滚，然后把冒着热气的油条端到我面前。

母亲说：妈知道你要回来，特意和好了面给你炸油条吃。

应该有五年多没进家门了吧，在城市里忙忙碌碌无所成就地，早上总是起不来，直到快到了上班时间，才慌慌张张地爬起来，然后，胡乱抹一把脸，就向楼下冲去。楼下有一家河南人开的小饭馆，早餐卖茶鸡蛋、豆浆、小米粥，再有就是那种炸得又粗又长的油条，一元钱一根。我扔下两元钱，拿上一杯豆浆，抓起一根油条用纸包着，边吃边走慌里慌张向公司赶去。到公司打卡的时候，我的油条也刚好吃完。天天吃油条，我早已腻了，但楼下的那家小餐馆，却是我早餐的最佳选择。

母亲以为我现在仍然喜欢吃油条，小时候，遇到一些重大节日，母亲才会炸一点点油条，等客人来时吃。有时候算计着某个客人该来了却迟迟没来，母亲就会把那点油条藏起来，或是用竹篮装了吊到高高的房梁上，怕客人来了拿不出一点好吃的东西。等十天半月后，油条早已风干了，可我还觉得那还是天下最好吃的东西。有一次我偷偷地用三张椅子摞起来偷吃母亲吊到房梁上的油条，结果摔下来，头也被磕流血了。还有一次，我和邻居小海去别人家厨房里偷他们炸出来的油条，钻进去一个个吃得肚子撑得动都不想动，但很快我和小海都付出了代价，屁股被打得又红又肿。

或许这些事母亲记得比我还清，家中也没有别的好吃的，母亲就知道我喜欢吃油条。

母亲像个腼腆的孩子一样，红着脸，一双手不知该往哪儿放。母亲说：吃吧，多吃一点。我看母亲辛勤而幸福地为我忙碌着，她和父亲一定算计着我回来的时间，把油热了又热，为的是我一回来就能吃上刚出锅的油条。我咬了一口，油条炸得有点硬，而外边卖的油条里面都是气泡泡，很松软。我不由得微微皱了一下眉，母亲恐慌地问我：怎么，好吃吗？

我悄悄地转过脸，拭了拭眼角流出来的泪水，忙说：好吃，好吃。

父亲的成功

我一直以为父亲的一生很失败：一个农民，一生都守着家中的那片土地，与土坷垃打交道，然后，在农田里累死累活一辈子，才把我们兄妹养活大。父亲的一生太普通太平凡了，平凡得几乎没有值得我书写的地方。

一次，我和父亲聊天，父亲似乎很高兴地对我说：孩子，这一辈子我很满足，我觉得我应该也算是一个成功的人士。

父亲的话让我很诧异：一个没读过几天书的农民，一生没有做出一件轰轰烈烈的事情，最远的地方没有走出家乡方圆100公里，吃苦受累一辈子，一生都在伺候庄稼，竟然敢说自己也算是一个成功人士？

父亲一定看出了我的诧异，他继续说：不错，我只是个农民，也只能土里刨食吃，但要养活你们兄妹5人并不容易，因此我只能把庄稼伺候得更好，让它们年年都有好收成，这样才能创造出更大的经济效益，你们兄妹才不会挨饿，才有钱去读书。

是的，从都承认父亲是一个种庄稼的能手，我家的责任田在村里被公认种得最好，不管是涝还是旱，我家的庄稼几乎年年丰收。

父亲接着说：村里人都认为我会侍弄庄稼，其实，种庄稼我也没有比别人更多的技巧，只是比别人多出一份力罢了。父亲是个勤奋的人，出工他比别人早，收工他比别人晚，记忆中经常是早晨天还没亮，父亲就下地了；夏日的中午，别人都懒洋洋地躺在家中午睡，可父亲头顶着毒辣辣的太阳，在责任田里汗流浃背地为秧苗除草、除虫；田地里刚开始有点干旱，别人都在等着下雨，而父亲就到水渠里担水开始一棵一棵浇灌庄稼；另外，我家责任田里的排水沟也挖得比任何人家的都深都通畅。父亲他何止是比别人多出了一分力，而是多出了十分、二十分力都不止。

我们兄妹多，劳动力少，村里许多家的孩子都早早地辍学帮父母“修理地球”了，但在父亲的坚持下，他不允许我们一个人辍学，与其说是在我们的努力下，倒不如说是在父亲的努力下，在我们那个文盲遍布的偏远乡村，我们5兄妹最后都学业有成，这在周边村庄里也称得上是一个奇迹。

是的，父亲是一个农民，他一生都在精心、勤奋地做着一件事情：把庄稼种好，就是他最大的成功，这样，我们兄妹才会不挨饿，才有书读。也许父亲所认为的成功在别人看来很现实，很卑微，但是，这的确是父亲最大的成功呀！现在，父亲已经离我远去，虽然我远离了乡村，生活在繁华的都市里，有了房也有了车，但不如意的事也总会发生，常常我觉得自己一事无成，生活也一塌糊涂，郁闷和失败感时时萦绕着我。直到有一天我梦到了父亲，我听到父亲对我说：

孩子，不要把目标定得多么高大，也不要把理想定得多么宏大，这样让心太累，成功没有卑微和巨大，小成功同样能有大收获。

我突然从梦中惊醒，父亲已经微笑着离我而去。远在天国的父亲呀，你常常沉默不语，但每一句话，都透露出你这个乡村哲人的聪明和智慧，黑暗的日子里，让我豁然开朗。

游在水里的妈妈

那一年，她5岁，妈妈已经在床上躺了很久，而爸爸对她来说一直是一个陌生的称谓。从她记事起，就没见过爸爸，她不知道，在她还不到一岁的时候，在工地上打工的爸爸，因为一次意外的事故去世了。

妈妈躺在床上，脸色像纸一样苍白，她伸出枯瘦的手，用手指轻轻地梳理着她乱糟糟的长发，笑着对她说："妞妞，妈要是走了，你跟着爷爷奶奶，要听他们的话。"妈妈的话让她产生了警觉，她问："妈妈，我惹你生气了吗？"她看到妈妈的眼睛使劲眯着，那笑就像挤出来的一样，反而更像是哭。妈妈显然也注意到了这一点，她想把自己的微笑修复得灿烂一些，但怎么努力还是做不到。

"妞妞没有惹妈妈生气，是妈妈累了，想去那个地方找你爸爸。"以前，每当她问起爸爸的时候，妈妈就告诉她，爸爸出远门了，每个人都有一天要出远门的，但她不明白，爸爸出远门后怎么一直没见他回来。于是，她对妈妈说："妈妈，那我也要和你一起出远门，去那个地方找爸爸。”

妈妈慌乱起来，忙说：“你不能去，妈妈走了以后，你要和爷爷奶奶在一起，你想妈妈的时候，妈妈会变成一条鱼来看你。”妈妈怎么会变成一条鱼呢？以前，妈妈从来没有告诉过她，她会变鱼，妈妈什么时候变得这么神奇？她问妈妈：“妈妈，你怎么能变成一条鱼呢？”妈妈告诉她说：“有一天，妈妈会躺到一个大大的木匣子里面，村里许多人都会来咱家帮妈妈的，他们会把妈妈躺的木匣子抬到地里，然后挖一个大坑，把木匣子放进里面，埋上土，妈妈就会在那里面变成一条鱼的。”

妈妈真的能那么神奇吗？她说：“可是，妈妈，鱼是生活在水里的呀，那土里有水吗？”妈妈说：“有水，咱家院子里的压水井不是往土里接一根水管，一压，水就出来了？”

她点点头，是这么个道理。妈妈又严肃地说：“那时候，妈妈躺在木匣子里面，不能说话，也不能睁眼睛，你不要哭，也不要喊我，因为，如果你一哭一喊我，我就变不成鱼了，以后也一样。”

她懂事地朝妈妈使劲点点头，妈妈伸出手对她说：“那咱拉钩！”她伸出小手，有点勉强地笑了。她没看见，妈妈的泪水已经把枕巾打湿了。

那一天果然很快就到来了，妈妈躺在一个大大的木匣子里面，村子里的许多人都来帮妈妈的忙。她看妈妈的眼睛果然闭着，她想，妈妈怎么会躺在黑色的木匣子里面，她不知道她不喜欢黑色的吗？

但想到和妈妈拉过钩，她没哭，也没喊，看到那么多人忙忙碌碌，她拿出妈妈给她买的彩笔，认真地在妈妈的黑木匣子上画了一条鱼。自从妈妈告诉她说她会变成鱼后，她就让妈妈教她学会了画鱼。

妈妈就这样被装在黑木匣子埋进了地里，她跟着爷爷和奶奶一起生活。爷爷和奶奶都很老了，拿起镰刀收割小麦时，割一垄麦他们要站起来用拳头去捶腰；地里的玉米他们掰不了一篓就累得直喘气。爷爷和奶奶常常用衣袖去擦拭他们的眼泪，她跟在爷爷和奶奶的后面帮他们收割小麦，帮他们把掰下来掉到地上的玉米拾起来放到篓子里。她对爷爷和奶奶说："爷爷，奶奶，你们别哭了，你们看妞妞从来都不哭。"可是，她的话让爷爷奶奶哭得更厉害了。

妈妈被装进黑木匣子里埋进了地里，小朋友们说她是没妈的孩子，还有人欺负她。她想，妈妈在身边多好呀，她委屈得想哭，她想，妈妈，你什么时候会变成一条鱼来看我呀，那样，小朋友们就知道她的妈妈是多么的神奇了。每天，她都要用妈妈给她买的彩笔来画鱼，在她家的地上、墙上、床上，只要她能够得到的地方，她画满了鱼，然后，还有波浪形状的水。那一条条鱼游在水里，游在水里的鱼让人看着心痛。

她已经6岁多了，妈妈被装进黑木匣子埋进地里有一年多时间了，她一次也没有哭过，虽然，她常常想哭。快到秋天的时候，干旱了许久的天突然下了一场大雨，那场雨来的时候电闪雷鸣，风呜咽着从远处刮来，有的树木都被拦腰折断了。瓢泼的大雨她一点儿都不害怕，她兴奋地跑到院子里的雨地里，想，这么大的雨水，变成鱼的妈妈一定喜欢。

雨来得快停得也快，高高的院子里却积了许多水。她惊奇地发现，有一条小鱼，正在院子的积水里神奇地甩着尾巴。她惊呆了，她怎么也不会明白是龙卷风把这条小鱼带来的。瞬时，泪水爬满了她的面孔，她喃喃地说：“妈妈，是你变成的鱼来看我了吗？”

她小心地把那条鱼捧进手里，放进一个盛满水的玻璃瓶子里。鱼轻柔地在水里游着，它红色的尾巴，淡红色的鳍，身上的小鳞片闪闪发光，一双眼睛被水包围着，就像是泪水在汹涌澎湃。

她常常连饭也忘记吃，盯着玻璃瓶中的那条小鱼，小鱼在玻璃瓶中悄无声息地游着。她想起妈妈枯瘦的双手，想起妈妈苍白的面孔，想起妈妈用手指轻轻地能把她的长发梳得整整齐齐。她想，妈妈一定也想她了，所以，才乘着风雨来看她。她就对着玻璃瓶中的小鱼说：“妈妈，我没有哭，我听爷爷奶奶的话，你不知道我是多么地想你呀！”说着不哭，可她咸咸的泪水已经偷偷流到了嘴角，小鱼也和她一样，它好像游在自己的泪水里。

每天，她都要把玻璃瓶子里的水换成新的，睡觉的时候她把玻璃瓶子放到枕头旁；帮爷爷奶奶干活的时候她也总带着玻璃瓶子，把它放到一眼就能看到的地方；就是出去和小伙伴玩，她也带着玻璃瓶子里的小鱼，无论别人怎么嘲笑，她只是紧紧地把它抱在怀中保护着。可是，有一天，一个和她玩得最好的小伙伴对她说：“你别傻了，你妈妈早就死了，一条破小鱼有什么好玩的，她是不会变成鱼来看你的。”她听了，小脸憋得通红，而那个小伙伴却挑衅地看着她。她突然疯也似的扑到她身上，用小手在她的脸上抓了一道血痕。

小伙伴的妈妈找到她的爷爷和奶奶，爷爷和奶奶让她向小伙伴承认错误。她倔强地站着，咬紧嘴唇，把玻璃瓶子紧紧抱在怀中。她真是得了“魔征”，小伙伴的妈妈叹口气，他们劝说爷爷和奶奶，让他们赶快把她送到城里的医生那里看看。

城里的医生是一个很漂亮的阿姨，她听了爷爷和奶奶的诉说，把她叫到跟前，用手指轻轻地梳理着她的长发，然后，弯下腰，看她抱在怀里的玻璃瓶子。天冷了，可玻璃瓶子在她体温的温暖下却是暖暖的，那条小鱼，在里面无声无息地游来游去。那个阿姨用手轻轻梳理自己的长发就像是妈妈那样，她突然觉得很温暖。她说：“阿姨，每个人都要去那个很远的地方吗？每个人都会变成一条鱼吗？”

医生阿姨站起身，把她搂到怀里说：“你知道吗？你想妈妈，可妈妈是不希望你变成这个样子的，孩子，如果妈妈真的变成了一条小鱼，你希望它生活在这样一个小瓶子里吗？美好的事物是不会消失的，和阿姨一起把它放到河水里去吧。”

她看着怀抱中的小鱼，玻璃是透明的，水是透明的，小鱼的眼睛也是透明的。她说：“阿姨，小鱼为什么不哭？”

“小鱼哭了，你看，水就是小鱼的眼泪。”阿姨说。

她看着小鱼，小鱼的眼睛晶莹透明，真的是泪水汪汪。她终于放声地大哭了起来。其实，她是知道的，早在一年多前，妈妈就已经永远离开了她……

最深沉的父爱

他出生的那一年，他的父亲才21岁。这个21岁的大男孩显然还没有做好当父亲的准备，他给父亲带来了不少的慌乱和茫然无措，但他很快就进入了初为人父的角色。父亲告诉他，在他未满周岁的那段日子，每天晚上自己守着他，没有睡过一个囫囵觉，怕他饿着，怕把他压着，怕他尿床睡在湿尿片上。虽然辛苦，但父亲说他很高兴。

从他记事起，父亲就经常让他骑在自己脖子上，带着他四处跑着玩，后来，成了习惯，只要父亲一坐下，他就往父亲的脖子上骑，父亲的脖子就是他流动的坐椅。一直到他七八岁上小学了，仍然是这样，他骑在瘦弱的父亲的脖子上，用手拽着他的两只耳朵，就像是骑着一匹马，赶着他快点跑。从小他就知道，如果他想要什么，就问父亲要，父亲总会想办法满足他。看到父亲这么溺爱他，人们都劝父亲说：你这么溺爱孩子，当心孩子长大不孝顺你，做父亲的，得有威严他才会怕你。而父亲从来没有把这些话当真过，仍然是宠着他。

他当然管父亲也叫爸爸，不过，他还管父亲叫陈小飞，或者干脆叫他小飞。陈小飞是父亲的名字，他管父亲叫陈小飞的时候比叫爸爸的时候要多得多，他这样没大没小地叫爸爸的名字，爸爸也没有生气，爸爸反而很欢快地答应着。他怎么能直呼爸爸的名字呢?那时他已经上中学了，上中学的他看了许多书，他知道外国人，许多孩子都是直呼爸爸妈妈的名字的，这为他直呼父亲的名字找到了依据和理由。

有这样一个宠爱着他的父亲，他的童年和少年过得幸福而有恃无恐，父亲这样哪是拿他做儿子来对待，分明是把他当成一个朋友，他有什么悄悄话，都要对父亲说，甚至上中学时，他暗恋一个女生，也对父亲说，向父亲讨主意。而父亲，也真够哥们儿，没有像别的家长那样以为天都要塌下来似的惊恐不安，父亲告诉他，他和妈妈也是早恋，但也正是因为早恋，他和妈妈都没能考上大学，只好早早地到工厂上班做了一名工人，就这样他20岁就结了婚，21岁什么都没做好准备就当了他爸爸，他可不希望自己的儿子早恋，去走他当年走过的路。

后来，他渐渐长大了，走在马路上，他不能再骑在父亲脖子上了，但经常攀着父亲的肩膀，一路又笑又闹的，路上遇到父亲认识的人，父亲会骄傲地指着他说：这是我儿子！往往，会引来别人的惊叹：不会吧，小陈，我们都以为你还小着呢，你儿子却已经长这么大了！

是的，他记忆中的父亲总是一副嘻嘻哈哈的模样，和他在一起，没心没肺的也没有忧愁。而别人的父亲，怎么都是那样的深沉。他知道父亲是爱他的，但是，他又渐渐长大了，现在，他已经上高中了，上高中的他已经会用大脑去思考深刻一些的问题了，他在想，他的父亲怎么还像个小孩子一样，简单幼稚，他现在需要的是一个深沉又有能力的父亲，而不仅仅是一个可爱的父亲了。

因为他的父亲下岗了，才30多岁的父亲，就失去了工作，可他并没有看到父亲怎么忧伤。父亲买了一辆三轮车到建材市场去拉货挣一份苦力钱，每天累得要死，整天回来还乐呵呵的。他想，难道真的就没有能让父亲难心的事吗？

一天下午，他和几个同学一起去划船，看到一群人围在一辆有城管标志的工具车边上看热闹，他也挤过去，却看到几个城管要把一辆三轮往工具车上台，而紧紧拽着三轮车车把不松手和城管对峙的是他的父亲。那是父亲的三轮车，一定乱停乱放被城管发现了要没收。他在人群后边慌乱躲开了，因为，这天他是和几个同学一起逃学出来的，还有，他不想让同学们知道，这个卑微的三轮车车夫就是他的父亲。

那天和同学们一起划船时他一直心神不宁，晚上回家，父亲仍骑着他的三轮车回来，他为父亲长出一口气，他不知道父亲的三轮车为什么没有被城管没收走。父亲在和他一起吃晚饭时仍是笑呵呵地拍拍他的肩膀，告诉他好好学习，因为，上大学的学费早就给存够了。他不知道父亲是不是吹牛，心想，父亲怎么这么没记性，下午他在大街上和城管对峙时那副哭丧脸他怎么就忘得一干二净了?

他试探着对父亲说：爸爸，你才30多岁，不会考虑换个有前途的工作干干？总推个三轮给人卖力气也不是个办法！父亲却误解了他话中的含义，说：我知道你是心疼爸，没事，你知道爸最不喜欢的是求别人，爸就是趁着30多岁还有一身力气才干这个的。

可是，他逃学的日子越来越多，网吧，成了他经常留恋的地方，直到有一天，他在那里把一个一样经常逃学的男孩打伤。男孩伤得不轻，他以为他能躲过去，父亲知道后，却执意拉着他去男孩家赔礼道歉。他不去，父亲只好一个人去，他又不放心，偷偷跟在了父亲的后面。

父亲一到男孩家就挨了几拳头，他躲在大门外扒着门缝更不敢进去。父亲拿出厚厚一沓钱要给人家，却没人接，男孩的父母一定要去报案，他不知道进了派出所会是什么结果。父亲拉着人家的衣服，就那样跪了下去，直挺挺的，泪流满面，说：都是做父母的，我知道你们的心情，请给孩子一条生路吧！说着，父亲的头一下又一下磕在了地上……

父亲回来的时候，额头上还有血的痕迹。他看到，才30多岁的父亲，头发白了不少，他一直以为，父亲不会悲伤，没有忧愁，对他的爱，肤浅而没有深度。可是，现在，他分明看到了父亲，眼含着泪水，手在不停地颤抖。父亲扬起手，他以为父亲要打他，想不到，响起的耳光却是打在了父亲自己的脸上，就是在这个时候，父亲还是舍不得打他。

父亲说："子不教，父之过。我先惩罚我自己。"他看着父亲，父亲的泪水在脸上流得乱七八糟。虽然父亲的耳光打在了他自己的脸上，他知道，这是父亲给他最深沉的爱。那一刻，他突然长大了。

飞不出巢穴的麻雀

大学毕业后的那一年我比较幸运，在一家外贸公司里做了一名文员。其实我之所以“幸运”，是因为找那份工作并不是凭我的真本事，而是父亲的一位战友帮的忙。那个工作比较清闲，而且薪水还算不错，同学们都羡慕我能找这样一家有实力的单位，以后我肯定有发展前途，有的还奉劝我，说，你工作这样轻闲，修个第二专业也有时间，不像我们，为了找工作还得四处奔波。

同学们的话我并没有记在心上，我想，又不愁饭吃，操那么多心干什么？有一段时间我突然爱上了钓鱼，一下班或是节假日，就背着鱼竿四处寻找池塘去。这样过了一段时间，整天把自己弄得又黑又瘦的，我想，我这哪是休闲呀，这纯粹是花钱买罪受。于是那个鱼竿被我束之高阁。后来，这个城市又流行起了健身，我花了1000多元钱在一家健身俱乐部买了个年卡，每天把自己跳得一身臭汗，没过多久，我又对健身失去了兴趣，那张1000多元的年卡在我抽屉里躺了多半年，钱算是白扔了。有一天，我突然在一家杂志上看到了一篇文章，作者是我的一个同学，我打电话问他那篇文章是不是他写的，他说：是呀，现在我也找到了一个糊口的单位，但又不是太喜欢这个工作，就给报社杂志社写点稿子，一是让自己的爱好能变成经济效益，二是也算是充实自己，现在竞争这么激烈，我得赶快努力往成功路上走，不像你，有一个称心如意的单位，走了成功的捷径。我说：你让自己活得太累了，成功是需要时间的。放下电话我突然想，上大学时我们都喜欢文学，在文学社里也经常交流，他能写这名利双收的东西，我为什么不能呢？可我没写上三个月，就又没兴趣了，一是写稿太辛苦，二是好长时间不写，写起来手生了，投出去好长时间也没有回音。

一天，在熙熙攘攘下班的人流中，我突然看到我曾经的一个同桌慌慌忙忙地赶路，是什么事这么急而让他根本没看到我。我叫住问他，他用手拭拭额头上的汗，说：书店刚进到一批考研的复习资料，他是急着要去买书的。我笑着说刚毕业没几年，还没自由够，怎么又急着想进学校那个“牢笼”。他奇怪地反问我：现在年轻不考研究生，等什么时候再考，其实就他现在这年岁，他都已经感觉自己有点大了。我听了他的话，觉得他仍像上学时一个样，根本是书呆子一个。

我们单位的老主任对我一直还不错，有一次他突然语重心长地对我说：你别看你现在工作轻闲，是因为许多业务知识你还不懂，要趁年轻，多学点业务知识，万一以后我们单位效益不好了，自己出来单干也能行，依你现在的情况，就是领导想往你身上加担子，恐怕你也干不好呀！叫我说，你还是找领导请求到基层多锻炼锻炼，学点真本事，以后什么都不怕。

对老主任的话我很是听不进去，到基层，又苦又累，我才不愿意去呢，待在办公室里多好，再说，我们单位日子还能过呀。我还年轻，即便是想干事业，那还有点早呀。

转眼上班已经六年多了，这六年来，我好像一直在梦中一样，在单位混过来了，既没有“进步”，也没有学到什么业务，也曾计划过未来，但想想那些都还离现实远着哩。单位渐渐发不出工资我也感觉到了，直到有一天，我被列入下岗分流中的一员。在家苦闷了多日，也不知道自己以后能干什么。给曾经要好的几个同学打电话，才知有两个去上研究生，马上就快毕业了，听他们说毕业后不打算回内地这个小城了。又给那个喜欢写文章的同学打电话，他说现在有几家出版社跟他签了出书合同，他正忙着出书哩，至于他的工作，他早辞了，现在写书挣的稿费足以养活一家老小了。他听了我的现状，沉默了一会才说：现在是一个竞争激烈的时代，你不但要成功，而且要及时成功，否则就是失败，你浪费了你毕业后最好的一段年华，现在再想着去补回来，其实就已经是失败了。

我真不知道自己能干什么，看昔日的同学们，这么多年来，一个个都有了自己的目标和追求的方向，而且有的已小有成就，为什么就放松了。回到乡下的老家，父亲也想不到他艰辛地把我送进大学，今天却落下这样一个局面。我和父亲坐在家中的二楼房顶上都有点沮丧，我盯着不远处一棵树上的一个鸟巢发呆。鸟巢里有几只挤在一起刚孵化出不久的小麻雀，我突然发现，当大鸟飞临给它们喂食时，小麻雀都张着淡黄色的嘴叽叽喳喳，有两只比较大一点的小麻雀，每当父母给它们喂食时，总是特别凶地抖动着它那肉乎乎的小翅膀，张大嘴巴，高鸣着吸引父母的注意。而有一只特别瘦小的麻雀，总是挤不到前边，半天也吃不上一口。愚蠢的鸟妈妈，也不知道可怜那只弱小者。

我被麻雀喂食的情景吸引过去了，金黄色的夕阳让我和父亲的身影在屋顶上拖了很长很长。我不由对父亲气愤地说：这对愚蠢的鸟父母，要不了多久，那只小鸟没等长大飞出鸟巢，就会饿死了。

父亲淡淡地吐出一团烟雾，说：大鸟的体力也有限，在成长的过程中，当然得需要有被淘汰的，就像一个人，不主动地去进取，只会怨天尤人又有什么用。

第一次，我没有与父亲顶嘴，我羞红了脸。是呀，在这个极端竞争的时代，一个人没有去努力及时地成功，其实就等于失败。就像那些等待喂食的小麻雀，如果不主动凶猛地抖动翅膀高声鸣叫引起父母的注意，在短短的一个多月时间里，因为激烈的竞争，它就永远也飞不出巢穴了。

成功其实很简单

有一个男孩，由于家庭生活窘迫，7岁那年他就开始做一名报童，给人家送报以补贴家用了。像他这样小的年岁，做报童是赚不了几个钱的，因为，在那个街区，许多报童的岁数都比他大。另外，还有一些成年人也在做这份工作，他们都比他做得早，也比他更有经验。

其实送报是一份挺辛苦的工作，风里来雨里去不说，还要每天很早地起来，以保证报纸从印刷厂一出来，就第一时间送到每一家订户手里。由于这么多人都在竞争送报这份工作，后来送一份报纸连2美分也挣不到了。渐渐地，许多送报的都对这份工作失望了，他们悲观地认为，干这个肯定是赚不了钱的，每天那么辛苦就不说了，可就是再努力又有什么前途可言呢?

于是，许多人都坚持不住了，一个个改行去做别的了。

7岁的小男孩那么小，干别的工作谁又能对他放心，相信他能干得更好呢？他坚持了下来，并且满怀希望地去对待这份送报的工作，把它干得越来越好。他坚信，他能赚到更多的钱。

果然，到了他10岁那年，他送的每份报纸平均能赚到10美分了，他成立了一个送报公司，除了自己送报，他还雇了8个帮手，把送报的区间和客户扩大了许多。而在他雇的8个帮手中，其中有一个是当年和他一起送报的，后来看到送报不赚钱，又离开了。他们后悔当年没有像他那样坚持下来。

这个送报的小报童叫约翰，后来，他成了美国的“报界大亨”。

是不是这样呢？成功不是因为你比别人干得早，也不是因为你比别人更有经验。很多时候，成功其实很简单，它只是需要你保持一份坚定的信念，微笑着跨过一道道难关，坚持到底。

你可以被打败，但不可以被打垮

那一年，男孩只有6岁，在一群小孩当中，虎头虎脑的他被来学校挑选乒乓球苗子的教练一眼相中。男孩也一下子迷恋上了这小小飞舞的银球。他的父亲看他每天汗津津地练球很快乐，似乎从中看到了希望，他一狠心，就为男孩从体校找了一个年龄较大、水平高的运动员做陪练，每个月给人家50元的报酬。那时候，男孩的父亲在一家玻璃仪器厂上班，母亲在一家纺织厂工作，两个人的工资加起来还不足80元。

为了一家人的生活，父亲不得不每天下班后到火车站扛货，靠卖气力挣几个外快。这样繁重的工作很是让父亲的身体吃不消，但是，为了把儿子的前途艰难托起，为了不影响儿子打球，父亲从来不告诉儿子他下了班到火车站去干什么。

一转眼，男孩练习打乒乓球已经3年了，9岁的小男孩有一天参加市里的乒乓球比赛拿了个大奖，他高兴地要把这个好消息立刻告诉父亲，便一路找到了火车站。此时，天已经黑了，初冬的火车站里灯火通明，在货场上，男孩看到了父亲，父亲正穿着一件单薄的背心，和一帮人汗流浃背地扛着一包包沉重的货物从火车上卸下来，男孩看到父亲的头上包着毛巾，肩上的货物压得他步履蹒跚，气喘吁吁。此时，北方的天空正飘着雪花，道路上，沉积的冰雪使大地一片雪白耀眼。男孩一动不动地站在一个黑暗的角落里看着父亲，泪水无声无息地流满了他的小脸。

那天晚上，在回家的路上，男孩再也没有提比赛得奖的事，他的手始终把父亲的手拽得紧紧地。他在心里说："爸爸，我以后要当世界冠军，那样，你就不用背货物了。"9岁的小男孩世界冠军之梦从此变得清晰和强烈。于是，在训练场上，男孩练起球来更加刻苦，出众的天赋再加上男孩不要命的训练，在一帮孩子当中，男孩很快就脱颖而出。

一次，在体校举行的队内比赛中，男孩的父亲和母亲前去观看，男孩与对手打成了1：1。第三局，男孩在19：15领先的情况下，被对手连追4分打成了平局，男孩急得哭了起来，每次，他都太在意夺冠了，男孩边打边哭，最终败下阵来。比赛结束后，父亲把男孩叫到一边对他说："孩子，你要知道，作为一个运动员，你可以被打败，但不可以被打垮！男子汉不能轻易掉眼泪！"

父亲话说完就走了，但父亲的话像烙印一样深深刻在了男孩的心里。在以后的比赛中，男孩仍然有过失败，但是，他再也没有流过泪水，男孩想，他不能让失败把一个男子汉打垮。

1993年，这个不会被失败打垮的男孩，终于在这年全国青少年乒乓球比赛中，夺取了男子单打冠军。这一年，他13岁，当时的国家乒乓球男队主教练蔡振华一纸调令，将他招入了国家队。这个叫马琳的沈阳男孩，从此一步一个脚印走向世界乒坛的巅峰，将多枚国内外比赛的金牌收入了囊中。2006年3月，在乒乓球世界冠军自由转会中，他以501万元的高价荣膺“标王”。2008年北京奥运会，他拿到了乒乓球男子团体和男子单打的冠军，成为北京奥运会的双冠王。

“你可以被打败，但不可以被打垮！”虽然，夺金的过程泪水充满艰辛，但一枚枚金灿灿的金牌，终于让一个男孩成长为一个坚强的男子汉。

成功只需要30秒

在一家知名的大公司里，营销部的主管被提升后，这一主管的职位就空缺出来了，于是，老板就让原来的主管从市场部的营销人员中，推荐一名适合做主管的人选。结果，这名老主管却推荐了两名人员，他对老板说：我觉得他们两个都是优秀的，至于谁更合适，希望总经理考察后再任命吧。

于是总经理就对这两名优秀的营销人员进行了明察暗访。结果，他发现，这两位候选人的能力旗鼓相当，究竟谁更合适做主管，一时间让总经理也举棋不定了。一天，坐在办公室里的总经理突发奇想，他分别叫这两名营销人员到他的办公室来。总经理放下电话后计算时间，结果他发现，那两名营销员从同一个办公室里走到他的办公室里，一位用了70秒钟，另一位则用了100秒钟。于是，老板立刻决定，让用了70秒钟时间到他办公室的那位营销员担任主管。

那个可怜的输家，仅仅因为这30秒，就败给了对手。

或许，有人会说，这个老板怎能这样选拔人才呢？一点都不科学，也太武断了吧！但是，有一个学者通过在全球31个国家和地区，对人们步行的速度调查后却发现，人们步行速度最快的前10个国家依次是：爱尔兰、荷兰、瑞士、英国、德国、美国、日本、法国、肯尼亚、意大利。这步行速度最快的前10个国家，除了非洲的肯尼亚"盛产"田径运动员健将，但其余的9个国家均为西方发达国家，而在中国海峡两岸暨香港人们的步行平均速度在这项调查里的排序为：香港，14位；台湾，18位；大陆内地，24位。

调查者最后得出结论：人们的步行速度与国家的经济状况成正比，步行速度越快，经济越发达。

原来，步行速度也是经济效率的一种体现，在拥挤的街道上，如果你仔细观察就会发现，那些总抱怨道路拥挤，前面的人走路太慢，堵住了自己前进道路的人，大都是精力旺盛、衣着干净整洁的白领打扮的人；反之，那些走路慢慢腾腾的，除一些老人外，大都是看上去好像精神萎靡不振。如果你经常出差到外地，再仔细观察，还会发现，大城市里人的步行速度，普通快于农村人的步行速度，发达的沿海地区人的步行速度，大都要快于西部地区人的步行速度。

是的，生活的节奏越来越快，工作的效率也越来越高，就连我们每个人匆忙行走的脚步也逐渐加快。

也许，你会说因为步履匆匆，而没有时间去欣赏路边的野花，可是，单就成功而言，它残酷得不给你多一点时间。有时候，在迈向成功的道路上，只是因为你比别人慢了30秒，而这30秒的时间就能决定一切。

烧掉一百万

那一年，是他公司成立的第三年，也成了公司生死攸关的一年，因为，银行的100万元贷款马上到期了，而包装费、木材费、角料费等也到付给人家的时候了。公司四处都等着用钱，而因为一些重大项目的相继完成，公司一时没有钱能拿出来救急。正在这时，由于以前在生产上计划的失误和管理上出的差错，从仓库里清理出了15万把木梳。这些都是技改前的产品，按当时的生产成本算至少在100万元以上。如果降价，按照成本出售肯定没问题，因为，已经有几家批发商看中了这批木梳，愿以低价全部收购。

公司的所有人都以为是天助公司要渡过这一难关，很快，和那几家批发商收购的合同也谈妥了，但就在这个时候，他却迟迟不愿签字。因为那批木梳他越看越不顺眼，他担心，这15万把木梳上市后，15万个消费机会一旦被这些劣质品占去后，会影响公司的形象。财务部长听了他的担忧，说："这还不好解决，把我们的包装拆了，把我们的商标铲了不就得了？"他听了以后有点心动了，但仍说："让我再考虑考虑。"

第二天，他召开全体干部大会，讨论这15万把木梳到底该不该烧。干部们情绪都非常激动，都说："老总，怎么能烧呢？这是100万元钱呀！100万元，能让我们做多少事、解决多少问题呀！"他听了，皱着眉头，轻声嘀咕了一句："主要是质量太差了。"

总质检员在身边听到了他这句话，说："我反复看了，我们这批产品质量再差，也比市场上别的木梳好得多，为何不可以变现？"

会计员说："老总，100万元呀，那是白花花的银子，我们的100万元贷款马上到期了，有许多材料款都该付了，而眼下，我们又非常缺钱。"

一位车间主任说："老总，这批产品即使质量再孬，也是我们一把一把地生产、一颗齿一颗齿地磨出来的，你不心疼我心痛，你硬要一把火烧了，你就是不爱惜我们的劳动！"说着，泪水在眼里打着转。

没有一个人同意烧掉，他们恳求，甚至是哀求。他如坐针毡，心情更是不平静，晚上，躺在床上他一夜未眠，他想，公司这么急着用钱，他这一烧，就是烧掉100万元呀。但是，如果为了长远的利益，真心想创名牌企业，这100万元以后还可以挣回来。第三天，他终于下定了决心，在一块空旷的地上，15万把木梳堆成了一座小山。围着熊熊的火堆，好多工人都流下了眼泪，而他更是泪流满面。

烧了这15万把木梳，给公司带来了巨大的经济损失，流动资金因此也受到了严重的影响，一时间，他烧掉100万元的故事成了圈内一个大大的笑话。但是，这件事让公司的后期得到了超出想象的成功，在几乎没有广告投放的前提下，形成了坚不可摧的良好口碑。

今天，太多的穷孩子一夜暴富的故事让我们眼红不已，许多成为富豪后那传奇般的经历也常常让我们激动，而这个烧掉100万元名叫谭传华的“谭木匠”，他的企业经过多年的发展，虽然是一点一滴，平平淡淡，却是每年都赚钱，每年的业绩都在增长。他从没有想过要做到多大多强，到哪里去排什么榜，因为，它的产品是小小的，它的门店也是小小的。但是，现在的“谭木匠”又很大，它的产品无处不在，它的门店不断在增加，并且还走出了国门。

企业家之间的竞争，有人竞争的是聪明，有人竞争的是远见。小不起眼，大而无形，“谭木匠”烧掉了一百万元，却使一个平淡简单的小产品，做成了一个大王国。

走出自卑成天才

那一年，他刚刚7岁，父亲和母亲终于办理了离婚手续，从此以后，在家中，他再也不会听到父母之间那喋喋不休的抱怨、令人心烦的争吵了。他不知道这对他来说是不是一件幸事，不过，他想，以后他再也不用到游泳池里去避难了，因为父母之间常常爆发的争吵已经深深地伤害了他幼小的心灵。可是，他想不到，当他在那一年走进学校后，更大的伤害正在等待着他。

同学们都把他当作嘲笑的对象，因为，他有一对大大的耳朵，还有，他有些口吃。因为他的大耳朵，同学们都把他当成怪物，他不明白自己的耳朵怎么能长成这个样子，幼小的心灵经常充满自卑。他也试图对同学们的嘲笑进行反击，但是，他的反击却引来了同学们更大的嘲笑，因为他有口吃，根本说不过那些伶牙俐齿的同学们。

渐渐地，同学们已经习惯了他的大耳朵，只要他能尽量保持沉默，自然而然来自同学们对他大耳朵的攻击也少了起来。他想，以后，他可以开始偷偷喘口气了，这种针对他的嘲笑终于要结束了。但是，他想不到，来自他身体生理结构的另一种与众不同，随着他逐渐发育，也越来越突出了。有一天，一个同学突然指着他的手臂说："嘿！你的手臂怎么像大猩猩的一样长呀！"

这个同学的惊讶很快引来了更多同学对他手臂的关注。是的，他的手臂比别人的都要长，与他的身体根本不成比例。他的噩梦又开始了，不过，这次，很少人再嘲笑他的耳朵了，而是嘲笑他那长长的像大猩猩一样的手臂。

噩梦般的嘲笑，使年少的他认为全世界的人都没有他更忧伤，他不知道，母亲在他身后注视他的目光里，更是一种心碎般的忧伤。因为，他的老师已经不止一次地告诉他母亲，在教室里，他不能安静地坐着，不能安静地听讲，无论做什么他都不能集中精力。一开始，母亲只是以为他厌倦上学，但老师的话深深地刺伤了她做母亲的一颗心："你的儿子不可能做好任何事情。"

还有什么能比否定自己儿子的一切更让人痛苦呢？虽然，儿子喜欢游泳，并且游得很不错，但是，他们生活的那个地方——美国马里兰州东北海岸一个蓝领聚居的小镇里，人们崇尚的是橄榄球而不是游泳，他即使游泳游得再好，也根本不被人所称道。

那时他根本不知道母亲为他操的心已经碎了。一天，被同学嘲笑又被老师指责的他回到家中，伤心地对母亲说："妈妈，我真的那么笨又让人可笑吗？要不，为什么我长得与众不同，同学们都嘲笑我，连老师也说我没有一点用处。"想不到妈妈却微笑地说："孩子，你游泳不是连大人也比不过你吗？你要知道，所有的天才从小都是与众不同的。”想起在自己超凡的游泳本领，他笑了，他想，妈妈的话一定有道理。

他不知道，转过身，母亲的泪水就悄然而下。

不久，他被诊断出患了ADHD——注意力缺陷多动症，他应该终生接受药物治疗。原来，这才是他不能安静的原因。每天，他把药一粒粒放入口中，心里感觉无比的苦涩。在服了两年药后，有一天，离开泳池后，他告诉母亲说：“妈妈，我再也不想吃药了，我的伙伴们都没有吃，我能自己解决。”

母亲流着泪冲他使劲地点点头，因为，母亲也看到了，他一到游泳池里，就排除了一切杂念，找到了自信。他的话让母亲欣喜万分，不管别人对他是怎样的嘲笑和否定，她相信儿子能做到一切。很快，喜欢游泳的他那特异的体型引起了游泳教练的注意，他长长的手臂，大手大脚，就像是水中的大桨，原来真的是游泳天才。

于是，他开始了艰苦而漫长的游泳训练。那一年，他11岁，在教练的辅导下，一开始他每周就在游泳池游10万米，一周7天不间断，甚至包括圣诞节。2008年北京奥运会上，这个名叫菲尔普斯的23岁美国大男孩，拥有集体项目第八金为自己的北京奥运会画上了一个圆满的句号，奥运会历史个人金牌纪录也停留在了14金，他无可争议地成了奥运会历史上的第一人。

被称为“飞鱼”的菲尔普斯在北京奥运会赢得第八金后激动地说：“只要敢想就没有什么是不可能的，现在感觉真是太复杂了，我迫不及待地要见我的妈妈。”

菲尔普斯知道，他拥有今天的成功，是天赋，也是努力，更是因为在他伤心、对人生感到怀疑时，妈妈偷偷含泪对他的鼓励。

成功也可以是另外一种样子

美国人西绪弗斯是一名登山家，登山是他的职业，也是他的生命，十年间，他已经成功地把南美洲的最高峰阿空加瓜峰、非洲最高峰乞立马扎罗峰、阿尔卑斯山的白郎峰等世界几大主峰踏在了足下。然而，面对鲜花和赞誉，西绪弗斯一点也不快乐，因为，在他的梦中，还有一座山峰他还没有攀登，那座山峰，就是世界第一高峰珠穆朗玛峰。西绪弗斯认为，只有攀登上了珠穆朗玛峰的登山家，才能算是一个成功的登山家，而他十年间的努力，都是为将来有一天能攀登上珠穆朗玛峰的绝顶而准备的。

西绪弗斯查阅了世界各国攀登珠穆朗玛峰的人员情况，资料显示，世界上已经有近500名职业和业余登山者曾向珠穆朗玛峰发起过冲击，然而，真正能登临绝顶的人却不到登山人数的五分之一。在西绪弗斯的心中，登临绝顶的人才是真正的英雄和成功者。终于，经过充足的准备，西绪弗斯决定向梦想的高地发起冲锋，他已经40岁了，再不向珠穆朗玛峰攀登，也许这一生他再也没有机会了。

但是，命运最是会捉弄人，一直自认为身体健壮如牛的西绪弗斯，在登山前例行检查身体时，医生却发现他患了心脏病。虽然他的心脏病很轻微，在平常的环境中一点也不危及生命，然而，这却是一个登山者的大忌，在海拔8000多米的珠穆朗玛峰上，很容易会要了他的命。西绪弗斯差点被这个残酷的现实击倒了，现在，他就站在珠穆朗玛峰的山脚下，仰望头顶的珠穆朗玛峰，他是放弃，还是把生命置之度外去攀登？西绪弗斯内心经过激烈的斗争，终于，登顶的诱惑促使他向前一步步迈动了脚步，他想，这么多年的梦牵魂绕，好不容易才来到珠穆朗玛峰的山脚下，如果自己这次错过了攀登，以后越来越严重的心脏病会使他再也没有机会了。

但是，西绪弗斯攀登到6000多米时，再也挪不动脚步了，他知道，如果他不顾一切地向上，只会把命丢在这片白雪皑皑覆盖的山腰。头顶就是风雪迷漫的绝顶，西绪弗斯痛苦地思考了一会儿，决定还是理智地放弃继续向上的攀登。

下山后，西绪弗斯整个人都像变了，这一辈子，他再也攀登不上珠穆朗玛峰的绝顶了，在登上珠穆朗玛峰绝顶的世界登山者名录中，也不再会有他西绪弗斯的名字了，这一生，他真的与成功无缘了。就在西绪弗斯满怀痛苦准备回美国时，他注意到了珠穆朗玛峰山脚下尼泊尔乡村的贫穷。所有来攀登珠穆朗玛峰的登山者都像西绪弗斯一样，一来到珠穆朗玛峰的山脚下，都把目光放到了山顶，又有谁会低下头注意珠穆朗玛峰的山脚下的一切呢？贫穷的尼泊尔乡村里连一所学校也没有，无学可上的孩子们睁着大眼睛看着那些来自世界各地的登山者，好奇而空洞。

看到这些无学可上的孩子们，西绪弗斯震撼了，他决定，把他的登山设备卖给那些登山者，然后，在山脚下尼泊尔贫瘠的乡村建起一座小学。

小学建起来后，西绪弗斯看到孩子们走进明亮的教室里，一个个在学习文化知识后，心里感到莫大的欣慰，他想，自己这一辈子已经无缘攀登到珠穆朗玛峰的绝顶了，那就为珠穆朗玛峰山脚下的孩子们做一些有意义的事情吧。从此以后，西绪弗斯穿梭于欧美一些富裕国家进行演讲和筹集资金，然后返回喜马拉雅山南麓的巴基斯坦、尼泊尔等国的偏僻地区，十几年间，西绪弗斯筹集建起的学校让成千上万的孩子接受了基础教育。

至今，西绪弗斯的名字，已被喜马拉雅山南麓千千万万个孩子和家长，深深地铭记在了心中。西绪弗斯虽然没有能把自己的名字，写在登上珠穆朗玛峰绝顶的登山者名单中，但在千千万万个孩子和他们父母的心中，他早已站在了珠穆朗玛峰的绝顶上。西绪弗斯对采访他的记者说："幸亏我当初没有登上珠穆朗玛峰的绝顶，要不，我也不会把目光放到山脚下这些贫穷的孩子身上，把目光放到低处，我才发现，成功原来也可以是另外一种样子。"

西绪弗斯为自己的这种"成功"而自豪而感动。在这个世界上，能登上世界最高峰的绝顶上的人是英雄，但是，如果我们注定当不成英雄，那么，不妨换一个角度，换一种方式去重新开始人生，以后的日子还长着呢，谁能保证自己不会成就一个别样的辉煌呢？

兴趣是人生成功的法宝

高锟的祖父叫高吹万，是清末民初南社的著名文人，高锟的父亲叫高君湘，是留美归国的执业律师。幼时的高锟就住在上海法租界一栋三层高的房子里。由于高吹万是著名的文人，所以，虽然有过国外的留学经历，高君湘的骨子里还是十分崇尚中国的古典文化。因此，在高锟入学前，父亲专门请来古文老师，教高锟诵读四书五经，他希望，将来有一天，儿子高锟能有着他爷爷高吹万那样的文学造诣。

可是，高锟却对物理和化学非常感兴趣，在他住的房间里，放有电线、玻璃、碎铜废铁等许多乱七八糟的东西，这些被他搜集来的东西在别人眼里一钱不值，但高锟却拿它们当宝贝一样，因为这些东西是他做各种实验的工具和材料。

有一天，高锟就是用他搜集来的“废品”，成功装了一部有五六个真空管的收音机，当听到这个简陋的收音机里传出播音员清晰的声音时，高锟对物理和化学的兴趣更高了。看到高锟整天热衷于拿那些乱七八糟的东西搞实验，高君湘想，这只是小孩子一时贪玩罢了，可是不久，“贪玩”的高锟竟差点闯出大祸来。

原来，高锟不但自己组装了收音机，还自制了灭火筒、焰火、烟花。制作出烟花后，高锟又开始偷偷尝试自制炸弹，他用红磷粉和氯酸钾混合，加上水并调成糊状，再掺入湿泥里，搓成一颗颗弹丸。待风干后为了看实验是否成功，高锟把它扔到街头后，果然发生了爆炸。街上的路人熙熙攘攘，突然的爆炸声立刻惊吓了许多人，但由于爆炸的威力不是很大，没有伤及路人。

看到高锟差点闯出大祸，高君湘这才觉得，高锟这样不仅仅是简单地贪玩了。他把高锟叫到跟前，说：先生教你的古诗你会背了多少？你这样做很危险你知道吗？高锟以为他差点闯出大祸来，爸爸要打他，但是，他看爸爸和他说话并不是凶巴巴的，于是就大胆地说：爸爸，我不喜欢死记硬背那些东西，我喜欢做这些有意思的实验。

高君湘说：你真的喜欢吗？高锟使劲地点点头。

高君湘沉默了，他知道兴趣是一个人走向成功的法宝，如果孩子对某个东西没有兴趣，高压强迫下的学习是很难成功的，高锟虽然自制炸药差点闯出大祸来，但那是自己缺乏对孩子的重视和引导，既然孩子对化学和物理这么感兴趣，那还不如顺着孩子的意愿，让他既玩得痛快，又能学到更多的文化知识。

于是，高君湘抚摩着高锟的头说：“孩子，爸爸知道你喜欢那些东西，但是，你那样乱扔炸药是很危险的，现在，我让人把三楼一间闲置的房间打扫出来，以后，做你的专用实验室好吗？”高锟想不到差点闯出大祸后爸爸不但没有批评他，反而还支持他，他做实验的劲头更大了。

从此，高锟在自己的研究领域里越走越远。1966年他提出光纤理论时，几乎无人相信世界上会存在无杂质的玻璃，而行为及思想常常出人意料的高锟却坚信自己的理论，他像传道一样到处推销他的理论，他远赴日本、德国，甚至美国大名鼎鼎的贝尔实验室。对于自己相信的东西，他很固执。终于在1981年，经过他的不懈努力，第一个光纤系统面世。从此，比人的头发还要纤细的光纤取代了体积庞大的千百万条铜线，成为传送容量接近无限的信息的管道，彻底改变了人类的通信模式。

2009年，高锟因为在“光学通信领域的光传输方面的突破性成就”获得诺贝尔物理学奖。高锟在他的自传《潮平岸阔——高锟自传》中曾经说过，他要感谢父亲，在他启蒙的时候，感谢父亲尊重他的兴趣，尊重他的选择。如果说每个人取得自己人生的成功都有一个法宝的话，那么，兴趣是他人生成功的法宝。

引入对手

朋友松涛在公路边盖了一幢房子，盖好之后开了一家饭店。那条公路是一条交通要道，每天车来车往熙熙攘攘的，朋友们都说松涛有眼光，因为那一段公路两旁根本就没有什么建筑物，更不用说有饭店了，现在松涛在这里盖起了房子开起了饭店，成了这一段路上的独家生意，那过路的司机还不都到他的饭店里来吃饭?

可是，松涛的饭店开了很长时间，不要说有门庭若市了，常常是一整天连停下来吃饭的司机也少见到，每天都是冷冷清清的，这样下去要不了多久，松涛的饭店非关门不可。有人给松涛出主意，说他生意不好是因为招牌太小了，让他把饭店的招牌再做大些，并且把招牌立在公路边上，这样经过的司机很远就能看到了。松涛觉得有道理，就做了一个很大的招牌并且把它立在了公路边显眼的地方，可是生意仍然没有好转。

其实松涛刚开始在公路边盖房开饭店的时候，许多人在羡慕的同时也在观望。他们是在观察，如果松涛饭店生意好的话，那么他们就马上也在附近盖房开饭店，来分一杯羹。现在看松涛的生意这么冷清，就都打消了这个念头，看来，那些跑车的过路司机是不会在这里停车吃饭的。

松涛也不明白他的饭店在这交通要道上显眼的位置，为什么司机们在饭点，也要开着车匆匆赶路，到前面很远的地方吃饭呢？松涛到公路上去拦车，他想问问他们这里面有什么原因。

一个老司机笑了，说：正是因为你是独家的，才没有人愿意在你这里停下来，你想，你这里前不着村后不着店的，停在你这里不安全不说，另外也没有个比较，谁知你这个饭店的饭菜做得好不好的呢？年轻人，如果你让你周围多开几家饭店，自然就有人在这里停下来吃饭了。

松涛说我这不是给自己引入对手吗？老司机说：有对手才能显出你是最好的呀！松涛顿时茅塞顿开。可他对那些曾经也想在这儿盖房开饭店的人说出他生意清淡的原因，并邀请他们在这周围开饭店时，根本没有人相信他的话，都以为松涛已经赔成这样了，他们也在这儿开饭店不是一起赔吗？松涛看谁都不相信他的话，想了很多天，终于想出了一个办法，就是在公路上拦车，告诉那些司机们，如果谁到他的饭店里吃饭免费，以后来不来他这儿吃饭都无所谓。果然，松涛的饭店门庭若市起来。原来以为松涛在这儿开饭店不行的人，不明白这里面的原因，以为这里开饭店果真是一个风水宝地，纷纷在松涛饭店的两边和对面盖起了房，开起了饭店。

现在，松涛饭店所在的那条公路两边商铺颇多，而且似乎家家生意都还过得去，而生意最好的，就数松涛的饭店了。松涛苦笑着对我说，其实什么地方都能做生意，关键就得多动动脑子，为了在我周围引入竞争对手，头几个月我几乎赔得要撑不住了。不过，现在我应该是这几十家饭店中赚钱最多的一个了，原来我在这儿开饭店只是想我是这里的独家生意，开始就能赚大钱，如今我才明白了，引入对手，自己并绞尽脑汁做得最好，才能赚到钱。

是啊，做独家的，不一定就能把钱都赚到手，更何况，现在商业竞争那么激烈，世上也根本就不可能有独家的生意可做。我们在创业中费尽心思想做独家生意，最后很可能会适得其反，根本赚不来钱。引入对手，能使一潭死水的生意做活，从而使自己成为做得最好的那一个。

这才是创业和经营的最高境界呀！

因为笨，才成功

他刚开始学戏的时候经常挨打。其实，旧时候学艺的人哪个没挨过打，压腿、踢腿、倒立、抢背……尤其是学武生在练功的时候，哪一个没挨过师傅的打？可是，他挨的打就特别多，像家常便饭似的，他挨打的主要原因就是笨，笨得他根本就不是学戏的料，可他偏偏坚决去学戏。

他的笨主要表现之一就是他读念白，他读念白的时候，总是读不清晰。他的念白之所以读不清晰，是他的口齿不清，因为他是个“大舌头”。

口吃不清的“大舌头”念白时特别可笑，他一念白，周围就有人忍不住想笑。科班的师傅对他也极度失望，有一个师傅听着他的念白，又生气又好笑，对他说：“就你这材料，哪天能吃上蹦虾仁啊！祖师爷不赏你这碗饭，你还是卷铺盖走人吧！”

他的笨还表现在他的记性上。一段戏文，师傅说一遍两遍，别人就能记个大概了，可他不行，他记不住，这样师傅就得再说一遍又一遍，但师傅心中有气，就打他。可越打他越怕，越怕他越学得慢。

好了，口吃不清“大舌头”，记性不好学戏慢，他还需要再怎么个笨法？就这两条，对一个想登台演戏的人来说，不是致命大伤吗？可他偏偏喜欢登台演戏。

为了摆脱“大舌头”的毛病，他有他的“绝招”：整天拿着一个大粗瓷坛子，用嘴对着坛子口，大段大段地练念白，因为坛子可以拢音，把他的念白清晰地反射到耳朵里，以辨瑕瑜，同时又不影响别人。想熟记戏文没“秘诀”，他只好夜里不睡觉背戏文，无论角色大小，他要把这本戏里所有的剧目“默演”一遍又一遍，所以说，一本戏，别人唱过10遍，他已经至少唱过50遍了。

因为笨，科班根本就没有把他当角儿来培养，可他把自己当角儿来要求。虽然他常常只能演些护院门子等小角色，但为了“扮戏”漂亮，他总是提前把行头的护领、水袖拆下来，洗得白白净净。把髯口用热水泡上，使之又软又飘，再用铁刷子反复梳理。把靴底用大白刷得又净又白，站在台上显得格外精神。

最笨的一次，他发现自己的眉毛总出岔儿，这样用眉笔画眉毛时就不美观，笨得可爱的他竟然让剃头师傅把他的眉毛剃光了。管箱的师傅看他这样笨，就讥笑他说：“得了吧，多大个角儿，费这么大劲你以为台下观众能看见你？”

“台下观众看不见，可我自己能看得见！”他回答说。

他是笨，以他的先天条件，根本就不是演戏的料，虽然同他一起进“喜连成”科班学戏的师兄师弟师姐师妹们，天资都比他好，但只有他一人红遍了中国。他承认自己学戏比别人笨，但是，他说，正是因为自己笨，他才苦学勤练；正是因为笨，所以他才能成功。

人们形容他的演唱，流利、舒畅、雄浑中见俏丽，深沉中显潇洒，奔放而不失精巧，粗豪又不乏细腻。

这个“笨人”就是马连良。马连良以他独特的风格，为京剧开创一代新声，他的演唱艺术世称“马派”，是当代最有影响的老生流派之一。

阎敬铭的“公平”

在封建社会森严的等级制度里，官大一级压死人，那些阿谀奉承、溜须拍马者常常成了识时务的“俊杰”，能坚持正义秉公执法的人，则被认为“迂腐可笑”而又凤毛麟角。但正是这样的人，常常让我们记起并感动。阎敬铭就是其中的一位。

阎敬铭是“同治中兴”时的重臣，他身材短小，两眼一高一低，模样就像个“乡巴佬”。那时候的录取制度，从参加会试三科以上未被录取的举人中，还要挑选人才，一等当知县，二等当教职，称之为大挑。但大挑注重相貌，以貌取人。当时还没考中进士的阎敬铭刚跪下，主考的王爷就大声呵斥：“阎敬铭先出去！”

阎敬铭对这种以貌取人的不公平十分愤恨，却也无奈，他发奋读书，终于考取了进士。后来，经胡林翼推荐，“阎敬铭其貌不扬而心雄万丈”，到湖北当上了按察使、布政使。一天，阎敬铭正走在当街，被人拦舆告状。原来，是一位老人的女儿被人用刀砍死了。老人痛不欲生，一路哭着告到县衙，可知县不敢受理。他又告到武昌府，知府又把他推到县里。老人的状纸之所以没人敢接，问题是杀人凶手不仅仅是个二品副将，他还有一个强硬的后台，现任湖广总督官文。

无处申冤的老人正在大街上哭诉时，经人指点，拦住了阎敬铭的轿子递上了状纸。阎敬铭接过状纸一看，气不打一处来，他安慰老人，说一定要替他申冤报仇。阎敬铭本来是回藩台衙门的，这时命令轿子立刻抬到总督衙署，说要有重要的案子要见中堂官大人。因为那个娈童已经把他杀人的事告诉了总督，哀求总督保护他，官文看着又哭又撒娇的娈童就心疼地答应了他。总督想，这湖广的地盘是他的，他想保护的人谁还敢动?

但总督知道阎敬铭的耿直，知道此时他急匆匆而来是为娈童的案子后，连忙吩咐下人，说自己有病，一概不会客。阎敬铭说，总督有病怕中风，那他到总督的卧室汇报工作好了。下人一听，急忙又说中堂大人病体十分困乏，不想说话，让阎敬铭暂回府中，等中堂大人痊愈了再说。阎敬铭也倔强，他知道官文要庇护他的娈童，心中更加气愤，便大声说：中堂大人病总有好的时候，我就在这里等他病好了再见。

于是，他吩咐随从，把他的睡被送来，如有人找他，就说他这几天在总督府办公、睡觉，让人来总督衙署见他。阎敬铭一直在总督府住了三天三夜，把官文堵在房间一步也无法外出，一个客也不能会见，没办法，他只好请来阎敬铭的两个老乡湖北巡抚、武昌知府来劝阎敬铭。但阎敬铭表示："不斩杀人凶手，誓不回衙！"官文看他这样坚决，无可奈何，只得从屏风后走出来，“扑通”一声竟朝他的下属阎敬铭跪了下去。

一位两湖总督，位列中堂，竟长跪在自己的下属面前，谁知，阎敬铭只朝官总督看了一眼，便双眼朝天，站在那里睬也不睬。湖北巡抚和武昌知府这时看不下去了，他们板起面孔对阎敬铭说：“中堂大人已经屈尊到这种程度，难道你就一点也不能通融吗？”面对这种局面，阎敬铭也没有办法，只得走上前扶起官总督说：“中堂大人何必为一个奴才屈尊？杀人偿命，欠债还钱，自古如此，中堂大人难道就听不到百姓的啼哭吗？”官文自知无理，放下架子只是一味地苦求，还自称小弟，让阎敬铭网开一面，饶其一条狗命。

阎敬铭无法，但对总督说：饶他死罪可以，但要革其功名，解归原籍，并立即启程。总督听了连连答应，这才让副将出来拜见阎敬铭。谁知阎敬铭一见副将，又命军士将其拿下，脱去衣裤，将其重打四十大板，只打得他皮开肉绽，鲜血淋漓，哭爹叫娘。

阎敬铭又不傻，他当然知道自己这样不给总督“脸面”的后果是什么，但是，阎敬铭就是这样倔强与耿直。阎敬铭曾对同僚说过“大挑”时因为相貌的原因，被呵斥出去的悲愤，对这种以貌取人的情况深刻铭记在心。他说，自己遭受到的不公已经够多了，所以，他不能把自己遭遇的情况转嫁给别人

因为自己遭遇过不公，而没有把愤恨转嫁给别人，反而力争去

维护一个公平的环境。在那个官大一级压死人的封建社会里，也许有人会认为阎敬铭“迂腐”，但泥沙淘尽黄金闪光，阎敬铭的“公平”让人感动。

选择一把椅子坐上去

有一个男孩，考入了一所师范院校，在学院里，他喜欢上了唱歌。

马上就要毕业了，男孩的心却充满了困惑。当初选择上师范学院时，是他喜欢的，那时，他一心想成为一名教师。然而，唱歌现在成了他生命中的另一组成部分。男孩常常问自己：是当一名教师还是成为一名歌唱家呢?

徘徊在人生十字路口的男孩最后想出了一个折中的办法：先当一名教师，在教学之余练习唱歌，然后再成为一名歌唱家。

男孩把他的想法告诉了父亲。父亲指了指他面前的两把椅子，那两把椅子之间有不远的距离。父亲说：你能同时坐到那儿放的两把椅子上面吗？男孩摇了摇头，他不能。父亲说：很多的时候人们都同时想坐两把椅子，结果，只会使自己掉到地上。

男孩知道他必须做出艰难的选择，最终，他选择了他更加喜欢的唱歌。从此以后，男孩专心致志地练习唱歌，7年的辛苦学习，终于换来了第一次登台演出。

首次登台演出，取得了极大的成功。后来，他成了一名著名的歌唱家。他就是意大利的帕瓦罗蒂。

太多的原因让我们迷失了方向，太多的理由让我们做不出选择，又有太多的喜爱让我们常常在人生的十字路口徘徊。

如果我们选择平庸，那尽可以让屁股把每一把椅子都坐坐；如果我们选择兼顾和尝试，那还是让屁股在椅子中间掉下去吧；如果我们选择理想，那么，还是尽快像帕瓦罗蒂一样，让屁股结结实实坐到一把椅子上，然后专心致志，勤学苦练。

有一天你一定会成功

这个男人名叫克里斯·迦纳，他有一个妻子，和一个可爱的5岁儿子，在旧金山，他依靠推销一种名叫“手提式骨质密度扫描仪”来维持一家的生计。每个月，他必须得卖出两台这样的扫描仪，才够交房租和儿子的幼儿园学费，可是，这种扫描仪，却常常被医生认为是没有多大用处的“奢侈品”，所以，他们一家的生活经常过得捉襟见肘。

儿子的生日马上就要到了，儿子问他要一个生日礼物，但他迟疑了很久，才终于吞吞吐吐答应了儿子。经济实在是太窘迫了，他怕到时候因为身无分文而无法兑现对儿子的诺言。他希望改变自己，找一个安稳的职业，有一份固定的收入，所以，在推销之余，他处处留心一些招聘的信息。他报名应聘了一家股票经纪人公司，为了得到这份工作，每天他都要到这家公司的门口转转，他寻找机会遇到公司的老板搭讪几句，希望给人家留下一个深刻的印象，好给自己应聘成功增加一个砝码。

终于，妻子过够了这种日子，她再也不相信他在他们结婚前就向她许下的承诺：他一定会让她过上好日子的。妻子伤心地和他离了婚并远走另一个城市。面对妻子的“绝情”，他别无所求，只要求让儿子跟他在一起，因为他从小就没有父亲，他答应儿子，不管生活怎样艰难，他一定不会让儿子也没有父亲。

那家股票经纪人公司通知他去面试的电话让他激动不已，可参加面试时，他连衬衫都没能穿，因为当时交不起房租的他不但被房东赶了出来，还因为汽车违章罚款没交，被警察局拘留了，直到他的银行账户被查询后确实没钱，没有说谎的他才被从拘留所放了出来。

从拘留所出来他是一路跑去才赶上面试的。面试后他才知道，只有20人能通过面试，但通过面试的20人还要参加为期半年的经纪人培训班，通过综合考核，最后只有一个人受雇，那时他的佣金将是每年80万美元，而这半年的培训时间，是没有任何收入的。

他所有的财产就是他没卖出的6台“手提式骨质密度扫描仪”，依靠不知能不能卖出去的这6台扫描仪，能否支撑他度过这6个月的漫长时光。

他犹豫了。

但这是他改变自己命运的一个机会，有多少人，连进这20名培训班的机会都没有呀？他带着儿子搬进了汽车旅馆，每天带着一台扫描仪去培训班，利用空余时间去推销他的扫描仪。培训的主要内容是利用公司提供给他们一份长长的电话名录，一个接一个地拨打电话，推销公司的理财计划，打多少电话就有多少成功机会，和客户，就意味着他被受雇的机会有多大。因为每天要坐地铁到幼儿园接儿子，所以，别人9个小时的工作他要6个小时完成，每两次通话之间他都不放话筒直接拨打，并且从不喝水以减少上厕所的时间。

许多医生认为不但贵而且没有多大用处"手提式骨质密度扫描仪"，这使他的业余推销更加艰难，他连汽车旅馆也住不起了。有一天他从幼儿园接回儿子赶到那个汽车旅馆时，发现他的所有家当都被老板扔了出来。那一晚，他找到一个公共卫生间把门从里面反锁后，坐在马桶盖上过了一夜。门外，不断传来敲门声，他紧紧搂着儿子捂着他的耳朵，无声的泪水在他脸上恣意地纵横。

从此，这个把家扛在肩膀上的男人每天的生活必须以奔跑开始，他背着装在一个黑色大提包里的全部家当，提着一台扫描仪，奔跑着赶地铁，奔跑着去教堂排队以获得晚上一个免费的床位，奔跑着去约见他电话联系上的客户。

他的生活是那样的艰辛，而成功会垂青这样一个身份卑微的男人吗？这个男人是电影大师加布里尔·穆奇诺导演的《当幸福来敲门》里的主人公，影片中，这个在社会底层挣扎的黑人青年应该有许多流泪的理由，但他唯一一次流泪就是抱着儿子坐在公共卫生间的马桶盖上睡觉时，更多的时候，他用微笑面对着生活的窘迫和尴尬，努力做好实习期的工作，努力寻找着成功的方向。最后，在奔跑中，他以最好的实习成绩，赢得了那份年薪80万美元的工作，并在6年后，创办了属于自己的公司。

生活中，我们有多少人的生活能沦落到像克里斯·迦纳那样艰辛和困苦？又有多少人像克里斯·迦纳那样在底层苦苦挣扎？又有多少人能像克里斯·迦纳那样，以微笑面对生活的窘迫，最终迎来属于自己的成功？克里斯·迦纳始终让人噙着泪的故事告诉我，原来，生活并不缺少希望；原来，成功的动力允许你卑微而渺小；原来，努力时每一滴真实的汗水更能赢得人的致敬。

机会

看似在拥有晶莹寒冰的神秘北极，一只北极熊跳下了浮冰。笨拙的北极熊在海水中竟然变得灵巧无比，它挥开宽阔的双臂，将湛蓝的海水划成一道道半圆，它庞大又肥胖的身体快速地在布满斜纹的水面滑行，窄小的灰色的脑袋从水下抬起来，又沉下去。它的目标是上百海里外的一个无名海岛，在无边刺骨的海水中，它的行程需要几天几夜。

与此同时，在浩瀚的大海中，一群海象，在一头雄海象的带领下，也朝着这个海岛游来。这群长着与众不同的胡须和令人不寒而栗獠牙的巨兽，深不可测的大海是它们的乐园。此时，正是冰雪消融的季节，北极的天空下坚冰日渐薄弱，大片的冰层开始断裂。白天渐渐延长，这群从遥远的水域游来的海象，要到这个海岛上来悠闲地享受一下初春温暖的阳光。

北极熊首先游到了海岛上，它爬到了海岛岸边的一个小山顶处，埋伏在一块礁石后面，静静地注视着海面，等来了这群整齐划一的海象。这群海象的到来，使北极熊在这个春季有可能享受到一顿美味的饱餐。

带头的雄海象首先开始攀上海岸。它的长牙犹如登山探险家锋利的冰镐，帮助它庞大的身躯爬上光滑岩石。接着是一只又一只成年的雄海象，往海岸上爬去，它们排列有序。排在最后离海水最近的，是海象妈妈和没长大的小海象们，如果受到来自陆地上的攻击，海象妈妈和它的孩子们能以最短的距离和最快的速度跳入海水中。

所有的海象都用它的长牙爬到了海岸上，在陆地上，它们用软骨支撑庞大而笨拙的身躯，在嶙峋岩石间拥挤着，试探着，寻找最适合、最舒服的位置。北极熊潜伏在礁石后面，一动也不动，那头带头上岸的雄海象离它最近，但海风从海岸往山顶的礁石上刮来，海象根本嗅不到一点位于下风向北极熊身上散发出来的气味。此时就是机会，北极熊从埋伏的礁石后一跃，很快就能冲到那头雄海象跟前，它为什么不进行猎杀？

很快，温暖的阳光倾洒在它们厚厚的皮肤上，让它们有了醉醺醺懒洋洋的感觉，不长时间，所有的海象都进入了沉沉的梦乡。这时，应该是最佳时机，北极熊从埋伏的礁石后面探出了头，它要冲进毫无戒备的海象群中进行捕杀吗？

但是，探出头的北极熊小心翼翼，它轻轻地移动硕大的身躯，从山顶绕了很长一段路，始终走在海象群的下风向，往海岸边走去。来到海岸边的北极熊下水了，它游到了海水深处，缓缓地滑动着四肢，渐渐地包抄到海象可能跳入海水处的后路，然后游到岸边的北极熊在海象群薄弱的翼侧突然登陆，直奔一头小海象冲去。

扑入海象群的北极熊使昏昏沉睡的海象群立刻炸了窝，北极熊死死地按着了那头幼年海象，众多的海象慌乱而拥挤地往海水中跳去，有几头雄海象试图用自己那长长的巨齿救助同类，但是，在陆地上行动笨拙的海象根本就不是北极熊的对手，短暂的几个回合后纷纷落海而逃。

北极熊成功了！

原来，海象群上岸时不是北极熊捕杀猎物的最好时机，那样只会使海象群受到惊吓却安然无恙；离北极熊最近的那头雄海象头领也不是北极熊猎杀的最佳目标，它太强大了，它拥有利齿会伤害自己；海象群昏昏沉睡时，还不是北极熊捕杀的最好机会，当它从上边冲下来时，离海水最近的小海象早已跳入了水中。此时，我们才看明白，我们以为出现在北极熊眼前的许多机会，其实都不是机会，因为，那些机会，最后，都有可能导致北极熊猎杀的失败。最好的机会，是北极熊完成完美的包抄、选中没有反抗能力的小海象后突然袭击时才出现的。北极熊这次捕杀得成功，它的机会与其说是在漫长的时间中耐心等来的，不如说是在对手面前，它选准了目标，找到了破绽，自己创造出了机会。

很多时候，我们在寻找成功的路上总是面临失败的时候，是否静下心来叩问过自己：你是否为自己的成功创造过机会？

标价一美元的剧本

有一个青年，在他的家乡加拿大上大学的时，突然疯狂地迷恋上了电影，但是，他在大学里的专业是物理。青年整天满脑子都是未来世界里那些奇幻无比的事情，他幻想着，有朝一日，他自己也能拍出那些离奇的东西来。那时候是20世纪70年代，对枯燥无味的物理再也提不起兴趣的青年，每天都生活在苦恼和矛盾之中，最终，经过权衡，他主动辍学了。

辍学后的青年为了生活，做过机械工，做过汽车司机，但是，不管做什么工作，他心中的电影梦一天也没有泯灭。手里有些积蓄后，他开始在家倒腾各种电影器材，家中的客厅里，也被他铺上了摄影机滑轨，但从没有受过专业训练的青年操作时却洋相百出。许多人都把他当成了疯子，工作也因此失去了，嘲讽让这个青年只有踽踽独行。年轻的妻子有一天终于忍受不了丈夫这样胡乱折腾，在一个阴雨连绵的秋季，她向丈夫提出了离婚。

工作没有了，妻子也离他而去，失去了太多的青年生活异常艰难。但青年全不在乎，在他的世界里只有电影。

几年后，青年自筹资金拍出了一个10分钟的科幻短片。正是这个科幻短片，使他的才华得到了好莱坞一个制片人的赏识，他把青年招纳到了自己的公司。从特技设计到导演，如鱼得水的青年踌躇满志，25岁那年，他导演了第一部电影，但制片方欺负他是一个没有名气的新人，影片最终的剪辑竟不准让他参加。气愤不过的青年只好选择离开。

一贫如洗的青年觉得梦想离自己越来越远，他暗暗鼓励自己，一定要自己写剧本，自己制作电影，让那些瞧不起他的人看见。青年窝在阴暗潮湿的小屋里，全身心地投入到剧本的创作中。但是，尽管他绞尽脑汁，剧本却毫无进展。

一天，孤苦无依的青年发起了高烧，梦中，一个来自未知世界的机器人，手拿着怪异的武器，满世界地追杀着他，绝望的青年感到自己已经无路可逃，而追杀者仍然在步步紧逼……青年满头大汗地醒来，梦中的惊惧历历在目，忽然青年又笑了，他立即翻身起床把这个离奇的梦记录了下来，他想，这不正是自己梦寐以求的剧情吗?

青年决定把这个创作出来的科幻剧本卖出去。他把这个剧本的标价定为1美元，但前提是，必须由青年自己全权导演这部电影。

好莱坞的一名制片商用1美元买下了青年的剧本，这个剧本的名字就叫《终结者》，这个青年叫詹姆斯·卡梅隆。卡梅隆导演的这部电影最终获得了空前的成功，这部电影使他声名大振。以后他又创作了《终结者》续集、《真实的谎言》，而他的巅峰之作《泰坦尼克号》，更是创造了世界电影史上的神话：18亿美元的票房，11项奥斯卡金像奖。这一纪录后被他执导的《阿凡达》以票房27.897亿美元打破。这一纪录一直到2019年又被《复仇者联盟：终局之战》表以50万美元的优势打破。

詹姆斯·卡梅隆相信，他那个仅卖1美元的剧本，一定会帮他撕开黎明前的夜幕。世界上从来没有偶然的成功，梦想、坚持和信念，一定会使你虽死犹生。

一生的配角

1915年，安东尼·奎思出生在墨西哥一个叫奇瓦瓦的小地方，安东尼的父亲是爱尔兰人，母亲是墨西哥人。童年时，安东尼随他的家人移居美国。10岁那年，他父亲不幸去世，小安东尼不得不一边读书，一边擦皮鞋和卖报，小小的年岁就开始饱尝人世间的辛酸苦辣。

由于家境贫寒，安东尼不得不过早地辍学挣钱养家糊口，只要有挣钱的机会，他都不怕脏和累拼命地去干。走出校门后，他断断续续干过屠宰工、建筑工和司机。当时安东尼最大的梦想就是当一名画家，可这个高雅的职业需要昂贵的金钱来支撑，安东尼只好放弃了自己的爱好。为了生存，安东尼只好到酒馆里给客人表演墨西哥舞。接着，经人介绍，他进入一家歌舞剧团去谋生。

21岁那年，脸型线条硬朗、身材剽悍、颇具印欧混血人种独特气质的安东尼，被好莱坞的导演相中，在电影《起誓》中扮演一名囚犯，这是他第一次涉足影视圈。一年后，安东尼在一艘日本捕鱼船上工作时，用来包鱼的报纸上，他看到了在著名导演塞西尔·德米尔开拍的西部片《平原上的人》，需要征召一个扮演印第安人角色的启事，他决定去试试。由于奇特的外形及还算可以的西班牙语，安东尼赢得了那一角色。

安东尼在拍这部影片时，与德米尔的养女凯瑟林一见钟情，不久，他们便在好莱坞举行了婚礼。但这名大导演似乎不想为他的女婿前程创造条件，安东尼在好莱坞从来就没有机会得到有分量的角色，他仍然只能演一些小配角，不是扮演流氓、恶棍，就是粗鲁的印第安人。在好莱坞闯不出天地，安东尼便转往百老汇发展，在百老汇的舞台上，安东尼饰演的演技突飞猛进，逐渐由小配角转为了大配角。

1952年，安东尼在影片《萨巴达万岁》中，饰演伟人萨巴达的弟弟欧费米欧，其戏的分量虽比不上主角的重要，但他塑造的形象却令观众难以忘怀，此角色令安东尼获得了该年度奥斯卡最佳男配角奖。4年后，安东尼在《生活的欲望》这一影片中，再次摘取奥斯卡最佳男配角奖。在法国与意大利合拍的《巴黎圣母院》中，安东尼扮演的敲钟人卡西莫多更令许多人难以忘怀，在这部影片中，安东尼那粗中有细。丑中有美的表演，使他的演技达到了出神入化的境地。

安东尼一生曾拍过200余部影片，他扮演过歹徒、流浪汉、黑社会头目及印第安人部落头人等。1991年，已接近80岁高龄的安东尼仍未退出影坛，那一年，他还一口气接拍了三部影片。在所有200多部影片中，安东尼只主演过极少数的主角，在大部分影片中，他都是仅仅作为一名配角，同他合作过的超级影星数不胜数。但是，正是这些配角，使安东尼在国际影坛上的声名大振。

安东尼曾经说过，电影其实就是一个大舞台，无论哪一种角色都有出场的机会，一旦到了出场的时候，就是你发挥才学的时刻。只要你有恢宏的气魄面对人生，只要你有幽默的情调享受生活，都可以使你的人生舞台显得多姿多彩。

也许一部电影就是一部人生。可以说，安东尼的一生，是配角的一生，但是，安东尼把握住了自己的角色，珍爱自己的角色，他让自己的一生，活得如同那些引人注目的主角一样精彩。

提醒失败

1830年的春天，法国一个名叫路·墨兰的画家，风尘仆仆地从祖国来到了比利时布鲁塞尔南郊的滑铁卢小镇，十多年前的一场战役使这里尸骨遍地。四年前路·墨兰站由比利时妇女用背篓运土堆成的一座45米高的土山上，仿佛仍然感到这里金戈铁马，杀声动地，炮火连天，硝烟弥漫，尸骸遍野，血流成河。路·墨兰心潮澎湃，他拿出画笔，开始专心作画，阴雨连绵的天气里战马嘶鸣、炮声隆隆，血肉模糊的尸体遍布田野。路·墨兰的油画栩栩如生地描绘了1815年6月18日滑铁卢鏖战的壮烈全景。

很快，路·墨兰所做的这幅滑铁卢战役惨败的全景画传到了祖国法兰西。法兰西的荣誉，法兰西的尊严又被深深地刺痛了。因为，这15年来，许许多多的法国人似乎都在努力地忘记，忘记15年前那次最悲惨的失败，回避“滑铁卢”这令他们羞辱伤心的三个字。可是，一个法国人，在法兰西快要走出失败的阴影的时候，却跑到滑铁卢，用他的画笔，把那场悲壮的战役又逼真地再现，这块伤疤好不容易在每个法兰西人的心中结成了痂，现在路·墨兰又把它在世人的面前揭开。

法兰西人不明白，路·墨兰为什么这么投入地画本国英雄失败的情景，这根本不是什么光彩的事情呀？即使要做这样一幅画，那也应该是胜利者来完成的。因此，许许多多的法兰西人为路·墨兰所画的这幅画愤怒了，他们以为他是一个心理不正常的人，他们用谩骂、讥讽来嘲笑他的艺术，甚至有许许多多拿破仑的崇拜者放言，说要在路·墨兰回国的路上与他决斗，要刺杀他。

路·墨兰的一个好朋友虽然也不理解他为什么要把本国英雄惨败的全景画出来，但他还是一路风尘地赶到了法国的边境，见到走在回家上的路·墨兰。他告诉路·墨兰，他最好还是别再回法兰西了，因为愤怒的人们会把他杀死。但路·墨兰并没有他想象的惊慌，他说：“我知道，我们不可一世的英雄拿破仑在圣赫勒拿岛上逝去还不到5年，但是人们应该而且必须能够接受失败的事实，虽然我们的英雄最后彻底失败了，但是，他活过，奋斗过，做过好事、有意义的事，而且，我相信，提醒失败也并不总是一件坏事。”

但是，路·墨兰的话当时根本没有人去领悟，他在回家的路上，倒在了拿破仑一个崇拜者的剑下。

今天，路·墨兰也早已经被人忘记了，但是他所做的滑铁卢战役惨败的全景画就悬挂在滑铁卢战役纪念馆里，矮个子将军拿破仑的铜像也傲然耸立在一座高高的圆柱形基座上。在滑铁卢战场上，拿破仑虽然是个彻底的失败者，可是他的名字连同他的气概以及他的影响远远地压倒了他的对手威灵顿公爵，前来滑铁卢的人只知有拿破仑，不知威灵顿为何人的大有人在。就是在法国巴黎，关于拿破仑失败和被流放后的文物也很多，其中，在巴黎蜡像馆，有一个拿破仑流放途中的雕塑，拿破仑面对小窗外的茫茫大海，英雄末路，失败者是一脸的绝望。

法兰西人早已经明白了，失败过就是失败过，要容许人家提醒着你失败过，从不失败只是一个神话，只要你的人生有过成功，失败就并不可怕。

纪念失败

17世纪初，在欧洲北部，最强大的国家之一瑞典，雄心勃勃而好战的瑞典人四面出击，他们不但要做北欧的霸主，还要做欧洲的统帅。他们与波兰争夺波罗的海，与丹麦为领土争得硝烟弥漫，甚至“北极熊”俄罗斯也不是它的对手，1700年在与俄罗斯的决战中，彼得大帝的军队在纳尔瓦战役中，也被瑞典人打得一败涂地。

一连串的胜利令当时瑞典的国王古斯塔夫·奥道夫二世野心更加膨胀，他决心用更快的速度去海上征服异族，把疆域拓展到海那边的土地上。为了获得更大的胜利，他下令建造一艘世界上最有攻击能力的战舰，并亲自督造。这艘战舰最初设计的是一层炮台，但是，当战舰的底部及骨架基本完工时，好大喜功的古斯塔夫·奥道夫二世命令再加造一座炮台，为了赶在国王规定的时间完工，无奈的工匠们只好对战舰做了局部的修改，就在上面加造了一座炮台。

这艘始建于1725年的战舰，经过了上千名工匠三年艰辛的努力，才为它完美地画上句号。这艘举世无双的战舰长69米、高68米，船头上有刻各种各样的海神和武士木雕，站在甲板层，需竭力仰视才能看到船头的全貌。这艘战舰共安装了64门大炮，它的造价，大概相当于当时瑞典全年国内生产总值的七分之一。

所有的瑞典人都关注着这艘战舰，特别是在前方鏖战的士兵们，他们更对这艘战舰充满了希望，他们都相信，这艘庞然大物一旦开到前线，凭借着其火炮数量之多，肯定能让他们战无不胜。瑞典人把这艘给他们带来希望的战舰命名为瓦萨战舰，其寓意就是"瓦萨·阿道夫的战舰"。瓦萨·阿道夫，他是瑞典历史上最英勇善战的国王，被瑞典人誉为"北方雄师的统帅"。

1728年，瓦萨战舰满载着瑞典皇室的野心下水出征了。码头上欢声雷动，人们争先恐后地赶来目睹这艘战舰的雄姿，远方的战士听到这个消息更是激动得彻夜难眠。而正在与瑞典争夺波罗的海霸权的波兰，悄悄把他们的战舰隐藏在了港口，以避免与这艘庞然大物遭遇带来灭顶之灾。在全斯德哥尔摩市民的注目之下，瓦萨战舰徐徐出海了，但战舰刚刚行驶出1300多米，当指挥官下令为国王鸣炮致礼时，一阵海风吹来，瓦萨战舰竟如弱不禁风如纸糊之物，迅速倾覆，沉入了波罗的海与梅拉伦湖的交汇处。

欢呼声瞬间停止了，时间似乎也静止了，一时的沉闷让人感到窒息。随后，观看的人群就像爆炸了一样，有失声痛哭，有咒骂，甚至有人跳入海中。沉船的消息传到前线，士兵们感到天都要塌了。国王古斯塔夫·奥道夫二世命人火速查找沉船的原因。原来，增加的炮台使战舰上下结构比例严重失调，从而埋下祸根，再加上战舰上装载了太重的黄金与大炮，使瓦萨战舰一下水就是一艘失败的战舰。由这艘战舰的沉没开始，启动了瑞典战事的一连串失败，在随后的200年里，瑞典的国土大幅收缩，国力也减弱。于是瑞典开始不再四处扩张，对外逐步确立了和平中立的政策。

瑞典人想不到，正是由于他们确立了和平中立的政策，平安躲过了残酷的两次世界大战，享受了200年的和平岁月。第二次世界大战结束后，反思历史的瑞典人忽然想到了那艘给他们带来耻辱和失败的战舰，原来，这艘战舰的沉没，却意外拨转了历史的方向；原来，失败也可以带来好运。

1961年，沉没了300多年的瓦萨战舰打捞工作开始。1990年，瑞典人为这艘失败的战舰，建造了纪念博物馆。

纪念失败，是一种勇气，也是一种睿智；纪念失败，能让你学会聪明和理智，学会内敛和沉思。而瑞典人，用这艘失败的战舰所建造了博物馆，还带来了大量的门票收入。

胜利的滋味

他作为一名企业家，把产品打到世界各地占领市场是他的目标，追求最大的利润空间是他的经营之道。他工厂的旁边，是一家国营大厂，和他的企业生产着同一种产品。早在十年前，他是那家国营大厂的一个临时工，他熟悉了生产产品的工艺流程，也看到了那种产品未来的市场前途。后来，他辞了职，凭他的聪明才干，在那家国营大厂旁边建起了这家小厂。经过十年的创业、发展、壮大，现在他的工厂蒸蒸日上。

刚开始，那家国营大厂根本没把他那作坊式的小厂看在眼里。但是，他始终把那家国营大厂当成了竞争对手，凭着自己的，艰苦勤奋，小厂很快就做大了，国营大厂的业务，也被他拉走了不少。

与此同时，那家国营大厂由于沉重的包袱，滞后的体制，人员的老化，经营状况在每况愈下。挖人才、拉业务、提高产品质量、提高管理效益、降低产品价格。双方的竞争是你死我活。每天，他坐在他的小轿车中从那家国营大厂门前经过，都在想着如何想办法挤垮它。他想，等那家国营大厂关门的那天，就是他的企业胜利的日子。

那国营大厂有一家重要的客户，他曾经用过许多办法想让他的产品替代国营厂的，但都没有成功。后来，他买通了那家国营大厂的供销处长，使他们进了一批劣质原料，生产出来的那批伪劣产品都卖给了那家重要客户。那家客户蒙受了重大损失，反过来向那家国营大厂索赔。从此，那家国营大厂的信誉一落千丈，他趁机把他的产品打入了那家客户。

国营大厂终于倒闭了，从此，在这个地区没有人能和他竞争了。他曾经想过收购倒闭的国营大厂，但瘦死的骆驼比马大，他的实力还远不够。每天，他坐在他的小轿车中，心情愉悦地从国营大厂门前经过，看曾经热闹非凡的门口，如今冷冷清清。

但是，很快，他发现他的效益并没有增加。原来，以前大批量往这个地区输送的原料，由于需求量减少，运输成本提高了，价格自然上涨了。一些原来的老客户，说他们的产品质量下降了，价格却并没有降低。企业股东们原有的危机观念没有了，矛盾却增加了。

一天，他又坐在他的小轿车里经过那家国营大厂门前，看到大门口拥挤不堪，有许多老工人都白了头发，曾经他们是他的师傅。原来，他们已经三个多月没领到一分钱了，现在吃饭都成了问题，于是不由自主地拥到了大门口。

他的小轿车缓缓地驶过，一直轻松的心忽然沉了下去。那家国营大厂关门的那一天，胜利的喜悦曾充满了他的心头。今天，在这里没有了竞争对手，没有了压力，他的内心却充满了怅然，充满了苦涩，又充满了愧疚。

原来，胜利后的滋味并不尽是喜悦。当冰山露出水面，当喧嚣归于平静，胜利才露出它的千般滋味。

我一直在努力

意大利歌剧团的经理加洛·罗希带领他的歌剧团来巴西进行巡回演出时，为了吸引观众，罗希聘请了巴西著名的音乐家莱奥波尔多·米盖尔做乐队的指挥。但除了指挥外，乐队的其他的成员都是意大利人。不知为什么剧团的首场演出就被当地媒体批得一无是处。乐队成员抱怨巴西指挥态度傲慢，才能平庸，导致演出失败。而米盖尔也不示弱，第二天就在报纸上发表公开信说："那些意大利乐手自满而懒惰，还对我出言不逊。"这位巴西指挥声明即日起退出巡回演出活动。

当天下午是巡演第二场，剧目是《阿依达》，节目单早已印发，多数巴西人几天前就买好了票。因为米盖尔在巴西里约热内卢很有威望，而巴西的听众听说他们喜爱的指挥愤然辞职，于是都把矛头指向了那些"外国人"：意大利人对米盖尔不敬，就是对巴西的蔑视。于是，幕布还没有拉开，剧场内已是一片混乱，跺脚声、叫骂声、口哨声不绝于耳，许多观众还嚷着要退票。

米盖尔辞去了做歌剧团乐队的指挥，按计划，这一位置将由指挥助理代替，但助理刚刚来到舞台前的乐队，观众席上就响起了此起彼伏的口哨声。原来，观众在节目单上找到了助理指挥的简介，因为他是一名意大利人。

此起彼伏的口哨声使指挥助理气愤地掷下指挥棒离开了乐队。台下更是群情激愤。气氛骤然更加紧张，歌剧团的经理罗希只好出来指挥，可是，当他小心翼翼揭开幕布，很快又被嘘声淹没，因为，在他的简介上，他仍是一个意大利人，他只好灰溜溜地逃回了后台。几分钟后，领唱又受经理之命试探着慢慢向指挥台凑近，但观众在节目单中再次找到领唱的名字，他仍然是一个意大利人，在一片口哨和跺脚声中，领唱也被观众轰了下来。

看来，只有找一个巴西的指挥才能让愤怒得快要失控的巴西人平息下来，可是要想立刻找来一个熟悉整场歌剧曲子的巴西指挥根本是不可能的。在后台，歌剧演员们在哭泣，经理罗希也烦躁而又无可奈何，如果被迫取消这场演出，消息一传开，整个巡回演出都可能泡汤，那全团人马都有失业的危险。但观众情绪失控：愤怒的火山一触即发，退票似乎是唯一的选择。

突然，有人说："让他试试看，节目单上没印他的名字，而整场歌剧的曲子他都记得！"

这个人说的是坐在乐队后排19岁的大提琴手。这个年轻的男孩坐的位置是如此微不足道，以至于有人对他说："反正你在最后一排，而且只需合奏时拉几下琴，你就是趁机去逛逛这异国风情的夜景也没人知道少了一个人的。”但因为责任，男孩没有溜走。现在，这位默默无闻的大提琴手被推上了指挥台，观众们把节目单翻得沙沙作响，但根本找不到这个清瘦的男孩的名字和简介。或许他是一个巴西人吧，台下的谩骂声减弱了一些。

这时，在众目睽睽之下，男孩忽然挥手合上了面前的乐谱，他告诉台下的观众，他要全凭记忆指挥。男孩的做法惊呆了台下的观众，全场顿时鸦雀无声，只有《阿依达》的前奏在剧场中低沉、缓慢地响起。演出结束后，巴西观众才发现这个年轻的指挥其实也是个意大利人，但是，太晚了，他们已被他的才华深深打动了。这场18世纪在巴西里约热内卢上演的歌剧使整个音乐界引起了轰动，男孩的国籍早已不再重要，很多人从其他国家赶到巴西。一个音乐史上的传奇也从此诞生，不知名的大提琴手从此一炮走红。

这个男孩的名字叫阿尔图罗·托斯卡尼尼，1867年生于意大利帕尔马市一个贫穷裁缝家庭。所有的人都说托斯卡尼尼真是太幸运了。当时，有记者采访托斯卡尼尼，记者也兴奋地说：“托斯卡尼尼先生，你的成功简直就是一个奇迹，难道你没有感觉到吗？年轻的你真是太幸运了。”

托斯卡尼尼一点也没有记者那样的兴奋，他微笑地说：“哦，我不认为我的成功仅仅是因为幸运，要知道，我9岁时就进入帕尔马皇家音乐学院，随卡里尼学大提琴，也偷偷学钢琴，更是常常私自组成学生小乐队，自己任指挥。18岁时，就以优异的成绩毕业于帕尔马皇家音乐学院大提琴班与作曲班，指挥主要是靠自学。有天赋、有乐感的人才能成功，为了日后能成为一名出色的指挥家，你不知道，这十多年来我可是一直在努力！”

成功靠什么？有人说是靠机遇，有人说是靠天分，还有人说是靠运气，而托斯卡尼尼，这位用一支指挥棒征服了整个世界的现代指挥艺术的鼻祖，又向我们诠释了成功的另一种真谛：我一直在努力！

真正的财富

那一年，男孩突然迷上了摄影，每天放学后，他都偷偷地跑到街头的照相馆里，看里面的摄影师端着一架照相机给人家拍照。那架照相机被摄影师像宝贝一样地呵护着，尽管男孩总想找机会与摄影师亲近，可男孩还是连摸一下那架照相机的机会都没有。

有一天中午，男孩端着一碗刚盛满的饭走出厨房时，心思仍然全在那架照相机上，怎样才能拥有一架照相机呢？男孩一不小心一脚踩空，端着饭碗摔倒了，滚烫的饭一下子烫伤了男孩的脚背，父亲气得一巴掌抡到了男孩的身上，男孩委屈的泪水流了出来，他知道，父亲是心疼那些洒落在地上的饭。在那个饥饿的年代里，家里穷得连吃饱饭都困难，哪还有闲钱给他买照相机呢？

有一天，男孩进城路过医院的时候，听见有人说偷卖血可以赚钱。男孩的眼睛一亮，他马上跑进医院，挽起衣袖让医生抽他的血，他要卖。医生看他又黑又瘦的，犹豫着不敢下针。男孩拍拍自己的胸脯，对医生说："没事，你别看我瘦，但身体壮着哩！"

就这样，男孩瞒着家人偷偷卖了5个月血，终于攒够了买一架照相机的钱。那架照相机白天男孩把他挎在脖子上，夜晚睡觉，他就把它放在枕头边上。许多人都说痴迷摄影的男孩不务正业，简直就是一个“败家子”，但是，正是凭着这架照相机给他的艺术启蒙，1978年，男孩考入了北京电影制片厂的摄影系。

后来，男孩就在北京电影制片厂做了一名摄像师，但是，在他的心中一直想拍一部属于自己理念的电影。1986年的夏季又闷又热，仍在做摄像师的他穿着一双用轮胎内胎缝的简易凉鞋，挤了一路公共汽车来到了北京解放军艺术学院，在挤公共汽车的时候，他穿的那双自制凉鞋的鞋带被挤断了，于是，他只好赤着脚提着鞋。他找到了莫言，他对莫言说：“我正在西北拍《老井》，想要改编《红高粱》，拍个电影。”莫言想了想，对他说：“随便改吧，不用忠于原著，怎么改都行。”

后来，他改编的同名电影《红高粱》在柏林电影节获得了大奖。这个男人叫张艺谋，一时间，“妹妹你大胆地往前走啊，往前走，莫回头”红遍了全中国。

有一天，美国的有线电视新闻网（CNN）记者采访张艺谋，问起他的成功经历时，记者插了一句题外话：“有人传言，在当今电影界，仅‘张艺谋’这三个字，就是一个聚财的品牌，能不能透露一下，你现在到底有多少财富呢？”

张艺谋仔细思考了一下，然后认真地对记者说：“说来你也许不信，我的财富，只是一架旧式照相机。”记者睁大了眼睛：“这怎么可能！”

张艺谋微笑着向记者讲起了他那段非法卖血的经历，他说：“那架照相机给了我特殊的人生体验，鼓励我不断挑战逆境，打破宿命，去实现人生的最大价值，所以，不管到哪里，我一直保留着它，那才是我真正意义上的财富！”

站起来，自己去拿

多年前，我从内地到深圳去投奔表哥，因为我那时听说表哥到深圳后，在短短不到三年的时间内，已从一个普通的打工仔做到了一家知名公司的销售经理。我想，我这么有才华的人，到深圳找到表哥，让他给我找一份待遇不错的工作应该不是什么难题。

谁知，到深圳后，在表哥那里一住就是半个多月，他忙得没有时间去为我联系一份工作，我不由得对早晚都见不到踪影的表哥心生怨言。于是，在一天上午，百无聊赖的我给他打电话，问他给我找好了工作没有。表哥在电话里压低声音对我说："我现在正在进行一个商务谈判，等我忙过这一段时间后再帮你联系工作，其实你满腹才华，在这里，你完全可以自己主动出击去找工作，深圳有那么多工厂公司，每天都在招聘职员，它对每个人的机会都是均等的。"

表哥的话，不由使我感到一阵恼怒。我千里迢迢来到这个陌生的城市，人生地不熟的就是来投奔他，让他帮助我的，现在，他却让我自己出去找工作，怪不得他让我等了十多天还没有一点儿动静，原来他压根儿就没打算帮我呀！

我再也不愿待在表哥那里吃他的嗟来之食了，中午，我跑到大街上走进了一家饭店。饭店里的生意很兴隆，我端坐在一张桌子前等了好长时间，也不见有一个服务员过来问我要吃什么。终于，我等得不耐烦了，大声地抱怨说这个饭店的服务水平太差了，让我等这么久也不见有服务生过来问我想吃点儿什么。

坐在我对面正埋头吃饭的是一个比我大不了几岁的年轻人，他听了我的抱怨，抬起头来对我说："兄弟，这是一家自助饭店，服务员只会为你收吃剩下的盘子，他们是不会为你点餐的。"

我这才注意到，在一面玻璃橱窗后面，许多食物陈列在台子上排成长长的一行，一个入口，一个收银的出口。

"从入口进去开始，你挨个拣你喜欢吃的菜，等你拣完到另一头，收银的会告诉你该付多少钱，如果你只是坐在这里一味等着别人为你拿，等到天黑你也吃不进嘴里去的，在这里，你必须站起来，自己去拿。"他接着告诉我。

在这里，你必须站起来，自己去拿。他的话不由使我心里一动。面对琳琅满目的美味佳肴，我从一头开始逐一看到另一头，它们勾起了我无限的食欲，我知道，如果我愿意付费，我想要什么都可以，只要我有能力支付得起。

那是我第一次吃自助餐，吃自助餐让我明白了一个道理，要想吃到嘴里，就需要靠自己。我不由想起了表哥让我自己主动出击找工作的话，原来，这就是深圳呀，一切都要靠自己主动出击，寻找机会，成功的幸运女神根本不会去垂青像我这样守株待兔的人。

在深圳苦闷地等待了十多天后，我终于明白了，有才华固然重要，但是，有才华不等于就能成功。成功需要自己去打拼、去争取、去营造。如果你只是一味地等着别人把它拿给你，你将永远也成功不了，成功就像吃自助餐一样，你必须站起身来，自己去拿。

阅历就是最大的财富

博胡米尔·赫拉巴尔是捷克当代著名的作家，他49岁时才发表处女作。他的出现，他堪称世界文坛的一匹黑马，大器晚成的他迅速成为20世纪下半叶捷克最伟大的作家之一，并于1994年获得诺贝尔文学奖提名。

能成为一名伟大的作家，可以说是赫拉巴尔少年时就开始的梦想，但是，赫拉巴尔大学毕业后，却并没有立刻去写作，而是把自己的大半生都扔进了布拉格的贫民窟。

在贫民窟里，赫拉巴尔干过废纸收购站打包工，还干过碎石工、抄写员、仓库管理员、列车调度员、保险公司推销员、影院布景工等十几个工种。赫拉巴尔所干的每一份工作，都卑微而琐碎，生活在最底层，充满了艰辛。原本，以他法学博士的学位，他应该是能轻松过上体面的生活的。可是，他却“自甘堕落”，这让熟悉赫拉巴尔的人都不明白，他这样做究竟是为了什么。

只有赫拉巴尔自己明白，自己的“自甘堕落”是努力的一种方式，因为，赫拉巴尔相信，一个伟大的作家，必须是一个生活的真实记录者，他干各种各样的“粗活”，和各种各样的“粗人”在小酒馆里吹牛聊天，最重要的收获就是生活和观察人们的生活。

梦想成为作家的赫拉巴尔就像个“没文化”的人生活在社会的底层，他曾经最大的“理想”是当一名泥瓦匠，通过做泥瓦匠“成为整个时代的见证人”。他这个自甘生活在社会底层的小人物，虽身处逆境，却快乐。

丰富的生活阅历为赫拉巴尔提供了用之不竭的创作素材，他的成名作《过于喧嚣的孤独》就来自于他1954—1958年的亲身经历。

为了实现自己的梦想，赫拉巴尔所做的努力让人感动。在他成功的背后，大器晚成的赫拉巴尔告诉我们，他能成为作家并不是“意外”。

如果说法学博士毕业的赫拉巴尔放低自己成为“小人物”是在寻找成功的方向，那么，更多的人其实对自己生活的苦难根本没有选择的机会。有一个男孩，出身于一个偏僻小镇的贫穷之家，因为贫穷，他从小就勤工俭学，派送广告，当餐厅服务员，做业务员，当高尔夫球童……只要能赚钱，他从不拈轻怕重，小小年纪就不得不尝遍生活的辛艰；还是因为贫穷，为求温饱，他不得已放弃大学梦。

只有职高的学历，为了生存他做过纺织厂的机械维修工、百货物流送货司机。在他去台北前的最后一份工作是安装防盗系统，每天头顶安全帽，手拿电钻，在尘土瓦砾中汗流浃背地工作。

贫穷和艰难并不能改变男孩对作词的痴爱，男孩一直在努力。工作时，他常常带上本子和笔，想到一个佳句就赶紧记下来；工作之余，他试着改写当时最走红的歌词，一个字一个字去推敲；为写一首不熟悉意境的词，他会耐心地翻阅无数资料。就这样边工作边学习创作，半年里竟积累了200多首歌词。他精心挑选出100多首装订成册，并以“初生牛犊不怕虎”的精神投寄了100份给台湾的各大唱片公司。

他清醒又忐忑不安地等待，他想，投出去的100份会有多少能被制作人看到呢？即便是看到，又有谁会联络默默无闻的他呢？想不到会有人给他打电话，而且打电话的人会是吴宗宪。吴宗宪慧眼识珠，他被招入麾下。

这个男孩的名字叫方文山，今天，喜欢周杰伦歌曲的人，没人不知道方文山。《东风破》《菊花台》《千里之外》《青花瓷》等脍炙人口的歌词，都出自他手。方文山的横空出世，令沉闷的华语词坛掀起阵阵风暴。

在这个世界上，有多少出身卑微又做着令人不屑工作的人，在追求成功的道路上艰苦地跋涉；又有多少人付出了艰辛和努力，一生中却并不能等来成功的回报。但有人获得了成功，而那些获得成功的“小人物”更是让人感动。

人生·感悟

Chapter Four

感谢磨难

那一年是我从20岁走到21岁，大学毕业后在家中昏昏沉沉地待了整整一年。白天父亲在责任田里干了一天活，晚上就守在那台14英寸的黑白电视机前看电视。可是各种广告塞满了每个“肥皂局”的插播时段，要不就是一些各类技术培训学校打着安排工作的幌子让一些找不到工作的人蠢蠢欲动。

父亲叹了一口气关掉了电视机，屋内一片寂静、一片黑暗，只有他吸的烟头一明一暗。从电视上父亲没有搜寻到一点有用的信息。他说：我想不到上了大学会找不到工作，咱家没有一个好亲戚，我又只会种地。看来以后只有你自己安排你自己的工作了。

我说：大学没毕业我的一些同学的爸爸舅舅姑姑们已为他们找好了工作单位，我就知道想找个工作对我来说困难重重。

我说：咱家的亲戚我想了一遍，只有一个叫表舅的在城里做了一个不大不小的官，可少有来往，人家也不会帮咱忙。

我说：爹，你别叹气，想了一年我终于想通了，明天我去城里，麦天刚过，建筑工地上一定需要人，骑着马去找马总比在家干等着强。

父亲把烟头掐灭了，好久才沉闷地说了一声：那就这样办吧。说完，他心事重重地回到了里屋。

那几年全国各地都在搞开发，开发区内的高楼大厦像是雨后春笋般地一夜间从绿油油的庄稼地里拔节而起，大批的农民工从乡村拥向市郊的开发区，高高的脚手架上站满了他们的身影。我找到一位同学的哥哥，他把我介绍到了一个工地上。大楼的主体工程已经完工，剩下的工作就是在外面贴面砖和在室内搞装修。工地上的项目经理姓汪，我们都叫他汪经理。他冲一个刚从工棚里出来一手拎着灰桶，一手拎着锤子和钢钎，与我岁数相仿的瘦子说："小张，从今天起你和小马干一、二号楼里的活。"

原来，大楼内的电线全部使用的是暗线，接线管被砌到了砖墙里，接线的位置泥瓦工只是按大概方位让线管露了出来，高低不一，需要重新挖出接线盒的方洞，用水泥灰把它镶嵌到墙壁上。有些接线盒的地方是砖墙，有些地方是水泥墙和水泥横梁，锤砸在钢钎上，只是在水泥墙上留下来一道白色痕迹。特别是大多接线盒都在水泥横梁上，爬上晃晃悠悠的梯子也不敢用劲，生怕那个竹梯不负重压或重心失调，就会从高高的梯子上摔下来。一天下来，抡锤子使我浑身上下又酸又痛，手上也磨出了几个血泡。和小张在一起干了一天才知道他叫张春，小我一岁，初中没毕业就出来打工了。张春告诉我说我们干的活是按电工一天的工作标准开的工资，所以也应该是工地上的电工。我说电工就干这个，抡锤子在墙上挖洞？张春说，洞掏完就穿电线，穿完电线就安开关、灯泡。他又说电工这活可不好干，没关系早让你到外边去拉沙挖石灰去了，因为他姑父在这个建筑公司里坐办公室，所以他才能干电工。说起这张春显得特牛气，腰板也挺直了许多。

听了张春的话，我心想，自己一定要好好干，要不连同学的哥哥都对不起。收工时张春说你这样干法啥时能完工，要不咱俩以后分开干，你干一号楼，我干二号楼。工地上让我俩结合在一起主要是让一个在梯子上干，另一个扶梯子递东西也安全些，现在张春嫌我干得慢也只有分开了。

第二天我早早和好了水泥灰上了工地一号楼。而张春每次都是他刚赶到工地汪经理随后就到，时间算得很准。有一天，干到上午10点左右，汪经理找到张春和我，说楼下有一个下水管口被垃圾埋住了，要我俩停下手中的活去把那个排水管口挖出来。张春小声嘟囔说那又不属于我们干的活凭啥让我们挖。他嘟囔的声音仅仅让我听到了，我则老老实实地拿着铁锨和铁镐跟在汪经理的后面。来到了大楼后面，汪经理手一指，说：就在这，有碗口粗的水管口埋在下面了，你俩贴着墙根往下挖。我问有多深，他口气冷冷地说：叫你挖你问那么多干啥，挖多深是多深。张春又问：究竟在哪儿，挖着我们心中也有数。汪经理说：对着化粪池中间往下挖。

化粪池和大楼之间有2米距离，化粪池还没开始用，敞着口，里面被人扔进去一些死猫死狗和生活垃圾，在毒辣辣的太阳下蒸发，苍蝇乱飞，臭气难闻。汪经理说完就忙走开，站在不远处一片树荫下看我俩往下挖。紧贴高楼的墙根下都是一些烂砖头和垒墙时掉下来凝结了的灰沙。铁镐砸下去砸在砖头上，抡几下震得手臂发麻。前面是一堵高墙，后面是化粪池，在中间两米宽的夹缝中铁镐根本就抡不开，弯着腰，汗水很快就把衣裤浸湿了，顺着脸颊又流到眼里，又咸又涩，半个多小时过去了，还没能挖下去一尺深，在火球似的太阳暴晒下，很快使我俩都喘不过气来。抬起头，汪经理不知何时已买回了一个雪糕，站在树荫下，正一只手掐着腰一只手拿着雪糕往嘴里送，伸出鲜红的舌头悠闲地舔着雪糕。看到他那惬意的样子，我俩的嗓子眼都像冒火一样难受。张春恨恨地小声说："小汪，汪精卫的孝子贤孙，走，咱俩也买雪糕去！"我也渴得要命，就说："要不留下一个人干，另一个人去买雪糕。"张春一听，忙说："我去买。"说完，他扔下铁镐就捂着鼻子窜过化粪池。其实被臭味熏了这么长时间，我早已习惯了这奇臭难闻的气味了。汪经理瞪着眼睛看张春扔下铁镐，又看看我仍一下一下艰难地挥着铁镐，没有作声。等了好长时间，才见张春一手拿着一个冰激凌，一手吃着一个冰激凌向我走来，我放下铁镐，也不管下面是碎砖块或是沙土，一屁股坐在上面贪婪地把冰激凌送入口中。汪经理这时正悠然地从口中吐出一个漂亮的烟圈，看见我俩停工坐在工地上吃冰激凌，一甩手把那个刚吸两口的香烟扔出老远，走过来阴阳怪气地说："不错，生活不错呀，不像是出来打工的。到中午不把排水管挖出来，今天的10元钱就别想挣到手。”

张春看他那又讽刺挖苦又欺人的样子终于憋不住了。他说：“我俩是电工，怎么叫挖土方，挖土方一米可是30元哩。”汪经理一听，声音立刻又调高了许多：“不想干？滚，有的是人。”

我小心翼翼地说：“汪经理，等下午这儿就是荫地，能不能上午挖接线盒下午再挖土方？”

“这儿没你说话的地方，到中午挖不出排水管口，中午就别休息，要不就走人。”汪经理一点也不近情理恶狠狠地说完，又走回到树荫下监视着我俩。张春也不敢再说什么，只是小声地汪狗汪精卫的孝子贤孙地骂。我埋下头，狠狠地抡开铁镐，任泪水哗哗地往下淌，仿佛这一年来找工作的艰辛都在那一刻变成委屈的泪流淌开来。我不由得想起大学三年，那时我作为校报主编，忙着采稿编稿，走到哪儿都令人瞩目，那时的我青春是何等的激扬，理想又是那样的美好。现在，抡起铁镐，我百感交集，世界是这样的大，我是那样的渺小，真的没了我的容身之地了吗？我想，不干了，真的不干了。我真想扔开铁镐冲汪经理说：“我不干了！”但我只是把悲愤塞满了胸膛，把它发泄到铁镐上。我知道，我这是给人家打工，一无所有的打工仔还想得到别人怎样的尊重？或许，以后的挫折还更多，这仅仅是开了个头。时至今日，我仍然不会忘记，在毒辣辣的太阳下，一个瘦弱单薄的男孩，在一堵充满碎石的高墙下，狠命地抡着铁镐，泪水混着汗水一滴一滴往下淌。成长的过程中亲历的屈辱和打击都变成了今天记忆中的刻骨铭心，每当我坐在窗明几净的办公桌前有所松懈时，我都会发出这样的感慨告诫自己：千万别放弃自己！

将近下午10点，挖有一人多深时，那个排水管口终于艰难地露了出来。我一下子瘫坐在地上再也无力站起，泪，早已流尽，汗，早已流干。

以后的日子汪经理再也没让我挖过土方，我一心一意在墙上凿出一个一个小方洞把接线盒镶嵌上去。一个月后，大楼的所有工程都已接近了尾声，公司的总经理来工地检查工作。当他命人把二号楼的接线盒敲开几个时，所有的接线盒的下半部都被张春用钢锯锯掉了，只留上半部都露在外面看上去完整无缺。我这才明白，张春怎么干得那样快，常见他趴在高楼的窗户上，看远处城市的高楼、流淌的汽车、川流不息的人群。而我镶嵌进去的接线盒每一个都完整无缺，我用自己的汗水及诚实经受住了检验。总经理满意地点头时，我同学的哥哥趁机告诉他，说我是一个大学生，上大学期间就在外面的报纸杂志上发表过许多文章。总经理吃惊地看着我，问：是吗？我骄傲地点点头。

工地上检查出的另一项不合格工程是一道下水管道铺设错误，这就意味着工程需要动大手术。工人们说我们是按汪经理的要求施的工，汪经理这时才发现工程真的错了，他脸色苍白。总经理说你跟了我这么多年，可这么严重的错误叫我怎么原谅你？

汪经理的汗一个劲往下淌，只是小声喃喃地说：“怎么会呢？怎么会呢？”总经理说你走吧，还有张春，今天也离开工地。

几天后汪经理给工地上打来电话找我。他说：“小马，那天挖土方后我才知道你是一个大学生，总经理向我问起了你的情况，我推荐了你。希望你将来努力，能有自己的事业。”

我心里一热，忙说谢谢。汪经理说也谢谢你让我认清了自己，学会了尊重别人，哪怕是一个下苦力的打工仔。

后来，总经理把我抽调到了公司的办公室做了一名文员；后来，我又应聘去了一家报社做了一名打工记者。虽然，我没有干成一件惊天动地的大事，但现在我想，依靠自己卖文为生也算是一件值得骄傲的事。感谢那段四处求职的日子让我明白了许多，感谢那些磨难让我学会了坚强。

家园

多年前，我生活在一个叫马刘营的小乡村里。那个宁谧而忧伤的小乡村，是我生命中的第一个驿站。

春天，我和父母一起走进田野，父亲挥鞭赶着拉犁的牛，一粒粒闪光的种子连同我们的希望一起被植进了黑油油的土壤里，随着庄稼拔节的声响，我们的希望也在疯长。然而，不如意的事时有发生：一场暴雨或持久的干旱，绿油油的幼苗就被摧残得所剩无几。这时，父亲便常常赤着脚走进田野，用他那“锋利”的脚趾割开黑油油的土壤，看着在泥水中的谷穗和横七竖八倒地的玉米，紧锁着眉额一言不发。我知道他的心一定如刀绞般地疼痛。

20岁了，我的生命变得更加年轻而骚动。就在那个秋天，我流浪到了钢筋水泥丛林般的城市里，为另一种生活另一种梦想开始了拓荒。现在，我站在都市繁华的斑马线上回望家园，少年时读书的灯光和一望无际绿油油的庄稼已变得影影绰绰。

我是农民的儿子，城市是别人的家园。

走进城市我才明白，自己的生命中再不可能有20岁时那样单纯的时光了。拖着疲惫的身躯和长长的身影，那万家灿烂的窗灯里，我找寻不到家的感觉，没有人知道这是怎样的一种无奈，潮湿的眼睛里常常蒙上一层灰蒙蒙的雾，每当我捧读旧日影集里一幅幅发黄的照片时，才察觉指缝间已流走了多少岁月，才明白在我每一步前行的脚印中，蕴藏着多少对生活的不懈追求。

今天晚上，我坐在南郊的一间陋室里写这篇文章。夜已深了，抬起头看窗外点点繁星，我的朋友阿桑和双子已如那遥远的星辰。曾经，我们都有过同样狂热的追求，立志把自己的一生追求交付给文学理想。但终有一天，阿桑和双子找到我，神情黯淡地焚烧了所有诗稿，和许许多多的人一样下海经商去了。

那些一起酩酊大醉的浪漫日子再也没有了。阿桑和双子有了他们的事业，而我仍在写作这片精神的家园里艰辛地耕耘着。但在那段我贫穷如洗的日子里，阿桑和双子与我的友谊是我一生的财富。今天夜里，我情不自禁在自己苦心挣扎的家园里，怀念他们的音容笑貌。我知道，我欠他们的情，就像我无法回报这个世界给予我的一样。

走在城市那光洁坚硬的水泥马路上，我常常问自己：你从哪里来？又要到哪里去？我已经丢失了把养大的土地，只有固守在这片精神的家园里，让追求和梦想一起延伸了。

在深夜里流泪

看过一个访谈节目，一位非常成功的人士谈他创业路上的故事。他说，当初创业失败后他已经身无分文，一连串的打击让他开始怀疑自己所走的路是不是正确的。妻离子散，朋友也都离他而去，他希望自己的失败能获得别人的同情，但是，没有人愿意听他倾诉，给他安慰。

他在人生的冷漠中煎熬着。

痛苦的过程是漫长的，并不是每个失败的人最后都能凤凰涅槃浴火重生，他是幸运的一个。现在，回过头看自己曾走过的那段路，他告诉主持人：那时，他常常在深夜独自流泪，一个男人，如果没有经历过深夜流泪，一定不会感悟人生，变得更加成熟。

我相信他的话一定会得到很多人的共鸣。

在夜深人静的夜晚，大地一片沉寂，人们都进入了梦乡，这时，自己却辗转反侧，能够清晰听到的，只有自己的呼吸声。痛苦，已经深入心髓，人生的挫败感让自己开始怀疑一切，但压力只能独自承担，无声的泪水在这时候开始恣意横流。

这样的夜晚我也曾有过。

那是我人生的一段低谷，在深夜流泪的我只有独自疗伤。后来，我也逐渐从痛苦的深渊中走了出来，生活又开始有了阳光。但人生不会永远一帆风顺，意想不到的打击还会突然挥拳而来，有时候我还能见招拆招，很多时候让我无力招架，只有狼狈逃窜。但是，在经历过夜晚流泪的深夜后，我已经明白，命运，永远不会一直是坦途，也不会一直是荆棘丛生的山间小路，在煎熬中我需要拾起信心和勇气，才有可能等来灿烂和辉煌。

我喜欢在大街上看来来往往的人群：有人一脸沧桑；有人宠辱不惊；有人的微笑发自嘴角；有人的痛苦来自深锁的眉宇。我相信每一个人都有自己的故事：有过阳光，有过风雨；有过精彩，也有过沉沦。

但是，我相信，只有经历过深夜流泪的人，才会成为一个哲人。只有在风雨中漂流过，后能在痛苦的煎熬中走出来的人，才会变得成熟和睿智。

痛苦在歌唱

在中美洲的西部的危地马拉，有一种小鸟叫落沙婆。这种小鸟没有华丽的羽毛，瘦小的身姿看上去一点也不引人注目，它啼叫的声音，让人听起来也有一种沙哑的味道。这样的一只落沙婆小鸟，既不漂亮，又没有百灵鸟一样婉转的歌喉，是不会让人喜欢的。平常的日子也很少能听见它的啼叫。然而，一旦它开始啼叫，能连着七天七夜彻夜地不停息，让人听起来心烦意乱。

因为，它那七天七夜不停息的啼叫，听起来根本就是一种哀啼。

可是，如果你知道了落沙婆为什么在哀啼，也许，你悸动的心灵就不会因此而烦躁不安了。原来，这种小鸟，它要叫上七天七夜才能下一只蛋，由于鸟类没有像我们人类一样的接生婆，所以，难产的落沙婆只有彻夜不停痛苦地啼叫着，可恰恰是因为这痛苦的七天，使因为难产而下的蛋壳变得坚硬。一只小鸟，它以自己七天经历难产的痛苦，换来了它的孩子能拥有一个安全的明天。

原来，那七天七夜不停息的哀啼，是落沙婆难产时在痛苦呻吟呀，它以这种呻吟，在释放肉身那种撕心裂肺般的痛苦，这种释放出来的痛苦，也是落沙婆在歌唱。

记忆中是我上小学三年级的时候，我们班的几个同学相约在周日去附近的一个山上去采摘野果，去的时候是快快乐乐的五个人，可晚上回来时，却变成了四个惊慌失措的泪人。有一个同学和他们分头寻找野果时失踪了。

于是，他家人连夜组织人拿着手电筒满山遍野地去寻找，直到第二天早上，人仍没找到，人们的嗓子都喊哑了，也没有一点回音。虽然都知道是凶多吉少了，但由于没找到人，那个同学的父亲眼睛红红，浑身被荆棘剐得遍体鳞伤，但还有一丝希望支撑着，爬起山来谁都赶不上。很快，不幸的消息传来了，走失的那个同学在一棵生长在悬崖的野杏树旁，失足跌落了山崖，人早已断了气。下山的时候，那个同学的父亲被人搀扶着，几乎是拖着下山的。

那个同学的父亲，总是喜欢放学后站在校门外接儿子。出事的第三天放学后，我走出校门，看见出事的同学的父亲仍站在平常他接儿子那个位置，他看着一群孩子疯疯闹闹地从校园里跑出来。我看着他的眼，奇怪的是他也睁大着眼睛看着我们，那深陷的眼窝中浸满了晶莹的泪花。

他才30多岁，原是满头的乌发，竟然一夜之间全变白了。少不更事的我对他那苍老、憔悴、泪水满面的样子突然感到害怕，于是拔腿就跑，跑远了回过头看，看见他望着空荡荡的校园慢慢转身走上了回家的路。突然，他沙哑的声音吼起了我听不懂的山歌，那音调凄惨而悲凉。

现在，我早已长大了，长大了的我经历了生活的辛酸后才明白，原来，我少不更事时所理解的，歌唱就是欢乐的一种表达是多么的幼稚与肤浅。

落沙婆的歌唱是在呻吟，我那个同学的父亲吼出来的山歌，是在用歌唱释放内心的痛苦。而生活总是在给我们施加各种压力，使我们那一颗受伤的心，常常活得卑微而小心翼翼，为什么不让痛苦找一个流淌的出口，来释放内心的压力呢？

在痛苦，在歌唱，这是个连一只普通的小鸟都知道的道理。而我们越来越文明的人类，总是喜欢躲躲藏藏地，把痛苦深埋起来，任它无限膨胀，从而使自己一颗压抑的心因此而变得千疮百孔、支离破碎。

长在岩石下面的小花

我14岁的时候与外面世界接触最多的渠道就是家中的那台黑白电视机。那台黑白电视机和房屋后面的那个卫星接收器，是县里为实现村村通而扶贫的项目，那时我上初中二年级，当城里来的技术人员调试好电视节目后，中央电视台正在播放一个城市的专题片。我从那台14英寸的黑白电视机中，看到了一幢幢高耸的大楼直插云霄，一层层盘旋的立交桥雄伟壮观，一辆接一辆的小汽车井然有序地穿梭不停，还有超市里的霓虹灯在黑白电视机里闪着刺眼的白光，琳琅满目的商品让人眼花缭乱。

我不禁看得目瞪口呆，原来，城市是这样的美好呀！可惜，一直长到14岁，我还没有迈出这重峦叠嶂的大山一步，我年少的心陷入了深深的忧伤。那一天晚上，我躲在属于我的那间漆黑的小屋里连晚饭也不想吃，父亲叫了我一遍又一遍，我也懒得理他。后来，父亲也不叫我了，一家人都兴奋地坐在电视机前，一个台一个台地浏览，电视的声音放得好大，我听到晚会里的歌声欢快而嘹亮，一阵阵的掌声经久不息，谁又会注意到我内心充满的忧伤？

第二天，我幼稚地问父亲，说：你怎么不是城市人呢？父亲对我的问题感到莫名其妙，当然也不知道怎么回答，他手抚摸着我的头说：快点上学去吧，一会儿要迟到了。我想，如果父亲是城市人那就好了，那我就是城市人了。

那所破烂简陋的初中就建在山脚下，初中的三个年级的学生加起来还不足一百人，原先有三名教师，现在只剩下了两名，这样不论什么时候总有一个班在上自习课。没人管的自习课也实在没意思，又没有课外书，二十几个人的班级闹哄哄的，看窗外，窗外就是大山，除了石头就是杂树，实在没有一点情趣。我的同桌何春丽告诉我，初中一毕业她就去城市打工去。

那一年何春丽也14岁，她说要不是因为她父母嫌她小，她早就出去了，现在坐在教室里的她纯粹是为了混日子，长身体。何春丽的姐姐在城市里打工，她回来时曾经来学校找过何春丽，当何春丽的姐姐出现在教室门口叫着何春丽的名字时，我们都惊呆了。何春丽头发又脏又乱，脸蛋又黑又瘦，穿着城市人捐助的一身旧衣服显得不伦不类；而她的姐姐，松散的头发直直地垂到肩膀上，染得红红的颜色在阳光下竟然闪闪发光，她的脸蛋又白又细，嘴唇又红又艳，高跟皮鞋又尖又长，她竟然是何春丽的姐姐？何春丽在全班同学羡慕的目光中，骄傲地走出教室。正在上课的谢老师气愤地说：哼，做“那个”有啥了不起？

请原谅我那时的浅薄，我竟然不知道“那个”是什么意思，要知道那时我们没有报纸也没有课外读物。我问何春丽什么是“那个”？老师说你姐姐做个“那个”有啥了不起的。何春丽涨红了小脸，显然她知道什么是“那个”，她说谢世远，做“那个”怎么啦？在城市里做“那个”也比待在这山窝里强。

我羡慕死了何春丽的姐姐，我想如果能到城市里，就也做“那个”吧。不过很快我就明白了老师所说的“那个”是什么意思，想何春丽的姐姐原来这么肮脏，不过，我内心却十分地向往远方的城市。

初中毕业那年暑假，几个大学生来我们这座大山里写生，他们背着画夹，穿着登山鞋，戴着旅游帽，一个个显得洋气十足，其中有一个叫黄春草的女孩，就借住在我的家中。有一天早上她要画日出，天蒙蒙亮她就起来了。那天早上我也早早地醒了，缠着要和她一起看她画画。我们一起登上了山顶，太阳冉冉升起了，红彤彤的，像在水中刚刚洗过一样，黄春草支起画夹，神情专注地画着。我第一次发现，原来太阳也有这么美丽的时候。

黄春草画完画，我们就坐在一块石头上，呼吸着清新的空气，倾听着远方的鸟鸣。我说：我真羡慕你，生活在大城市里，享受着富足的生活和良好的教育，像我这样活着实在没有一点意思。她奇怪地看着我，想不到我年纪轻轻的却是这么的悲观。她说，你把别人的生活都想得太美好了，以至于小小年纪却如此的多愁善感，我给你讲一个故事吧，你就会明白你把自己的生活想象得太凄惨了。

在四川的一座大山里，有一个小女孩，每天用破旧的布包着书本，跑步上学和回家，她家离学校有6公里的路程，在崎岖的山间小路上，小女孩每天都迎着朝露和晚霞跑步在呼啸的风中，放学后，她还得割猪草，挖药材，挣点钱补贴家用和交学杂费。10岁那年，她久病在床的母亲终于病逝了；12岁那年，她的父亲上山给人家抬木头被砸伤了，从此以后，再也干不成重体力劳动。为了挖药材，她像男人一样，腰上缠上绳子，下到悬崖下面，有一次她被毒蛇咬伤，差点没有死去。上大学，她一共贷了8000多元的助学贷款，后来，靠做家教和到美术学校代课，才基本上够她生活的开支。

我想不到这个世界上还有比我更不幸的人，我以为她在给我讲故事，黄春草说，你知道这个女孩是谁吗？这个女孩就是我。

我惊讶地看着黄春草，她的脸上非常平静。我想，我比她幸运得多了，最起码，我不用打猪草、挖药材，还可以安心地学习。

黄春草手指着一棵野花，顺着她手指的方向，我这才惊讶地发现，那一棵不知名的野花，竟然生长在巨石下面，那块巨石像房檐一样，严严地遮挡住了从四面八方照射到那棵野花上面的太阳光，但是，它竟然绽放了。

黄春草说，经历了那么多的苦难都没有把我压倒，我现在还怕什么呢？我们不能选择自己出生的时间，出生的地点，生自己的父母，难道因为我们的环境不理想，就因此而沉沦吗？我是不会的，相反，我要努力改变自己，就像那棵野花一样，虽然太阳根本照射不到它，但它一定要努力去绽放。

那时候，我刚刚过完16岁的生日，从14岁到16岁，我走过了一生最消沉的岁月之后，忽然感觉眼前又是一条光明大道。在以后漫长的岁月里，我从大山里走到了城市，上大学、找工作、结婚、生子，每当有什么不如意的事情时，我就想起了那棵野花，那株照不到阳光照射却在努力绽放的野花。

找个人说话

是不是有过这样的时候，蜷缩在宽大沙发中的你手握着遥控器把所有的频道都选择一遍，然后把电视关掉，让浓浓的黑夜包裹着你，把那正在演绎的悲欢离合都锁在你心底。

是不是有过这样的时候，灯光里你坐在一个角落里，在疯狂的人群中竟有难言的情绪缠绕着你。

当我们于一切忙碌中自省，当我们从怅然失意中回过头来，才发觉，曾经是可以终日追逐嬉戏踏雨看虹、共数窗前寂寞落红的旧日同学，也曾经是常常共对斜阳执手话衷肠的好友，如今已劳燕分飞散落各地。手里，握着的是他们厚厚的一叠名片，心里只是厚厚一叠寂寞。

心情欠佳，工作没劲，读书无味，睡觉无眠，这种事情谁都常常遇到，这个时候，如果有人和自己说说话，陪自己发疯发痴发呆，甚至有双眼睛能看着自己落泪，也会觉得幸福。虽然，四通八达的通信网络可以使我们随时能从人群中找到正在寻找的人。但那种促膝长谈、抵足而眠的温情已遥如童话。这时，找个人说话，或许已成为我们可遇而不可求的奢望。

找个人说话，其实也不一定非做到共话春秋，共享风月。关于国家大事，人生哲理也均可淡忘一时。能将一脉心情和无边感受摆放在聆听与诉说之间，慢慢体味与欣赏，便已是人生的精彩片段了。

找个人说话，这个人也不一定就是知己。人生在世，懂得相互痛惜保重艰难，能坐一处说说话聊聊天，便已是红尘有缘。

但是，这个标榜现代文明的时代已不需要废话，更多的时候我们必须长话短说，去粗存精。因为，彼此怀中全都抱着一大堆关于名利情义而不得不忙的理由。当有人敲开你的门时，已习惯于抛出这样一句冰凉的询问：你有什么事？

我没什么事，我只想找个人说话，行吗？

做个听众

有一个身材矮小又貌不惊人的小记者，应聘做上了一家大财团的公关部主任。

在各个方面并不怎么优越的他，怎么能在众多优秀的应聘者中击败所有对手脱颖而出呢？这个小记者首先利用自己所在部门的优势做足了功课，事先查阅了这家财团总裁的经历，知道他早先是摆水果摊的，后来转而投资房地产生意发了大财，而且这位总裁以前还有一段坐牢的历史。

应聘那天，这个小记者不像别的应聘者那样滔滔不绝地宣扬自己，他只简短地问了总裁一句话："我听说你是白手起家的，能否谈谈你是怎么发展到今天这种规模的？"

总裁一愣，因为，从来没有人问过他这个问题。于是，他就洋洋自得地说起了自己怎样从一无所有，发展成今天这种规模巨大的财团的酸甜苦辣。而这小记者则什么也不说，只是静静地倾听。

结果，其貌不扬的他被录用了。

在我们周围，常常有两类人：一类人是喜欢大发议论，宣扬自己；另一类人则总是做听众，在适当恰当的时候才说一句话。最后呢？那个说了许多，但废话连篇的人，人们并不明白他究竟说了些什么；而那个沉默的“听众”，他偶尔的几句话却是铿锵有力，被人记住并认同了。

沉默是金。这一句流传很久的警言，又有几个人深悟其中的真谛呢？可是，我们为什么在行动上却很难做到呢？因为人人都急于表现自我、推销自己，都梦想着有一天能成名成家，而不愿意踏踏实实地干点什么。殊不知在滔滔不绝的张扬中根本看不清真实的自我，在梦与幻想中坐失了一次次良机。

为什么不能做一个听众呢？以他人为一面镜子，从中学会思考，学会汲取及扬弃，来丰盈自己。

水下的礁石

那是我第一次坐船。去重庆做一笔生意，坐车到湖北宜昌的时候，突然想下车坐船去。对于去重庆要做的那一笔生意，我原本是不抱希望的，只不过，人在江湖，身不由己。那一段时间是我人生的低谷，我怎么也想不到，和我做生意的那位好朋友，竟然会骗了我，后来的一段时间，无论我干什么又都不顺心，因此，一路上我的心情都是灰暗到了极点，有时，甚至连死的想法都有。我想，我真的不能再赔了，再赔就只有一条命了。

船顺着江水一路逆流而上，我想，船上的所有人都希望船能开快一点，早点到达目的地吧，只有我，希望船能慢慢地行进。我并没有心思去观赏两岸的风景，只想一个人待在甲板上，静静地坐着，望着流水，还有水面上来来往往的船只，听着它们拉的长长的汽笛声，目送它们渐行渐远的帆影。我不能确定在等待什么，但又仿佛在等待着什么。

因此，我更喜欢夜晚。深夜里的寒风顺着江水没有阻拦地浩浩荡荡穿行，没有人再能和我一样，跑到甲板上来享受这刺骨的寒风和孤独了。有人说，水在哪里，路就在哪里。然而，我的路又在何处？

突然，一个船员的身影从黑暗处闪现在我面前。他似笑非笑地看着我，说：夜深了，怎么还不回船舱，你一定有什么心事。我勉强地对他笑笑，对这样一个陌生人，我为什么要向他敞开心扉，何况，把自己的事对他说说，他又帮不上我一点儿忙。我尴尬地向他否认，说没什么，只是想一个人坐坐，他说：我知道，在夜里独坐的人，肯定是在夜里还留恋白天欢笑的人。

我突然觉得他像是个哲人。他说，他从18岁中专毕业到船上，到现在已经34岁了，至今仍单身一人，在这船上四处漂泊，居无定所。我不知道为什么，他突然向我讲起了他的故事，我耐心地听下去，才知道原来他的人生也是起起伏伏，走过坎坷的路一点都不比我少。他说，有时，面对这滚滚的江水，真想纵身跳下去，给这一生一个了断算了，可又想，人这一生，哪有一帆风顺的呢？就像我们这行船，这一段是一路逆流，但等返航的时候，不就是一路顺风的吗？我理解地移开他紧盯我的目光，看着幽幽的江面。前面的水突然变得急起来，翻着“哗哗”的声音。我说，你听，船到急流了。他笑了，说：这水不急，只是受到了水下礁石的一阻，弄出了响声，真正急的河段，让你根本感觉不到水在流动。

我愣住了。那位船员紧接着说：其实，这水下的礁石可以撞沉一艘轮船，但你以后只要根据水流的声音是可以察觉到它的，它虽然可恶和危险，但它根本决定不了一艘船的行驶方向和速度。

船到了重庆码头的时候，我找到了那位船员，紧紧地握住了他的手。他笑着说：能平安到达我就高兴了，其实那天晚上我是怕你有什么想不开的事，一跳进这滚滚江水什么都完了。我眼睛一热，讪讪地说：我哪会去做那样的傻事呢。其实，那天夜晚，我是真的有了想纵身一跳的念头。

我只顾热情和感激，却忘了要下他的姓名。后来看到一本书上说，所有的船员都是哲学家。我深信不疑。

请对着一朵花微笑

大学毕业后我去深圳时有点盲目，那天我去火车站一问，到深圳的车票才80多元，这比我想象中的数字要少得多，恰巧半个小时后就有一趟去深圳的列车，于是我就买了一张去深圳的票，两手空空怀揣梦想来到了这个陌生的城市。

很快我就应聘到一家公司做销售业务，没有底薪，只有提成，这种工作在深圳很好找。试用期是三个月，我算算口袋里的钱能让我在深圳坚持三个月，如果三个月我做不成一笔业务，那就打道回府，权当是给自己踏入社会的第一步交了一笔学费。我想得很轻松，可是，当我每天顶着烈日穿梭在深圳的大街小巷，奔波了两个月后收获的只是冷漠和白眼后，我彻底绝望了。

这个城市的人都是那样忙忙碌碌没有笑脸，每天出去联系业务，我也只是展现出自己公式化的礼节没有一丝笑脸。我想，再坚持跑最后一家，如果还没有希望，就回老家。那天，我按计划拜访了那家公司的办公室，询问他们公司是否准备搞装修，是否需要我们公司生产的办公家具。办公室主任是一位长得很漂亮的小姐，她很不耐烦地告诉我：我们公司根本就没有这个计划！她的脸上没有一丝笑脸，我也是。退出他们办公室的时候，我的心情无比灰暗，我说：再见了，深圳。

那家公司办公大楼的电梯被擦拭得一尘不染，电梯间的金属墙体就像一面镜子，开电梯的是一位40多岁的女工，衣着朴素却干净整洁，她问我下几楼，我紧绷着脸正要告诉她下一楼时，从电梯墙体的映照中我看到了自己那张呆板的脸，没有一丝生动，难道这就是奔波两个月后深圳留给我的？我努力对着镜子中的自己微笑了一下，想不到，那个开电梯的女工却莫名其妙地对我说：谢谢你，谢谢你。电梯从二十六层的高楼缓缓往下运行，我却不知道她为什么要谢谢我？我正疑惑，她接着又说：这盆鲜花还好看吧，我看见你进来时紧绷着脸，现在突然像这盆鲜花里面那朵盛开的花一样笑了，你们工作都太忙太紧张了，今天你是第七位看到这鲜花而带来好心情的，我把这盆花放到电梯间里面也算没白放了。

这时，我从电梯间墙体的映照中看到身后的角落里放着一盆鲜花。她一定是误解了，以为我给自己做出努力的笑脸是因为这盆鲜花和她的小小创意。我突然为这位普通的开电梯女工而惊讶，便主动与她聊了起来，当她听我说是来推销办公家具的，连忙告诉我，说昨天总经理与副总经理在电梯里谈到下个月的计划时，说决定公司大装修，而且还要添不少办公设备。

我对这样一个“信息”感到振奋，于是，我决定返回，上楼直接找总经理。总经理十分惊诧，他说：你是怎么知道的？我的心情出奇地好，努力微笑着，就像电梯间的那盆盛开的花。结果，我在深圳奔波了两个月后，第一个单子就这样拿了下来。150万元，让我们公司里所有的人都对我刮目相看。

有人问我成功的经验，我说：请你对着一朵鲜花微笑，哪怕是一朵卑微的花。一朵让你微笑的鲜花，不但能给你一个好心情，也会带给别人热情和真诚。

鲥鱼休息的艺术

鲥鱼是一种特殊的野生鱼类，每逢春夏时节，就由大海游入江河，产卵繁殖，然后又游回大海。鲥鱼还有“鱼中之王”的美誉，说它是“鱼中之王”，并不是因为它凶猛，而是因为它的肉质鲜美，营养丰富，含脂量高，是一种与河豚齐名的美味。这种鱼又称“贵族鱼”，因为它对水温、水质、光照十分挑剔，稍有不慎，就会死亡。

所以，传统的池塘养殖，对养殖鲥鱼来说是非常艰难的，通常的鲥鱼养殖，就是顺应自然，养殖者在近海的地方架上四方形的网，让小鲥鱼在网内一圈圈地游，养殖人不断地喂食，让小鲥鱼长大。这种鱼，它还有一个习性，就是性急，游动的速度奇快，在游动的时候，不停地进食，这样，它就生长得很快，如果有一条鲥鱼偷懒不游动了，那它就注定不会长得很大。

最初的鲥鱼养殖者用这种四方形的网在海里养殖，效果还不错。后来，有一天，一个很有经验的鲥鱼养殖者发现，在养殖网里面的四个角落里，竟有偷懒不游的小鲥鱼。他想，这些小鲥鱼偷懒不游了，那么它就长不快也长不大了，于是，他就想了个办法，把那些四方形的网架改为圆形，这样，就没有鲥鱼能躲在角落里偷懒了。这个养殖者的改革很有成效，小鲥鱼果然找不到休息的地方，只能在圆形的网里不断地环游。这个养殖者高兴地笑了，鲥鱼在市场上的价钱出奇地高，而且又供不应求，他想，他养的鲥鱼一定会比别人养的长的更大更快的。

可是，几个月后，这个养殖者养的小鲥鱼竟然全部死了。养殖者不明白，他不知道为什么会出现这种现象，就去请教渔业专家。专家最后探究原因，才发现那些鲥鱼是累死的。这个养殖者只好又架起了四方形的网，然后仔细观察，他这才发现，原来那些性急而游速奇快的小鲥鱼，是轮流躲在角落里“偷懒”的，经过适度的休息之后再不停地进食、快速地游动。

这让我想起我小时候在地里帮父亲锄草时，总是想一口气从田地这边干到那边，然后干完回家好好地休息，可是，常常还没锄到那块地的一半，我就被累趴下不能动了。这时，父亲总是呵斥我说：你急着一口气锄完草，反而把自己累趴下了，还不如锄一会儿，累的时候就歇一会，然后再接着锄草，这样也不会因为太紧张而劳累，还能更早地锄完草！我的父亲没有多少文化，现在我才明白，父亲所讲的锄草的事，其实就是一种哲理呀——适度的休息是为了能走更长的路。

休息，可以储备能量，这样，你再度冲刺才能更有动力。但是，也不能因为休息就沉于安逸了，如果总想着休息，那么想再次启程上路就难上加难了。

可是，我们聪明的人类，又有多少人能像小鲥鱼一样，真正懂得这休息的艺术呢？

请画出那个不一样的苹果

这是一个聪明而顽皮的小男孩，一次，他们的图画老师给他们布置家庭作业，要他们画出他们喜欢的苹果。第二天，孩子们都交上了自己满意的作品。

100分、99分、100分，批改着学生作业的图画老师，为自己的学生能画出这么多大大小小令人喜爱的苹果而感到非常满意。可是，当图画老师翻到这个聪明顽皮小男孩交上来的作业时，不禁有点生气了：这是一个什么样的苹果呀，所有的苹果都是圆圆的，蒂部弯弯翘翘的，或者是暗红，或者是鲜艳的红色，是那么的诱人可爱，而只有这个苹果，却是又长又圆，涂满了浅浅的梨黄色，这分明是一个梨呀。图画老师重重地在这个像梨的画上打了一个“×”，然后写上了“0”分。

当老师叫着这个小男孩的名字把他画的苹果作业发给他时，图画老师嘲讽地对他说：“这是你画的苹果吗？”图画老师把他的苹果高高地扬起，班上所有的学生都看到了那个打着“×”写着“0”分的苹果。他连苹果都没有见过？教室里一片嘲笑声。

他怎么会不知道苹果是又红又圆的呢？那天晚上，他面对着一个又红又圆的苹果做老师布置的作业时，突然想，为什么苹果一定就要是又红又圆的呢？它为什么不会长成梨的样子呢？他想，他这个突发奇想带有创意的苹果梨一定会受到老师称赞的。

他噙着泪把自己那个“0”分的画领了回去，珍藏在了他的抽屉里。他想，他一定要找到一个他画中的苹果，然后让他的老师给他打上100分。可是，小男孩走过许多地方，他所见到的苹果都是又红又圆的。

那张图画纸张已经渐渐发黄了，小男孩也已经长大了，为了找到那个苹果，他成了一名植物学家，但是，他一直没找到。一天，他突然想，为什么我非要找到苹果呢？我不会培育出一棵苹果树来，那样不就会结出我想要的苹果来了吗？他把一棵梨树的树枝削尖，然后绑在了苹果树的树枝切口上，梨树的树枝竟然在苹果树的树枝上成活了，几年过去了，苹果树上终于结出了他画中的“苹果”。

这个青年叫米丘林。他获得像梨一样的“苹果梨”的经历，就是现在植物界普遍采用的嫁接术。米丘林一生就培育出了300多种新型果树，从此，我们就有了成千上万种我们没有吃过也没有见过的神奇水果。为什么我们都要教育孩子们画出一样的苹果呢？也许，下一个画出不一样苹果的那个孩子，又是充满了创造和传奇。

有一粒种子是这样的

那一年，他已经35岁了，去一家公司应聘一个营销的职位，像他这样年岁的人，大都是事业有成的了，而他还在为应聘一个低微的工作而在四处奔波。

他站在招聘办公室的门外犹犹豫豫，他看到，所有来应聘的都是一些二十出头朝气蓬勃的年轻人，他们有说有笑进进出出，完全不像他这样的垂头丧气没有信心。是呀，他们还那样的年轻，这样的工作对他们来说行不行都无所谓，全当是一次锻炼，可是像他这样大的岁数又从未干过营销的人，现在出来跑营销，整天风里来雨里去地需要出差，人家还会要他吗？

终于，他还是进去报了名。他想，他本来就没抱多大的希望，人家要不要他是一回事，即使要了，他又能干得好吗？他现在的状况只是需要一份工作能糊口就行了，然后，就等待着衰老一天天地逼近吧。

然后是毫无希望的等待。

想不到，有一天，公司突然通知他去面试。面试是在总经理的办公室里进行的，还好，总经理已经40多岁了，要知道，现在是英雄出少年的年代，好多20多岁、30来岁的人都已经当老板了，如果总经理比他还年轻，那面试时不是让他更尴尬吗？

进了总经理办公室之后他才知道，原来，他是这批应聘者中最后一位被通知来的。本来，他真的是已经没有希望了，是总经理无意中翻看应聘者的资料时发现了35岁的他。这使总经理想到他35岁的那一年。那一年，总经理也像他现在这样两手空空而整天心情充满了沮丧，那时他常常想，像他这样贫穷的人，什么时候会有机会富裕起来呢？

他震惊了，想不到总经理现在资产过千万，35岁的时候还像他一样的贫穷。他眼睛热切地盯着总经理，想知道答案：他是怎样这么快就积累了这么多的财富。总经理却话锋一转，指了指他面前板台上边放着的一盆花，说：你知道这是什么植物吗？

他认识那花盆里的植物，那不是蒲公英吗？又不是什么名贵的花草，总经理却把它种植在花盆里放在他的板台上。

总经理说：这不是一般的蒲公英，它生长在地中海东岸的沙漠里，它不是按季节来舒展自己的生命的，如果没有雨，它们一生一世都不开花。但是，只要有一场小雨，这场雨不管在什么时候落下，它们都会抓住这难得的机会，迅速开出自己的花朵，并在雨水被蒸发干之前，做完受孕、结籽、传播等所有的事情。

他想不到，还会有一粒种子是这样的？只给它一点机会，它就生根、发芽、结籽、传播了。

总经理说：35岁那年，有人送给了我这样一粒蒲公英的种子，从此以后，我就把它种在了花盆里，时时提醒自己，在这个竞争日益激烈的社会里，每个穷人发展自己、提升自己的机会就像躺在沙漠里的一粒种子一样，但只要有蒲公英的品性，在机会来临的时候，果敢地抓住，大胆地去做事，同样会成为一个富裕和了不起的人。

他说：能不能也送我这样一粒种子?

一年后，他成了公司这批招聘的营销员中做得最好的一位。三年后，公司的营销经理辞职离开后，他被提拔为营销经理。而这在他35岁时，是想都不敢想的事情。

一路歌唱

也许，我们都有过这样的追问：什么才是生活。

是的，走在生活的道路上，我们一边在幻想，一边在沉思，一边在遗憾，一边还在紧迫地行走。在这匆忙的行走中，谁都有过辉煌，有过黯淡，有过幸福，也有过许许多多的伤悲，但无论你是抱怨、悔恨或是叹惜，在时间的长鞭下生活都温驯宁静地从我们心头手边流走，而对此，在我们前进的脚步中，有几人能一路歌唱着呢?

我常常想起一位老人，他年轻的时候被错划为右派，挨过大小批斗无数次，后来被平反；刚过上几天好日子，与他同甘苦共风雨的妻子突然患病去世；他含辛茹苦地又当爹又当妈把儿子抚养成人，儿子刚大学毕业开始工作挣钱，到了孝敬父亲的时候，一场车祸又夺去了儿子的生命。我们都以为这一连串的打击非把这位老人击垮不可，可是五年过去了，这位老人健康地生活着。

对于不幸，这位朴素但睿智的老人有自己的看法。他说，我们都渴望生活在美梦中，但是美梦一样的生活是如烟花水色一般地挂在我们眼前，看得见却摸不到，明天也不会因为我们幸福或悲伤而迟到或早来，拥有生命努力去活着就是实实在在的生活。

同样的风景在不同人的眼中看却有着不同的感受：有的人看到的是满目荒凉，有的人看却觉得美丽如画。或许，生活也是这样吧，摊开手掌，有的人看到的仍是手掌，有的人却从手掌中看到了蓝蓝的天空。

做人比什么都重要

那一年，他还不到5岁，懵懵懂懂地被父亲送到婶母家。叔父早早就因病去世了，剩下婶母一人，在兵荒马乱的岁月里苦熬。他的到来，给婶母带来了希望，也带来了欢乐和光明。婶母也把她这个侄子视若命根，关怀备至，因为这是她悲惨生活的唯一寄托。

在婶母家住的那条短而僻静的小巷里，简单的生活寂寞而无聊，婶母踮着一双小脚关注着他，在狭窄潮湿的小巷里，从不让他的身影离开自己的一双眼睛。这样的生活对一个正是向往外面世界而又贪心好玩的小孩子来说，也许显得单调无味，但是，婶母把她全部的爱，都倾注在了他身上，使他单调的生活因有爱又充满了色彩。

婶母对他的教育，从来是因势利导。一天，婶母突然指着他脚下的土地问他：孩子，你看，小小的蚂蚁为什么能抬起这么重的昆虫尸体呢？他低下头，看到一群小蚂蚁，抬着一只比它们身体重百倍的昆虫尸体正在慢慢移动。他正在疑惑，婶母紧接着给他说出了答案。

婶母说：孩子，你看，蚂蚁虽然弱小，但它们齐心协力，就能把比它们重百倍、千倍的昆虫尸体抬起来。

人心齐，泰山移。婶母的话他似懂非懂，但是，从他5岁入私塾读书认字之前，婶母从一言一行上，给他的启蒙教育中，都在告诉他一个道理：做人，就要帮助弱小，齐心协力，不残害生灵。

正是婶母这种悲天悯人的性格，对他起到了潜移默化的影响，使他从小善良、纯真、助人为乐。因此，在他读小学的时候，正是东北三省被日寇占领，祖国面临危亡的时刻。每当老师给同学们讲述近代史上祖国所遭受的耻辱时，他幼小的心灵上总好似扎上了一根根钢针，万分难过。他想起了蚂蚁，小小的蚂蚁，因为齐心协力，竟然能把大它们许多的昆虫尸体抬起来，自己现在就好像是一只蚂蚁，要发奋学习，将来和千万个同胞们齐心协力，就一定能拯救祖国。

抱着这种思想，不到14岁，他就加入了中国共产党。他在参加各种学生进步组织的同时，对数学的兴趣越来越浓，最终，在数学领域，取得了举世瞩目的成就，并在2009年获得了国家最高科学技术奖，实现了自己报国的愿望。

他，就是谷超豪。

谷超豪献身科学，从不计较个人名利，毫无保留地把自己的学识传授给年轻人。他在指导学生写论文时，经常会提出一些创造性的构想，但不愿在文章上署名。他常教诲年轻人要严谨、踏实地做学问。几十年来，谷超豪以他渊博的学识、高尚的人格为我国高校和研究机构培养了一大批高级数学人才，造就了一支涉及多个研究分支的、充满活力和高水平的数学科研队伍，为推动学科发展做出了巨大贡献。

那条短而僻静的小巷，是谷超豪一生的记忆。虽然婶母陪伴他的岁月并不长，但是，在很多时候，谷超豪都会充满温情地想起他的婶母。是她，在他人生起步的路上，让他首先学会了做人：善良、纯真、助人为乐。因为，一个人，不管他取得多大的成就，做人比什么都重要。

爬起来，再哭

记忆中的童年总是与一身泥土有关。

父亲是一个地地道道的农民，他不苟言笑，常常在毒辣辣的太阳下精心侍弄庄稼，仿佛那些玉米、小麦和大豆才是他的孩子，而把我带到田间后就总是不管不问，任凭我自己玩耍。无聊的我只好趴在地上找蛐蛐，逮螳螂，挖在地下还没蜕壳的蝉，这些昆虫都是我童年时的玩伴。等父亲把地里的庄稼侍弄够一遍时，我也就成了一个“小泥人”。

第一次让我有记忆的跌倒就发生在田间。

那是我6岁的初夏，父亲正在刚刚收割完小麦的田地里点播玉米种子，正在玩耍的我突然看到一只野兔在田间探头探脑，它灰色的皮毛和大地融为一体，我兴奋地一跃而起去追逐野兔。但我太低估了这只刚满月的小野兔奔跑的速度了，我拼命地追，距离却越拉越远，一着急不知怎么就跌倒在地，快速的惯性又让我接连打了几个滚。一排排麦茬像尖刺一样，把我的胳膊肘和膝盖扎出一排排的血痕。我躺在地上放声大哭，父亲在离我不远的地方劳作，我希望用哭声引起父亲对我的关注和安慰。果然，听到哭声，父亲慌忙跑过来，他以为我出了什么大事。但父亲跑到我身边时才知道，我仅仅是跌倒后身上有点儿皮外伤。

看到父亲慌忙的样子，我哭得更凶了。

我希望父亲把我抱起来，或者像别人的父亲那样，变戏法一样能给我变出一个糖果来哄我；或者能把我抱在怀中给我呵护和安慰。但是，父亲看我哭得鼻涕都流到下巴上，脸上也沾满泥土后，只是伸手把我拉起来，说：别趴在地上哭了，要哭站起来后再哭！说完，父亲把我一个人扔在那里，又去点播玉米种子去了。

我一个人站在田地中哭了很久，看父亲没有一点要安慰我的样子，就渐渐地止住了哭声。那时，小小的我认为，父亲根本不爱我：我摔得那么严重，我哭他都不让我趴在地上哭。

13岁那年的那次跌倒让我至今记忆犹新，那次跌倒让我的左胳膊肘上留下了一道永久疤痕。

那年刚刚入秋，我帮父亲打猪草。傍晚时，父亲的肩膀上扛了一大捆猪草，我的肩膀上扛了一小捆猪草，垂下的猪草遮挡了眼睛，我气喘吁吁，只能机械地跟着父亲的脚步走。一块突兀的石头我没能迈过，一下绊倒了。

我“哎呀”一声，剧烈的疼痛让我开始放声大哭起来。我左胳膊肘正好结结实实压在一个玻璃碴儿上，父亲慌忙扔下猪草回头看，鲜血已经染红了我那片单薄的衣裳。父亲慌了，他四处找了一些我叫不上名的青草，塞进嘴里嚼烂，然后糊在我鲜血直流的胳膊肘上。剧烈的疼痛让我的哭声更加大了，父亲把我抱起来，让我坐到打的猪草上面。泪眼蒙眬中，我看到父亲蹲在地上看着我哭泣，青草的汁液从他的嘴角流下，蜿蜒到他下巴上像草一样蓬乱的胡须里，那青草的汁液一定又苦又涩，像极了我们那时贫穷生活的味道。

血很快止住了，但疼痛仍不时袭来。太阳落山了，天渐渐暗了下来，父亲把两捆猪草全部放在了他的肩膀上，我跟在父亲身后一边走一边流泪。父亲的上半身完全淹没在小山一样的青草中，我只能看到他的两条腿沉重地交替着，踏在满是尘土的乡间小道上。

不苟言笑的父亲就这样常常沉默不语。但是，从小我就知道，跌倒了，父亲从来不允许我趴在地上哭，要哭，也要跟着他边走边哭泣。父亲已经早在6年前离我远去了，他去了另一个世界，那个世界我想应该是天堂，这样才是公平的。因为，在这个世界上，父亲像牛一样拉了一辈子犁，老了，拉不动了，他却又得了食道癌，忍受了几年的病痛，他如此善良的一个人，去世的时候，骨瘦如柴。

如今，我也已经步入中年，生活艰辛，世事无常，行走在布满荆棘的道路上，尽管我小心翼翼，但是，仍然不能避免跌倒。有时候是自己不小心跌倒，有时候是被小人暗算跌倒，但是，每次跌倒后。想放声大哭的时候，我知道，我必须要赶快独自爬起来迈步前行，要哭，也要爬起来边走边哭。

哭是一种宣泄，哭是一种无奈，如果我趴在地上哭泣，卑微的我并不能等来别人的同情，来伸手拉我一把。从小，父亲就教会了我，只有通过自己的努力，才能改变命运的不公平。

父亲去世前，曾伸出枯瘦的手拉着我。他说：孩子，从今以后的路我不能陪你了，你要自己走。我是个农民，把你们兄妹拉扯大不容易，又没有本事，只好让你们从小就学会自己走路，跌倒了，自己爬起来后再哭。

父亲的话一下子让我泪流满面。

做了一辈子农民的父亲没有文化，但我相信他是一位哲人，他教会了我宝贵的生存技能。

挺直筋骨

那一年，我第一次出远门，跟着远方亲戚来到了省城的一个建筑工地。那里要盖一栋七层高的综合大楼，刚挖好地基。亲戚在工地当泥瓦匠，而我被分到钳工班，具体的工作就是用手工编织钢筋铁丝网。这东西浇铸水泥后，就成了大楼的筋骨，能让大楼挺立起来。

晚上休息时，钳工班有人问我："小子，是新手吧？"我点头。当时我刚高中毕业，没有考上大学，只好出来打工。他伸出手让我看，那双手已磨出厚厚的茧，还有重叠的伤疤。他嘿嘿笑着说："都是被钢筋头、铁丝尖扎的！像你那捏惯钢笔、细皮嫩肉的手，很快就要遭殃，和咱们一样！"

的确，编织这种长长的钢筋铁丝网，并不需要技术，就靠手劲。

第二天，我正式上班。果然像前辈们所言，没过几天，我的手就被扎得鲜血淋漓，旧的伤疤还没结痂，又创造了新的伤口，手掌上的那层嫩皮很快磨破，变得粗糙不堪。尽管这样，我每天坚持干满12个小时，因为我的速度实在太慢了。那些有经验者一天最多干上8个小时，出的活儿仍比我多得多。笨鸟先飞，我只有多加班，赶进度。

这种铁丝笼所需的钢筋都有自己的标号，定量供应，承包人卡得很紧。有一天，原材料承包商指着我编的铁丝笼问我："你是真的笨啊？怎么不知道偷懒，编得这么密？"我愕然，半天才说："不是严格按照规定的尺寸做吗？今后还会有监理公司的人来验收质量。"承包人拍着我的肩膀，笑了："你知道自个儿为啥进度慢吗？书呆子，不懂变通！质量没人管！"

第二天，我认真留意别人工作。果然，他们编的铁丝笼密度比我编的稀多了，大都是隔个十字结再用扎丝捆绑一下，而我，却实实在在地按照要求编织，一点折扣都没打。我纳闷地问："这样干，人家监理的都不知道？"他们嘲笑我说："穷小子，这楼又不是你住的，你操那么多心干什么？再说这么大一栋楼，不会因你这一点小折扣倒塌！"

可是，我还是不愿意与他们一样偷懒，仍然一丝不苟地做好，藏奸耍滑的事一时还学不会。早早完成自己工作量的钳工们坐在一旁，抽着承包商发给他们的香烟，一边吞云吐雾一边对我指指点点。晚饭时，那个承包商来了，说请大家下馆子喝酒去！他看也不看我一眼。大家都走了，把我一个人扔在了工地上。我气愤地想，你不就是想让我省材料吗，我偏不，质量怎么要求我怎么做，你也拿我没有办法！

那栋大楼即将竣工，编好的钢筋铁丝笼被水泥一浇灌，在外边就一点也看不出来了。那时，我一直渴望有人来表扬我几句，说我工作努力，严格按照质量要求去做。可是，我却只得到嘲讽。

钢筋被水泥浇灌覆盖后，永远也没有人会知道，我的工作做得多么好。

那天晚上，从不会喝酒的我也喝了几口闷酒。坐在城市的马路边上，我内心伤感地对那位远房亲戚倾吐心事。他说："你说没有人会知道，但那栋大楼知道呀，那些东西是大楼的筋骨呀，它的筋骨被打了折扣，生命的年限也会打折扣……它会感激你的。再说，干事情不求别的，但求对得起自己的良心！只要自己的腰杆挺得直，筋骨硬，所谓的吃亏和沾光，都不会妨碍你做事的。"

他也是苦孩子出身，早早辍学进城打工，不到30岁，眼角就有了细纹。但他这番话，像个大哲人，我的心底，渐渐温暖起来。

随后几年，我一边认真做事，一边学习自考，慢慢找到了更好的工作，在城市站稳了脚跟。老乡们说起我，都觉得我是个"能人"。只有我知道，我不过做了最简单的事情。

抬头走路

我背着流浪的行囊走进都市，对这座城市充满了幻想。这里的一切对我来说都是陌生的，我好奇的眼睛看着那如水的车流，五彩缤纷的灯光和琳琅满目的商品，内心充满了向往。

这就是对我充满无限诱惑的城市，而今，我终于实实在在地站在了都市的大街上，仰望着都市被切割的天空，高高的烟囱伸入云端，疯长的水泥楼群参差不齐，我知道，为了生存，要赶快找一个工作，这样，才能解决自己吃饭穿衣问题，而不至于在冰冷的水泥马路上流浪。

那时候，都市的人看我们这些乡下人似乎都有一种天生的优越感，他们瞧不起我们，有一首在那时在城市颇为流行的城市民谣为证：乡巴佬，真好笑；走在大街东张西望；吃个饭狼吞虎咽；进厕所不知掏钱；坐公共汽车找不到站。

我翻找着报纸上的招聘广告，一家家地上门推销自己，递上自己的学历证书和发表的一摞文章，把头低得不能再低，不敢去看人家的眼睛。我不敢告诉他们，自己是从乡下来的，于是编造一套自欺欺人的谎言，偶尔稍稍抬一下头偷窥别人一下，那一脸疑惑的神色，便倍感心虚和失望。

关于都市那美好的梦幻，在我一次次的求职途中渐渐地破灭了。走在人流如织的大街上，我低着一颗沉重的头颅，叹息声不由自主地从我心中压出，常常在不经意间，我碰到了别人身上，在呵斥声中，我小心翼翼地赔礼道歉，把头低得更狠了。

想起在小时候，我的好强与坚韧，在乡村那片广阔的田野上毫无压抑与约束地膨胀，我昂首挺胸，说话全没有像现在这副吞吞吐吐的小家子气，处处总是要争第一，而我也总能占到第一。亲友邻居们都说，这娃长大一定有出息，你看他的好胜，抬头走路的姿势，一副胸有成竹的样子。

长大了，正是因不甘寂寞我才从我们那个偏僻的小乡村里流浪到了都市。都市的空气拥挤得令人窒息，仿佛塞满了竞争的分子，容不得你有半点的抵触与懈怠。都市的脚步，赶潮一般迭换着节奏，绕着那颗青春的心的年轮如同漾出的涟漪。而我，什么时候在人前总爱低下头，自卑的心面对挫折而一步步退缩，再也不敢正视前面的道路，不敢抬头昂首走路，不敢看别人那不甘落寂的眼睛与他争个高低上下，疲惫的心逐渐让残酷的现实把美梦击得粉碎。

我渐渐明白，把我击倒的不是别人，而是自己，自卑使我不敢抬起头来。竞争面前，每个人都是平等的，我为什么总是低头走路呢？面对生活，谁都没有理由放弃，谁都没有借口拒绝，面对新生活，我必须抬起头来。

因为，抬头走路是一种奋进，一种自信，一种挑战。走在都市的大街小巷，我不会再低头，在铺满鲜花的成功道路上，是不接纳低头走路的人的。

一块石头创造的奇迹

在湖北省黄冈市回龙山香炉湾村，周围起伏的山脉和丘陵使那里地无三里平。但在香炉湾村的村前，却有一块很大的坪坝，因为它的平整和临近村庄，村民们为了方便大都把柴草堆放在那里，因此，这块坪坝也成了村子里小孩们游戏玩乐的天堂，因为，他们在这块坪坝上玩捉迷藏游戏的时候，那些草垛成了他们很好的躲藏屏障。

但是，有一个小男孩，在和小伙伴们玩捉迷藏游戏时，却总喜欢藏在这块坪坝上的一块大石头后面，以至于都知道他这个习惯的小伙伴们，常常能轻易地找到他。这块凸起的大石头屹立在这块平整如镜的坪坝上，是那么的显眼和不协调，但是，习惯成自然，村民们都常常把这块石头看到眼里，又没看到眼里。

有一天，小男孩和小伙伴们捉迷藏时又藏在了这块大石头后面，都知道他藏身之地的小伙伴们径直找到了他。但欢笑的他们突然看到，藏在这块大石头后面的小男孩，竟痴呆呆地盯着这块大石头看，好像它的里面藏有宝贝一样。许多人以为小男孩中了邪，他们叫小男孩的名字，小男孩却像没听见一样，他自言自语地问："为什么这里有一块大石头？"

是呀，为什么这里有一块大石头？所有的人都以为这个小男孩问这个问题实在是太奇怪了，因为，从所有的人出生起，这块大石头就立在这里了，难道在这块坪坝上立有一块普通的大石头，还要问为什么吗？小男孩问村里有学问的大人们，大人们就敷衍塞责地说："噢，它是从天上掉下来的吧。"因为，那块石头太大了，它不是从天上掉下来的，还会有谁能把它立在那里吗？人们都以为男孩的小脑袋瓜出了毛病，所以都用嘲笑的目光看着他。

它真的是从天上掉下来的吗？小男孩对这个答案根本不满意，他决心要探求出这块石头来历。14岁那年，男孩告别父母，独自一人来到武昌报考高等小学堂，在填写报名单时，他误将姓名栏当成年龄栏，写下了"十四"两个字，随即他灵机一动将"十"改成"李"，后面又加了个"光"字，从此这个原名叫李仲揆的男孩，便以"李四光"传名于世。

没过几年，李四光因学习成绩优异被选派到日本留学。他在日本学的是造船专业，但是，回国后却找不到合适的工作，因为当时中国根本没有钢材来建造船只。于是，他去了英国学习采矿专业，他想学成归国后就可以把铁矿开采出来炼成钢，这样就有造船的材料了。但是，到了英国不久，他又决定改学地质，因为这么多年来，在他的脑海中，家乡小村庄前面坪坝上屹立的那块石头，常常出现在他的脑海中。他想，如果他连一块石头来历的奥秘都破解不了，那么他又如何能找到一个矿藏呢?

这样，那个久久藏在李四光脑海中的石头，让学地质成了他终生的选择。学成回国后，在太行山麓的一次地质考察中，李四光第一次发现了中国第四纪冰川存在的遗迹，这时他才意识到，故乡坪坝上的那块大石头，也许是冰川推移过来的一块大漂砾。

1933年，李四光回到故乡，对这块让他迷惑达四分之一世纪的大石头进行了仔细考察，然后专门写了一篇《扬子江流域第四纪冰川》的论文，最终给这块大石头的来历找到了答案。

一块石头屹立在那里，在我们的眼里，它仅仅是一块石头，但是在有的人眼里，它却能创造出奇迹。

一群看到希望的鸡

在我的老家有两家相邻的养鸡场，他们的规模不相上下，而且两个老板都懂得科学饲养，采用了同样大型机械化的养殖方式。可是，渐渐地，两家养鸡场的效益就出现了差别。具体地说，两家养鸡场效益的差别就是在鸡的产蛋率上：一家鸡的产蛋率高，一家鸡的产蛋率低，而且产蛋率低的厂里还常常有些鸡莫名其妙地死去。

是自己的饲料配方不够科学才导致产蛋率低的吗？那家效益不好的养殖场厂长派人偷偷到相邻的那家养殖场里，把那一家喂养的鸡饲料偷回来一些，然后拿到实验室化验成分，结果并没发现那家有什么特殊配方，两家所喂养的鸡饲料还是同一个品牌。

于是他又想到了鸡舍里的卫生和防疫，是不是自己的管理跟不上才导致鸡的产蛋率低呢？这个厂长决定去实地看看那家养鸡场与自己的有什么不同。他找了个借口，进了那家养鸡场，他看到也是一个个仓库式的大房间，整齐地排列着近百个笼子，每个笼里有两只产蛋鸡，那家的母鸡和自己家的母鸡一样，在小小的笼子里根本无法转身，鸡笼的前面是自动传送带给它们送来的食物，后面的传送带则是带走它们刚下的鸡蛋。

鸡舍里也是明亮洁净，防疫的方法也和他的养殖场没有什么区别。这个厂长还发现，这家养殖场的管理甚至还不如自己的养殖场，因为，他在那家养殖场里看到，在鸡笼前面不远处，有十几只逃跑出来的鸡在四处游荡，它们悠闲地啄食着地上撒落的饲料，也没见到有人把它们捉回去。

这种现象在他的养殖场里是绝对不会有的。

这个厂长回去后百思不得其解，他的鸡舍和那一家一样是一流的，他的饲料也和那一家没有什么区别，他的卫生和防疫也做得很好，可为什么他饲养的鸡产蛋率却不及那一家，而且常常会莫名其妙地死去？

这位厂长只好把那家养鸡场的厂长请了出来，在酒桌上，他坦诚地向那位厂长提出了自己的疑惑，并虚心地向对方请教。那位厂长听了他的话笑了，说：你觉得我的管理还不如你，让鸡从笼子里逃出来也不把它们引回鸡笼里，其实，那十几只鸡我是故意让它们“逃跑”的，我有意让这十几只鸡自由活动，关在笼子里的那些产蛋鸡如果看不到几只自由的鸡，就会由于神经过度紧张而停止产蛋，如果没有这十几只“逃跑”分子，其他的鸡会放弃希望，最终死掉。

一下子，他全明白了，原来，它的鸡产蛋率低，而且常常莫名其妙地死去，不是因为饲料不如人家，也不是因为技术和管理水平不能跟上，而是因为那一群关在笼子里不能转身的产蛋鸡看不到自由和希望啊！

别让眼睛欺骗自己

我在上小学时，有一天和小伙伴们玩时捡到一个玩具，我悄悄把它藏了起来，但很快，丢失玩具的那个小伙伴就怀疑上我。我根本不承认，因为，我太喜欢那个玩具了，曾经缠了父亲很久，他都没买。那时，我根本不知道父亲是怎样的经济窘迫。

我被那个小伙伴告到了父亲那里。我倔强地低着头不敢看父亲的眼睛，父亲突然厉声说："抬起头看着我的眼睛说话！"我抬起头，看父亲的眼睛时目光躲躲闪闪，父亲的眼睛好像洞穿了我的灵魂，我含着泪把那个玩具交到了小伙伴的手里。

第二天，父亲给我带回来一个新玩具，和我捡到的那个一样。我说："爸爸，你为什么让我看着你的眼睛说话。"父亲说："我看你是不是目光躲躲闪闪而心虚。"

原来，心虚了看父亲的眼睛就要躲躲闪闪。后来，一次我数学考了50分，回家怕父亲打我，偷偷用红笔把考卷上的"5"描成了"8"。考卷给父亲时，虽然心虚得要命，但我迎着父亲的眼睛，目光不再游离给自己壮胆。父亲看了考卷没有表扬也没有责备我，我长出一口气，心想，看着他的眼睛又怎样，还不是一样被我欺骗？

第二天上学遇到我不喜欢上的数学课，我想到了逃学，可非常不幸，第一次逃学出来，离学校不远就遇到了给别人送货的父亲。我一惊，随即目光迎着父亲的眼睛，对父亲说，老师家中有事，给我们提前放学了。父亲的头转过去，没理我。

晚上，父亲回到家就把我叫到他面前，他眼睛看着我的眼睛，浑浊的泪水纵横在他的脸上。我知道了，我根本就没能骗过父亲。父亲的手突然高高扬起，我慌忙闭上眼睛，以为父亲要打我，我听到"啪"的一声脆响，然而，根本没有疼痛，睁开眼，却看到父亲的脸上留下五个清晰的指头印。

原来，父亲给了自己一耳光！父亲说："孩子，当我看到被你篡改的考分和你逃学时的故作镇定，你不知道我是怎样的伤心，我给自己一耳光是恨自己怎么会有这样的儿子！我让你看着我的眼睛说话，是希望看到一双清澈、洁净、坦诚的眼睛，而不是一双漂浮、虚滑、狡狯的眼睛。眼睛是不会说谎的，你很聪明，可别让眼睛欺骗自己。"

别让眼睛欺骗自己。父亲给自己的那一耳光让我永远铭记在心，你看别人的眼睛是坦诚还是狡狯，你知道，别人也知道。父亲让我用眼睛看着他的眼睛，其实是教我怎样做人。

跳杆不断往上抬

10岁那一年，因为一场车祸，他的腿受了伤，等把他的腿治好能下地走路时，他的腿已是一条长一条短，走路一瘸一拐的了。为了看起来和别人一样，他不得不一只脚稍稍踮起来，使两只腿显得平衡些。

成了瘸子后，他开始自卑。从此以后，体育课他就不再上了。

他想，自己走路一高一低的那个样子，跟不上同学们齐步走跑步走的节奏不说，光是由于失去平衡的那条残疾的腿不断画出一个又一个的小半圆圈，早就让同学们笑死了。而每一位体育老师，也从不要求他上体育课。

就这样，渐渐地，不上体育课成了他独享的“特权”，直到他上初中。

上初中的时候，教他体育课的是一位姓杨的老师。

杨老师刚从体校毕业分配到这所学校，给同学们上第一节课时，他又习惯性地告诉杨老师：我有病不能上体育课。

杨老师说：你怎么不能上体育课，我看你是能上的，我知道你的腿不太好，但还不至于连体育课都不能上？

他固执地站着不动，杨老师看着他，口气缓和了一下，说：这样吧，你和同学们一起做广播操总可以吧！看着杨老师那征求的目光，他点头同意了。

杨老师领同学们做了一套广播体操后，就在沙坑边指导同学们跳高。

他津津有味地站在旁边看同学们一个个从跳竿上跳过去，以为根本就没有他的事时，突然听到杨老师叫到他的名字。杨老师说：你，该你跳了。

他不相信地看着杨老师：什么，让他也跳高，他一个瘸子，能行吗？杨老师这样做，不成心让他难堪吗？

他站着不动，看杨老师的目光里就有了一种敌视。

杨老师以为他没听见，就又一遍大声叫他的名字。

看来，今天杨老师是执意要他也和其他的同学们一样，一定要从那个横杆上跳过去不可。他气愤地说：不，我不行的，你明知道我是这个样子，为什么非要我这样做？

杨老师说：你看看这跳杆的高度，我知道你是能跳过去的，你为什么不跳呢？你的腿没有你想象得那么严重，你自己一定要把自己当成一个残疾人、窝囊废，而不敢去面对这个跳杆，那我又有什么办法呢？

他突然像疯了一样地向跳杆冲刺过去。对“残疾人”这个字眼，他现在是最敏感不过了，这个可恶的杨老师一点同情心都没有，却这样刺激他，他一定要跳过那个跳杆。

等跌落在沙坑之后他回头看，跳竿仍然纹丝不动。他不相信他真的跳过去了。

杨老师的声音又冷冷地说：再来一次。

起跑、冲刺、助跳，他又轻松地跳过去了。杨老师看都不看他一眼，仍然冷冷地说：再跳一次。第三次，他是含着泪水轻松地跳过了那个高度。

那节体育课下课后，杨老师一声解散后同学们都四散地跑开了。他噙着眼中的泪水，心中恨死了这个新来的体育老师，当他一瘸一拐地正要离开操场的时候，感到肩膀上被人轻轻地拍了一下，回过头，是杨老师。

杨老师说：你知道吗，其实在你第二次第三次起跳的时候，我都暗暗地不断把跳杆往上抬升了，但是你仍然跳了过去，你的腿我早就观察过了，真的没那么严重，现在你正是长身体的时候，多锻炼锻炼对你那条腿是有好处的，你一直以为你不行，是因为在你的心中早已为自己设置了限制，记着，以后不管什么时候都不要给自己设限，而是要把跳杆不断往上抬，你照样能跳过去。

他眼中含的泪水突然就顺着脸颊淌了下来。

杨老师说完就走了，但他知道他那愤恨和委屈的泪水已化为感动。原来，他不但跳过去了，而且跳竿是在不断地往上抬着呀；原来，他也可以跳得很高呀。

他开始和同学们一起出早操，一起跑步了，每次再上体育课时，他一次又一次扑向沙坑边的跳杆时，都主动地把跳杆不断往上抬，一次次往上，一次次成功超越。初三的时候，他发现，他那条残疾的腿脚着地竟然可以用上力气了，而且，走路的时候，似乎也不那么瘸了。

现在，大学毕业的他早已走向了社会，每当他在事业上不能创新、徘徊不前的时候，他常常想起当年杨老师给他上第一堂体育课时对他说的那句话：要把跳杆不断往上抬，你照样能跳过去。

他知道，只有不自我设限的人生，才会不断地有突破。

惩罚自己

大学毕业的那一年，我应聘到一家大型制药公司做企划。企划部是我应聘去时才刚刚成立的新部门，算上我只有三名员工，那两名和我一样都是大学刚毕业招聘来的。三人中只有我是名牌大学毕业的本科生，另外两位，一个虽有本科学历，但上的那所大学根本就不出名，另一个仅仅是大专毕业。

由于企划部是刚成立的部门，所以很多东西还很不是规范和完善。比如说，我们企划部的招牌虽然已经成立，但公司还没有给我们这个部门确定主管，具体工作常常由公司的一名副经理领导和传达。很多事情好像也没有头绪，不知该从何处着手做起。因此，上了很长时间的班，我们三个也仅仅是常常协助办公室做一些琐碎的工作。我想，我不能等待着分配工作，而是应该主动出去，做出一些成绩来，这样领导才能重视我。其实那个时候国内的制药企业竞争日益激烈，不断有新药开发和研制出来，也不断有一些药厂经受不了市场大潮的冲击被淘汰出局。就拿我们公司来说，领导其实也感觉到了这种山风欲来风满楼的局面，为了公司知名度的提高，在电视台和报纸上也投入了大量的资金来做产品宣传，但是，大量的广告费投出去了，效果似乎并不明显。

我利用休息时间，暗暗在市场上做了一番调研，发现许多消费者之所以并不认可我们公司的药品，是因为我们的产品虽然开发的不少，但却没有一个拳头产品在消费者心中留下一个很深的印象。如果我们开发一个拳头产品，再以这个拳头产品为龙头去占领市场，从而使公司在这种产品上在全国的市场上有一定话语权。另外，虽然我们的制药公司是以生产中成药为主，但一直没有自己的原料基地，所以几种主要原料的供应受市场价格影响波动比较大，而且没有保障，从公司长远战略发展上来看，应当尽快建立“公司+农户”的双方都受益的原材料供应基地，这样在全国同类药品价格上才更有话语权。

当我把辛辛苦苦写成的调研报告递上去时，立刻在公司引起了震动，为我的调研报告，公司专门召开了一个讨论会。散会的时候，总经理走过我身边拍了拍我的肩膀，意味深长地说：年轻人，好好干，有两下子啊！那一刻，我不由得感到飘飘欲仙，到公司的时间不长，就能引起总经理的注意，我的前途仿佛一片光明。

很快，公司里的许多工作包括对外宣传、产品包装、发展规划等都交到了我们这个还未正式成型的企划部里来做。有一天，公司办公室的主任到我们办公室检查工作，兴奋地对我们说：公司准备把企划部设为一个重要的部门，而且还要招聘两名大学生到我们部里充实力量，公司也考虑选一名有头脑的员工做企划部的主任，以后企划部将不再由公司办公室管辖了。

听了办公室主任的话我感到非常兴奋，因为，以我当时的实力，企划部主任的位置应该是非我莫属。其他两名和我一起进到公司的同事，无论是从学历、从能力上，都不是我的对手。从此以后我天天在期盼着，期盼着公司早一天决定企划部主任这一位置人选的任命。这一天终于来到了。早上上班，公司办公室主任到我们办公室高兴地说，经公司决定，企划部今天正式列为公司新设的一个重要部门，企划部主任今天正式就职。我忍不住鼓起掌来，可拍了几下才发觉办公室主任和另外两名同事都奇怪地看着我，我觉得自己的得意表现得太露骨，好像我已经真的做了企划部主任一样，于是就不好意思地低下了头。办公室主任说：这位叫李宏，是新来的企划部主任，曾在一家知名公司做过企划部主管，大家欢迎他的到来。

我这才注意办公室主任身后那个不起眼的年轻人，我一直以为他是办公室新来的一般人员，谁知却是我们的新主管。我不明白，难道自己不够优秀吗？我伤心，又气愤，想问个明白，但又不敢，自己好不容易才有这么一个工作机会，我不想失去它，公司这么安排，也许有他们的原因和理由吧。

在新主管的领导下，我每天仍然是尽职尽责，不过，通过接触，我发现，这位新主管也没有什么比我们更加过人之处，甚至在很多时候，他还没有我们做得好。公司为什么让这样一个人来我们企划部做主管呢？我百思不得其解。

一个多月后，公司办公室里一名职员和我聊天，无意中谈起当时公司没让我做企划部主管的原因。我听到后，一个人待了半天。在我们公司斜对面有一家小酒吧，环境幽雅，装饰简朴，由于我是独身一人，那时下班后我常喜欢去那家小酒吧靠窗的一个位置坐坐，一个人抿上两口酒，花钱也不多，难得清闲和放松一下。渐渐地，这成了我的一个爱好。却不想我这一个小爱好被办公室主任发现了，他是一个70年代毕业的大学生，思想非常正统，他认为那些都是藏污纳垢的地方，常去那个地方的人也没几个好人，虽然我并没有做坏事也未影响到我的工作，但在他心里曾常用有色眼镜看我。当初公司考虑企划部主任这一职位时，首先就考虑到了我，但办公室主任却极力反对，我就这样莫名其妙地与晋升公司中层领导的机会失之交臂了。

我听到这个荒唐的原因后，先是悲愤，后是消沉，甚至是绝望。既然别人用这种眼光看我，我在这个公司还会有希望和前途吗？从那以后，对待工作，我有了一种懈怠与玩世不恭，对曾经的理想也放弃了努力。那家小酒吧我再去的时候也不再是抿上两小口放松了，而是大口地喝闷酒，喝醉了常常是又哭又骂。我终于成了一个消沉于酒瓶中的酒鬼。

后来，公司裁减人员，我是第一个被裁掉的。

有一次，我遇见了公司里的老总，他还记得我。他说：别人对他说我喜欢沉迷于酒吧那种地方，他不相信，想考察一段时间再决定是否仍重用我，想不到我却真的那样。他说的时候有一种惋惜。这时，我的心情早已平静了下来，才知道自己做了一件多么愚蠢的事情，我拿别人的错误，狠狠地惩罚自己，惩罚自己本来在一个大有作为的工作岗位上，弄得被裁减淘汰掉。虽然，我后来又找到了一个工作，但那个工作无论是在待遇或是干事创业的氛围上，都不能和那家制药公司相比。我知道，在这家公司我又是从零开始了，要想取得更好的成绩，我还要付出更多的努力，每当回忆起这件事，我就反复告诫自己：永远不要拿别人的错误来惩罚自己。

挪位

那一年，我18岁，在一家集体小厂做工，具体工作是车工，整天在阴冷空旷的车间里制造机器零件。我天天穿着油腻的工作服，头发凌乱，眼神灰暗，那冰冷的铁块塞满了我的头脑，使我连喘气的机会都没有。

一天，我的工友扬着一封信老远就喊我：喂，你的信！那是一个很大的草黄色信封，我接过一看，是《诗刊》杂志社给我寄来的，工友们就嚷嚷让我打开，怀着激动的心怀撕开信封，我在这期《诗刊》的目录中找到了我的名字。我的一首诗在《诗刊》上发表，在工友们一片赞叹中，我的头脑晕乎乎的。他们说："小诗人，还干这活干啥，回家只用坐在书桌前写诗就行了，这无本生意名利双收比干啥都强。"

工友们的话使我原本膨胀的头脑更加发热了，我想，自己挺有才气的一个人，怎么能这样整天与毫无诗意的铁块打交道呢？我已经在全国诗坛上最有权威的《诗刊》上发表诗歌，以后，在那些地区性的报纸杂志上发表诗还不是轻而易举。我幻想着自己的诗投寄给那些报纸，被他们争相采用，自己成了耀眼的诗人，各种光环套在自己的头上。可是，从幻想中回过神来，对着那毫无生气的铁块时，我想，就这个样子，我哪像一个诗人？什么时候能成为一个诗人？

我决定离开这里。我想，世界挺大，自己又这么聪明，难道会饿死不成？

我想弄张病休假条，可是，自己的身体像牛一样健壮，我上哪去弄张病休条呢？于是，我只有向厂里请假。可这个小厂的厂长拉长了脸说："你的工作你不干让谁去干，再说，你又没什么大不了的事，想写作下班之后也可以写嘛。"厂长的话使我憋了一肚子气无处发泄，更加坚定了回家写诗的念头，我向他交了停薪留职的申请，可他说，停薪留职每月要向厂里交50元钱。我一咬牙，又交了一个月的停薪留职费，心想，等我成了大诗人，就让你们这些势利眼的家伙看看。

这一个月我待在家里写了又写，可更多时只是对着稿纸发呆，写出来的东西自己看看都奇怪：这也算是诗？以前我是怎么写出那样的诗来的呢？

整整一个月，我写了又撕，撕了又写，始终写不出来什么诗。我灰心丧气到了极点，难道我只能回车间整天一身汗一身油腻地还与那冰冷的铁块打交道？

我想到了死，于是去药店买安眠药。药店那个50多岁的老医生一看我一脸的沮丧，当即就回绝了我。他说："小伙子，年纪轻轻买这东西干啥？"我脸红红的，又不会撒谎，回答不出他的问话。

从药店出来，我走在阳光灿烂的大街上，看人来人往我对自己百无聊赖的样子突然感到很惭愧。走到家门口，看见我们厂长正在我家坐着，看见我他说："找你好大时候了，等你回去上班呢？"我一听，不由得脖子梗一硬说："我不去！"

厂长看了我一会儿，说："我知道你不想在儿干，可是，你要想挪个位置，就要学些本事，你这么年轻，以后机会多得是，何况现在你什么也不干靠父母养活，就能写出好诗吗？"

厂长走了，我一遍又一遍地问自己：我该怎么办？父亲语重心长地说："现在你没有别的本事，就只有先待在这儿。人啊，得直面自己，想要挪个位置，以后就得努力去奋斗。"

第二天，我又去了那个集体小厂上班去了，在以后的写作旅程中，我更不敢懈怠自己。

现在，我已离开了那个集体小厂，在属于自己的位置上奋斗时，我常常感慨万千，我明白，命运在规定一个人的人生位置的同时，也给予挪动这个位置的机遇，这就看你会不会把握，是否具备了挪动这个位置的条件。而这一切需要你的努力奋斗才能实现，这个做人的道理，任何时候我都会铭记在心中。

相信自己，也相信别人

有一个青年，听说一座山上住了一位睿智的禅师，就慕名前去拜访。青年那时候正在一家大公司里任营销经理，虽然他的工作取得了骄人的业绩，但是他常常感到身上有一种无形的压力，让他喘不过气来。青年不明白这种压力来自何方，他渴望那位睿智的禅师能给他解开心结，顺便也能向他寻求成功的真谛。

禅师住的那座山并不大，可那座山的周围尽是大山。那个青年一大早就上路了，顺着那条很多人踩出来的山间小径往山里走去。走到了一个三岔路口时，青年犹豫了。这个三岔路口有一条路就通向禅师住的那座山头，站在三岔路口往那座山头上仰望，似乎能看到隐隐约约的房舍；而另一条山间小径，弯弯曲曲通向另一座山峰，那座山峰高耸入云，向上看，只能看到烟雾在缭绕。青年想，那位睿智的禅师会住在哪一座山峰呢？

虽然他想禅师就住在那座有房子的山峰上面，但他不相信自己的判断，睿智的禅师怎么会住在一座低矮的山头上呢？青年正在犹豫的时候，恰巧过来一位挖药材的山民。青年大喜，忙问这位山民，这个山民看来也知道这位禅师，他笑着说：他呀，就在这座小山头上住着，你顺着这条路走，一会儿就到了。

那个山民说完就走了。青年还是想，不会吧，睿智的禅师真的就住在这样一座低矮的小山上，周围可尽是高山呀。青年听说，一些有德行的智者，都是隐藏在大山中修行的，哪能让人那么轻而易举地找到呢？他回想刚才那位山民的微笑，那分明是一种隐藏着的诡秘的微笑呀，他为什么要给自己指那条正确的道路呢？青年这样一想，似乎看到了那个山民看到他费时费力爬到那个低矮的山头时，什么也没看到后的幸灾乐祸。他毅然地走向了通往那座高高山峰的山间小径。

可是，青年气喘吁吁地爬上那座高高的山峰后才发现，山顶上只有云雾在缭绕，山风在呼啸，哪有什么睿智的禅师呢？原来，禅师真的是住在那座低矮的小山头呀！

青年又急匆匆地下山走回到了那个三岔路口。等他爬上那座低矮的山头上时，天已经快黑了，一天也就这样要过去了。青年叩开了禅师的门，说明了他的来意，禅师正闭目诵经，他说，天已经晚了，他不再接待客人了。青年很委屈地说他早上就上路了，只是走错了路，才来晚了。禅师说：你为什么不问问别人这条路该怎么走呢？青年的脸红了，他诚实地告诉禅师，说他在山下的三岔路口问了一位挖药材的山民，那位山民告诉了他应该走哪条路，可由于当时他不相信那位山民，也不相信自己的判断，才走上了那条通向高高山峰的道路。

禅师叹了口气，说：年轻人，你不相信自己，也不相信别人，怎么会不迷路呢？

青年忽然感到心中一亮。是呀，他今天走了这么多冤枉路，不就是因为不相信自己的判断，又不相信那位山民吗？其实，在那家公司里，他虽然取得了骄人的业绩，但一直诚惶诚恐的，对自己一点儿也没有自信心，总担心有一天突然减员，他会被老板炒了鱿鱼；而面对自己手下的员工，他都要辛苦事无巨细地亲自动手，整天忙得要命，就是因为他不相信他们离开了他，能把工作做得更好。

看来，相信自己，也相信别人，很多时候，就是轻松地通往成功之路的一条“捷径”呀！

从观察中发现

男孩的童年和少年是在乡村度过的。乡村的日子一向比较单调而寂寞，那时候，男孩和他的伙伴们经常与牛为伍，他们一起放牧，一起挤牛奶。男孩的父亲粗通医学，父亲多次警告过他，要他远离那些牛，因为，那个时候，肆虐的天花经常暴发，它每次到来都要带走许多人的生命，这种可怕的传染病当时人们根本就没有预防和根治的办法，所以说它就是瘟神。牛周围经常滋生着蚊蝇，而蚊蝇是许多传染病的传播者和携带者。

那些温驯的牛给他和小伙伴们带来许多欢乐，男孩因此常常把父亲的话忘在脑后。但是，周围有一些孩子虽然与那些牛保持着严格的距离，被传染上天花的人却很多，而他们这群经常放牧和挤牛奶的孩子，虽然在每次天花暴发时都战战兢兢，却很少有人被传染上天花。这究竟是怎么回事呢？当他带着这些疑惑问父亲时，父亲说："孩子，你怎么会这样想呢，要知道，那些肮脏的苍蝇整天围绕着牛转来转去，它们寄生在牛的身上，这样的环境是非常危险的，你没有被天花传染上，只是说明这是上帝对你的恩惠和意外的幸运罢了，还是远离开那些令人讨厌的牛吧。”

难道真的是上帝对自己的恩惠和意外的幸运吗？

可自己和那些经常放牧和挤牛奶的小伙伴们从没人传染上天花呀！男孩想，既然是他们这些人幸运，那么，一定有获得这种幸运的原因和理由。可是，当他把自己的怀疑告诉在一起玩的小伙伴们时，他们都嘲笑他说：“难道你也想传染上天花吗？难道你不愿意被上帝恩惠和获得这种意外的幸运吗？”

带着这种疑惑男孩渐渐长大了，他报考了医学院，他想，自己要寻找的答案一定会在医学的海洋里。医学院毕业后，男孩回到故乡，当了一名乡村医生，他要用他学的知识，来挽救那些受病魔纠缠的同胞，来寻找那久久埋藏在心中的疑惑。

此时，他已经是一名训练有素的人痘接种师，但人痘亦有多种弊端，人惨遭不测的比例仍然很高。通过长期的观察，他注意到，在天花猖獗的时期经常与牛接触的人极少感染天花。牛也会感染天花，感染天花后牛的乳房上长出的一块块红肿脓疮和天花病人身上的症状十分相似，挤奶女工最初往往会感染上牛痘，可奇怪的是不管是谁只要得过牛痘后从此再也不会患上天花。

经过十几年的反复观察和实验，在1796年，他终于下定决心，将一个挤奶姑娘手臂上感染14天后的牛痘疱疮浆液挤出一点儿，把它“种”在了一个8岁男孩的手臂上，这是人类史上人体牛痘接种的首次实验。1798年，根据观察和研究，他发表了《牛痘来源及其效果研究》一书，从此，人类终于战胜了天花，送走了这一可怕的病魔。

从人痘法到牛痘法，如今看来仅一步之隔，但当时却是相当艰难的一步。传统的保守势力和习惯的思维定式，是实现这一跨越的最大阻力，这其中的艰难程度也是常人难以想象的。

这个男孩就是爱德华·琴纳，他是牛痘的发明者，是天花时代的“上帝”之手。从观察中学会思考，从思考中学会观察，有一天，如果你的心中也埋藏下了一个疑惑，并立志通过不懈努力去解开它，也许那时候，成功的机遇正向你走来。

穷人的风骨

那是60多年前的往事了，兵荒马乱的岁月，我的爷爷也就三十来岁，生活在小山村里，依靠打猎和种着东一片西一片的几块巴掌大的薄薄山田艰难度日，在他用不规则石头砌成的两间低矮小屋里，还住着奶奶和怀抱里嗷嗷待哺的我父亲。

爷爷穷得常常连饭都吃不上，却交了一个有钱的好朋友。他这个好朋友是个商人，用家有万贯来形容也许有点过分，不过爷爷知道，他交的这个朋友绝对不是个小商小贩，他的生意做得很大。每隔一段时间，商人都要进一趟山，收一些药材和山货，顺便也会把一些动物的皮毛带到山外去。这个商人每次进山都是独来独往，身上带好多钱也不怕。那年头兵匪土匪四处乱窜，商人的身上常常掖两把手枪，还插一把匕首。商人能使双枪，而且有百发百中的本领，商人的身子轻轻一纵，就能跳到头顶的树杈上。商人有这样的枪法、有这样的轻功本领，所以才艺高人胆大吧！

不知道爷爷是怎么和这个商人交上朋友的，爷爷只知道商人的名字叫张老二，还知道他就住在山外一个叫张家寨的村子里。那个张家寨的村子爷爷根本就没听说过，当然他也从没去过。

有一次，商人又进山了，身上仍然带了许多钱。商人低头匆匆走进爷爷用石头砌的那两间小屋里后，就把装钱的钱袋子扔到了爷爷的床上，商人说他进山时感觉有个“兔崽子”在若隐若现地跟着他走了好长一段路，他出去走一趟再试探试探。商人不等爷爷说什么，就一拍屁股走了。结果，商人这一走，一连几个月，再也没有他的任何音信。

有一天夜里，我父亲突然开始高烧不止，奶奶用了许多土方和草药，可根本无济于事。奶奶看着我父亲的小脸憋得通红通红，就愁眉苦脸地对爷爷说：看来，只好到山下的济春堂找大夫去看了。

济春堂是山下小集镇里的一家药店，有一个方圆知名的大夫在里面坐诊，爷爷也认为只有这个办法了。到药店看病需要花钱，可爷爷抖遍了屋里的角角落落，也没能找到一分钱。奶奶在这个时候就提到了商人的那个钱袋子，奶奶的意思是要不先挪用一下里面的钱，给儿子看病要紧。爷爷的眼一瞪，拎起猎枪说：我现在就进山里打猎去，人家的东西不能动。说完，就急匆匆进山了。

爷爷打猎迟迟没有回来，奶奶终于等不及了，她抱着我父亲，深一脚浅一脚往山下跑去了。大夫对我奶奶埋怨着说：这孩子再晚来一个时辰，烧到肺部就不好医治了。奶奶买药的钱是她从那个商人钱袋子里抽出来的，奶奶想，等有了钱再还上也不迟。奶奶抱着父亲回来时爷爷已在家了。爷爷说：你到底偷偷拿了人家的钱。奶奶委屈地说：人家大夫说了，娃再晚抱去一个时辰，烧到肺部就不好医治了。爷爷大眼一瞪，说：人家凭什么敢把这么多的钱放在咱这里，说明咱的人比他的钱值钱！爷爷伸出的手掌想拍落到奶奶身上，但终于又缓缓地收回了。

一年后，山外有个女人摸到山里来找张老二，她说：她是张老二的女人。她找到我家，对爷爷说：张老二以前曾告诉过她，他有我爷爷这样一个朋友。爷爷泪流满面。爷爷早就猜到了，失踪的张老二也许在那次出去后就落入了土匪的陷阱，爷爷等的就是这一天。爷爷拿出那个钱袋子，女人一见顿时泪如雨下。爷爷告诉那女人，有三块新钱是我父亲那次急病没钱医治，奶奶拿出来买药应急的，后来，他用打猎挣的钱又补上了。那女人数数钱，正是张老二出来时带的钱数，她腿一弯，给爷爷跪下了。

爷爷到死的时候仍然是一个穷人，但他是一个响当当的穷人。

父亲把这个故事讲给我听的时候，我刚刚大学毕业，正准备出去闯世界，父亲已经老了，而且一身疾病缠身。我上大学在银行贷的12000元款，如山一样地压在我们家的头顶上。父亲说，这12000元贷款他没有能力帮我偿还，以后的一切只有依靠自己。父亲还说，他把这个故事讲给我听，是希望我能明白，一个穷人，不管他走到哪里，都应该有自己的风骨。

伤鸟

多年以后，当我提笔要把艳写进故事中时，我想，我们那个小镇中的人在记忆中对艳一定还耿耿于怀。对此我并不感到奇怪，那些心怀善良而又热爱光明的人们，一定把艳当成了教育儿女成才的反面例子，而且大多也会顺便提及我，说那一个曾经很好的孩子，是怎样跟着艳变成一个令人讨厌的“苍蝇”的。

那是我在小镇生长的最后一个秋天。我因高考落榜而在小镇游荡。早晨起来，我用冷水从头到脚浇一遍，胡乱往肚皮里塞点东西，然后一间门店接一间门店毫无目的地闲逛。直到有一天遇到了艳。艳那天在一家门店里买了一件上衣，谁知那件粉红色的上衣一只袖子是破的，粗心的艳拿回去后又拿回来找店主换，店主却不承认，于是就吵了起来。我看见艳拿着那件上衣冲店主冷笑，那个心虚的店主硬撑在那儿，但周围却没有人上前替艳说句公道话。这时，也不知什么原因使我走上前，冲店主说：“人家在你这儿买了破衣服你不换，以后谁还敢买你的东西？”听我这么一说，周围就有人小声劝那店主：“你知她是谁，得罪了这类人你以后的生意就做不成了。”

最后是店主退让了。当艳拿着换回的衣服走时，拍了拍我的肩膀，友好而意味深长。艳走后我才听见周围的人议论纷纷：“哼，流氓！”也有人嘀咕说，看上去眉清目秀的人怎么会和女流氓是一伙的。

第二天在街上闲走时艳又出现了。她大声和我打招呼。我看见艳那漂亮得出奇的脸上的笑绝对是一种纯真率朗的笑，那笑让任何富有想象力的人也不会想到女流氓。于是我们相识了，她告诉我她叫艳。我们单纯地讨论着属于花季少女的心事，知己一般。那一段日子我和艳形影相随，我常常在街口坐上艳的那辆坤车招摇过市，小镇上许多认识我的人都以一种奇异的目光看着我，以至于以后他们都千方百计去躲避我，但我仍无视外界的嘲讽而一如既往地和艳走街串市。

艳初中毕业就辍学了。那一年她只有15岁，艳的母亲远走他乡杳无音信，输了又赌、赌了又输的艳的父亲性情更加暴躁，艳的母亲走了，他只好把打骂都发泄到了艳的身上，艳也只好常常从家中逃出来，像我当年一样在小镇上游荡，也认识了许多的朋友。于是，15岁的艳开始化妆，和男孩们一起看电影，和男孩们一样吸烟，缺少家庭温暖的艳似乎变成了一个不可救药的人。其实，艳和她的朋友们只是倒腾些小东西挣些小钱，偷盗、抢劫之类的事他们从来没干过。现在，我知道艳的那些“二流子”朋友大都做买卖到发了财，当许多人认为他们的钱来路不正而咬牙切齿时，只有我知道他们在社会的底层曾经是怎样艰辛地挣扎。

那时候一个发了财的老板建起了镇上第一家舞厅，善良而纯朴的人们对那种搂搂抱抱的行为颇为反感，都教育自己的子女永远也不许去那个舞厅，那个老板仿佛教唆犯一样成了善良而纯朴的人们的众矢之的。后来我跟艳去了那个舞厅，进去了之后我才知道我不会跳舞，艳也不会跳舞。我们只是静静地坐在一个角落里看别人跳，在缤纷的灯光下我看见艳用手支着下巴，眼神里充满了忧郁和伤感。艳说："以后你别跟我来这个地方了，你是高中生，该读些书，读书是有好处的，跟着我你会学坏的。"

我说："如果我是你会怎么办，许多人没走到那倒霉的一步只会对别人指指点点，我并不以为你怎么坏。"艳一下子抓住了我的手，她和我离得那么近，从她身上弥漫出的青春气息无声无息地在变幻的灯光中散发，我们谁都没动，也没有再说什么，彼此凝望着已泪痕满面。

走出舞厅，在门口盯梢和守候我许久的父亲，一下子从一个黑暗的角落里冲出来，一把抓住我的脖领说："以后你再跟这个女流氓鬼混我打断你的狗腿！"我看见艳的目光中射出了仇恨的光芒，但她看着在我父亲手中挣扎的我，瞬即又黯淡下去了。我看见艳手捂着脸转跑开了，那一时刻，我只是憋得难受，想叫艳，却什么也说不出来，那是我和艳在一起的日子里唯一的一次见这个刚强、泼悍、倔强不驯的女孩流泪。如果我对人说我和艳之间是清白的，谁又会相信我们呢？

在那个街口我等了许久，再也没见艳骑着那辆坤车飞也似的奔来。艳在初冬的雨雾中去了南方，后来，我也背着流浪的行囊漂泊进了都市滚滚的人流当中，生存的艰辛使我居无定所，渐渐地便失去了与艳的联系。

不过，我听说，艳在南方已拥有了自己的门店，手下有四五个和她一样有朝气的男孩和女孩叫她艳姐或老板。今天，当我拥有了更加成熟的理智和生活经历后，我更坚信，艳是一个好人，无论别人怎么说。我只是觉得，那时的艳只是街头一只流落的伤鸟。

水往低处流

上中学时，我是班上让各科老师都“头疼”的学生，就是因为我太“聪明”了，他们讲的课，常常是我课前预习了一遍，上课几乎就不用听了，于是老师在讲台上一遍又一遍地讲，我就在下边做我想做的事。因此，每当老师批评班上某个同学不认真听讲时，总喜欢拿我做例子，说他们不要和我相比，因为，我即使不努力学习，每次考试都会在班里占前几名。这令老师们很是“头疼”又无奈。

我常常为自己的“聪明”沾沾自喜，但不认真听讲，其实有很多知识也是一知半解的。但是，每个人都认为我是那么“聪明”，所以，即使我不懂，也不能主动向老师请教，那多没面子呀？

我的学习成绩开始后退，只不过后退的速度不是那么明显，自己也注意不到罢了。可我们的班主任老师注意到了。他是一个教了大半辈子书的老教师，严肃又古板，说实在话，在心里我总是对他有一种敬畏，因此，在他教的语文课上，我很少捣乱。那一次期中摸底考试，我比上一次考试又后退了两个名次，不过，仍在班中占前十名，我以为能考这么好的名次，自己已经是很了不起了，不过，因为一次比一次考得要差，我心中多少也有点忐忑不安。更令我不安的是，班主任叫我到他的办公室里去。我想，这个严厉又古怪的老头儿，一定要狠狠地收拾我一番不可。

我到他办公室喊“报告”进去后，他正坐在办公桌前批改作业。看到我进来，他放下手中的笔，却很和蔼地让我坐在了他对面的椅子上。他说：你以为你这次的考试成绩怎么样？我看他并无生气的样子，不敢说好也不敢说不好。他看我沉默着不说话，顺手将他手边的一杯茶水泼在了地上，那片水泥地面由于年月太久，上面坑坑洼洼的。他说：你看清楚了吗？水是怎样在这不平坦的地面上流动的？我奇怪他怎么会问这样简单的问题，又不清楚他的举动，说：水当然是从高处往低处流的。

班主任老师说：对，你再告诉我，这水从高处往低处流的过程中又有什么特点？我一时无言回答。他看着我答不上来，继续说：水在往低处流的过程中，只有灌满途中所有的坑坑洼洼后，才能继续向前流去，我承认，你是一个很聪明的学生，但是学习也如流水一样，踏踏实实地打好了基础，就能循序渐进如这流水一样继续向前流去。

那天，从班主任老师的办公室里走出来，我若有所思，从此在老师们上课的时候，我也能安下心来听讲了。有一天，我读到了孟子的一句话：盈科而后进。盈，是满了的意思。科，在这句话中就是坑坑洼洼之意。我工工整整地把这句话写在了我每一本教科书的扉页上，我想让它时时提醒我。因为，我知道，孟子这句话的意思就是，水在往低处流的过程中，只有灌满了途中所有的坑坑洼洼之后，才能继续地向前流去呀!

告诉你

那时他也就二十几岁吧，人们见面不叫他的名字，都叫他“火神”。因为他精力旺盛，浑身仿佛有使不完的劲，大冬天别人都裹着厚厚的棉衣还都叫冷，而他每天都要破冰洗冷水澡，厚厚的雪地上，还穿着火红的单衣短裤练习长跑，他常常欢笑着，呼出一团团的热气，冰雪似乎根本奈何不了他。

那时，他是国家登山队的队员，有一天能站在世界最高峰珠穆朗玛峰的山顶上，是他一生最大的梦想。他一直在等待着这一天的到来，他相信自己一定能征服这座世界最高峰，他所有的努力也都是为此而准备着。

终于，他和队友们来到了珠穆朗玛峰的山脚下，仰望着高耸入云的高峰，年轻的他和队友们开始踏上了登顶的征途。往上攀登的过程很艰难，但是他始终充满了兴奋，艰难对他来说也就不在话下了。终于，在他离珠穆朗玛峰的山顶还仅仅有两三百米的距离时，因为一直恶劣的天气和队友们的身体状况，队长权衡再三，还是下达了撤退的命令。此时，他已经能看到珠穆朗玛峰的山顶上风雪弥漫，他跃跃欲试，想：这两三百米的距离对他来说根本不算什么，因为，此时的他浑身都还是用不完的劲。但是，队长的命令已经下达了，他必须服从，年轻的他相信在以后的日子里还有很多机会登上珠穆朗玛峰。

下山的过程同样充满艰辛，和他一起的一个藏族登山队员就因为肆虐的风雪，不小心失落了他的睡袋。晚上的宿营地是在海拔6000多米的冰雪高山上，没有睡袋，这个藏族登山队员将会被冻死。看着这个同伴冻得瑟瑟发抖将要失去知觉，他把自己的睡袋让给了他用，因为精力充沛浑身火热的他并没有感觉到寒冷。可是，第二天醒来，他已经感觉不到自己的双腿，当时，他并不知道后果的严重性。下到山脚，他就被送到医院，然后，一路辗转到北京的医院后，他的双腿被截肢了。

这个故事是我在电视上看到的，故事主人公的名字我已经忘记了，只记得他姓夏，但是，时间的打磨却让主人公的微笑在我脑海中越来越清晰。失去双下肢的他微笑着讲述着他截肢后的故事，他怎样利用假肢走路、跑步，他怎样在轮椅上练习臂力，怎样跌倒又爬起。直到他看上去与常人无异。双腿被截肢了，但他积攒的梦还在，他想，总有一天，他还要爬上曾经与山顶仅有两三百米的距离、与登顶失之交臂的珠穆朗玛峰。

他所有的努力都在为这一天准备着，他一直用自己的努力告诉自己、也告诉周围的人：没事，我能！他先是开始攀爬周围的小山头，原本，这些小山头在他的脚下都像是土包子一样，根本不在话下，可是，现在，他是戴着假肢，一切都变得那样遥远和艰难。截肢处被假肢磨破了，结痂了，厚厚的茧子出来了，周围的小山头终于被他一个又一个踩在了脚下，他的目光又开始搜寻更远更高的山。泰山、黄山还有华山，他都一个人爬上去了。电视上的他面色红润，根本看不出是一个截肢的人，微笑的他好像在讲述别人的故事，这么多年的艰难和困苦仿佛都没有发生过，没有抱怨，更没有眼泪，生活赐予他的就是下一个攀登的目标。他告诉电视观众的就是：没事的，我能！

告诉你，我能！他也知道，依他现在的身体，受伤截肢的双腿这一生再也没有机会去攀爬冰雪严寒的珠穆朗玛峰了，但是，他依然在努力，他始终让我感动，不是因为他取得了多大的成功，而是他对待人生，拥抱生活，展示的是怎样一种姿态。

汉尼拔倒下的地方

公元前218年，罗马人和迦太基人又一次爆发了战争，积极备战的罗马人吸取失败的教训，制订了周密而详尽的作战计划，准备一举击溃汉尼拔率领的迦太基人的军队，可是，罗马人做梦也没有想到，伟大的军事天才汉尼拔，为了避开了罗马人的主力，冒着极大的危险，率领大军，却惊人地从小道翻越了人迹罕至的阿尔卑斯山，攻入意大利本土，出其不意地给了罗马军队一个沉重的打击。

罗马军队猝不及防，作战计划全部被打乱了。这次跨越阿尔卑斯山的远征，汉尼拔的大军行程近900公里，他们克服了许多艰难险阻，只用了33天时间就越过了冰雪覆盖、山高坡陡、气候恶劣、岩多路滑的阿尔卑斯山。走完这段异常艰苦的征程后，汉尼拔由 9 万步兵、 1 万2000骑兵和几十头战象组成的大部队只剩下 2 万步兵，6000多没有马的骑兵和一头战象了。但经过修整，精力充沛、斗志旺盛的迦太基士兵一举打败了罗马部队。

罗马人怎么会甘心退出地中海世界的霸权呢？很快，罗马元老院召集贵族，又组织了一支强有力的军团，与汉尼拔的迦太基人军队对决在位于罗马南边的加普亚平原上，准备要决一死战。

加普亚平原是一块地势平坦而又肥沃的土地，抓一把泥土就能攥出油来，小麦的种子随便撒在土地上，就会茁壮地长出沉重的麦穗，所以，生活在这一片平原上的加普亚人，因为上天对他们的恩赐，生活安逸而舒适，人性慵懒而轻浮。他们守着肥沃的土地，根本不思进取，罗马人因为土地贫瘠不得不离开家乡去征服一个又一个邻居的时候，加普亚人却宁愿待在家中，让一个又一个邻居去征服他们。

双方大军对决在加普亚平原上，汉尼拔和罗马都把加普亚的归属，看成是这次战争的关键。因为加普亚平原土地的肥沃与富足，它对远离北非根据地汉尼拔率领的迦太基军队来说太重要，占领了加普亚城，对即将到来的严寒冬天来说，汉尼拔的军队也能得到补给，就能在远离家乡的土地上度过寒冬。反之，他们将难以立足。

在往加普亚城的方向，双方军队都在加速行军。幸运的是，汉尼拔的军队抢先赶到了加普亚城。加普亚城的人们对谁是他们的占领者早已麻木，他们没做任何抵抗，便让汉尼拔的军队开进了加普亚城。第二天清晨，罗马人赶到加普亚的城下时，看到加普亚城墙上人欢马嘶，戒备森严，知道汉尼拔的军队已经占领了它，只好悄然而退。

罗马人退了，汉尼拔率领的迦太基军队在加普亚过了一个富足的冬天。这些从北非远道而来，经受战火磨炼，具有吃苦耐劳精神的迦太基军人们，很快融入加普亚人的腐化生活中去了，他们学会了追逐女人争风吃醋，学会了躺在墙根晒懒洋洋的太阳，学会了大吃大喝和加普亚人颓废的精神，就连汉尼拔本人，也有了一个美貌的女人。汉尼拔的军队，陷入了加普亚人腐化生活风俗的包围中。

在加普亚过了一个冬天后，汉尼拔军队的士气就完全瓦解了，在与罗马军团的再次决战中，同样是这支让汉尼拔骄傲、能冒死翻越冰雪大山的军队，一触即溃。从此以后，战争中的幸运之神就不再站在汉尼拔一边了。

足智多谋、学识渊博的军事天才汉尼拔没有被阿尔卑斯山的冰雪征服，也没有被骁勇剽悍的罗马军团打败，他应该是跌倒在了土地最肥沃、人性最轻浮的加普亚富足、奢侈、温柔之乡里。原来，有时候，上帝给你一个味美香甜的面包，并不是对你的酬谢，也不是对你奖赏，而是对你人性的一个考验。

你感动世界，世界就会为你感动

那一年，她24岁，在广州市的一家摄影器材厂打工。初春的一个傍晚，她加完班走出厂大门时，突然，从马路旁边急匆匆冲过来一个女人。那个女人不由分说把一个襁褓中的婴儿塞到她怀里，泪流满面地说："求求你，帮我照看这个孩子吧！"然后，还没等她反应过来，那个女人就跳上一辆车跑远了。

在昏暗的路灯下，莫名其妙的她诧异地打开襁褓，看到在婴儿的身旁放着一张字条："帮帮我，救救这个孩子吧！"字条的下边是婴儿的出生日期。她只好把这个婴儿抱回了宿舍，宿舍里的姐妹们听她说了这个婴儿的来历后，都劝她把这个婴儿扔掉算了，如果她不忍心，也可以把她偷偷放到福利院的门口。但是，她看到这个小小的女孩子，嗓子早就哭哑了，一双干瘦的小手无助地挥舞着，心就莫名地疼痛起来，说什么也不愿意把她再次扔掉。可是，她一个在城市里的打工妹，在这个城市里居无定所，连自己的生活都不能保障，怎么能带这个孩子呢？就这样，她只好带着这个女婴回到了老家。

一个没结婚的女孩子，抱回来一个身份不明的女婴，很快在那个偏僻的小乡村，闲言碎语就淹没了她。为了女儿能找一个好人家，母亲也苦苦劝她把这个孩子扔掉，但每次看到孩子那天真和依赖的眼睛时，她都狠不下心肠。也有人上门来给她提亲，但条件都是让她把这个女孩送人或者是扔掉，她死活不愿意，婚事就这样一次次地吹了。过了几年，与她相依为命的母亲也去世了，于是更是没有人催她嫁人了，她就干脆再不谈婚事，一心一意地抚养这个孩子长大，直到她36岁，仍是单身一人。

一个没成家的单身女人，在偏远的乡下，带着一个被人莫名其妙塞到怀里的孩子，生活的艰辛可想而知。渐渐地，这个孩子成了她的希望，她想，假如有一天她不能动了，有这么一个女儿在身边她也不孤独。可是，有一天，身体越来越虚弱的她到医院检查，得知自己得了乳腺癌。这个意外犹如晴天霹雳：她走了，只有12岁的女儿该怎么办？她躺在床上想了三天，终于，她痛苦地忍着泪告诉女儿说："孩子，妈已经没钱供你读书了，你是妈在广州捡来的孩子，妈想带着你上广州找你的亲生父母，找到他们，你就可以跟他们过好日子。"

12岁的孩子早就从村人的闲话中得知了自己的身世，她哭着说："妈，我不想去广州，跟着你，再苦我也愿意。"听了女儿的话，她只好板起脸说："不行，妈说过已经没钱养你了，你还想连累妈一辈子都嫁不出去是不是？"听了她的话，12岁的女儿哭成了泪人，她同意跟着妈到广州去找亲生父母。

她带着女儿来到了广州的郊外租了一间小小的民房，然后，去商店买回一大摞白纸、一支毛笔、几瓶红墨水，趴在小凳子上，一张一张地写寻人启事：12年前，也就是1989年4月18日晚上大概9点钟，有一个女人在新方路的摄影器材厂门口塞给我一个女婴，现在，我有要事和这个女人商量，关系到这个孩子的生命，请本人速与我联系。下面，留着她在广州租住房子的地址。

她在苦苦地寻找，苦苦地等待。可是，她带来的积蓄很快用完了，那个她期望找到的女人始终没有露面。为了能继续留在广州寻找下去，她在一家仓库里找了一个搬运工的活，每天一有空，她就继续贴着她写的寻人启事。

终于，三个月后的一个傍晚，一个60多岁的老人找到了她。老人说："我看到了你的寻人启事，而且发现连续几个月你都在贴不停，我想，你一定是遇到什么难题了，不知能不能帮帮你？"于是，她把养女的身世告诉了这个退休教师，并告诉了老人自己的病情，以及想把养女还给她亲生父母的想法。几天后，这个退休教师又找到了她，说，他和老伴考虑了几天，想收养她的养女，他们有经济能力给她一个好的环境，因为，他们的女儿在国外工作，家里就他和老伴两个人。

她考虑了三天，三天的时间是那样的漫长又是那么的短暂，她一直在流泪，想了很多，头都要炸裂了。

三天后，她让老人带走了女儿。她对老人说，别让女儿知道她的病，她只是想在自己死前让女儿有个好归宿。她离开广州时，单薄的身子好像一阵风就可以把她刮走。

这个女人叫柏玉翠，出生在湖南省邵东县一个叫柏树庄的小山村里。如今，柏玉翠的坟头依然是那么的瘦小，但是，却常常有人来拔那坟头上的荒草，逢年过节，也有人顺手给她烧一堆冥币，还常常有人来到她的坟头悼念她，并泪流满面。这个世界上，也许你和我都活得卑微而艰辛，但是，只要你能给这个世界带来感动，世界就会为你而感动。

没有一棵小草会自惭形秽

那年，我15岁，因为学习成绩特别优秀，被城市里的一所实验高中特招了进去。在一片羡慕和祝福中，我走出了大山来到了城市。所有的人都以为我以后是前途无量，所有的人也都以为我是多么幸运和快乐，可是，他们不知道，走进那所实验中学后，很快我就像一棵生长在大树下的小草那样，曾经骄傲的开始变得自卑得要命。

15岁，我长得又黑又瘦小，班中别的孩子全是这个城市中有钱人的孩子，或者父母是有权有势，只有我是一个例外。我的家远在偏远的大山里，父亲和母亲都是没受过多少教育的农民，我的家庭让同学们看不起，我穿的衣服也是最土的，穿的鞋业也是母亲一针一线做的布鞋，和别的孩子们穿的橡胶鞋相比，母亲做的那双布鞋是要多土有多土。一些同学用的书包和铅笔盒都要几十块，这是我想都不敢想的。

同学们都说一口标准的普通话，只有我，一口满是方言的土话，成了他们闲来无事怪声怪调模仿和取笑的对象。我变得越发沉默寡言，曾经偷偷地哭过多次，感觉到自己快要崩溃了。终于，在一个周末我回到家里后，嗫嚅地对父亲说："爹，我不想去城里的学校上学去了！"

父亲奇怪地看着我，问："为什么？"

我的眼泪又要出来了，说："爹，你看见咱身边的那棵大树了吗？你看它的枝叶繁茂又高大瞩目，你再看看生长在树下的小草，它们只能卑微地吸收大树的树叶缝隙中遗漏的点滴阳光，在城里读书，我像那些卑微的小草一样，和他们在一起，只能成为人家取笑的对象。"

父亲的眉头皱紧了，他盯着那些野草。等了一会儿，父亲指着一棵狗尾巴草问我："那是什么草？"

做了一辈子农民的父亲不会连狗尾巴草也不认识了吧？它细长的叶子，圆柱形的花序，毛茸茸的穗像大黄狗的尾巴一样，在田野里，它再平常不过了。父亲走过去，用手把狗尾巴草那毛茸茸的穗子压弯，可他手一松开，狗尾巴草猛烈摇了几下，又挺直了，它仍然随着微风轻轻摇曳。

我奇怪地看着父亲的一举一动。父亲又指着我们脚下的一株野草说："你看，这是车前草。"是的，在路边和田埂上，车前草再普通不过了，它的叶茎匍匐在地上，父亲一脚踩到车前草的上面，然后，又抬起脚，我看到车前草灰绿色的叶茎轻轻抖动掉它上面的灰尘，又缓缓地舒展开来。

父亲接着又趴在了地上，在他面前，一棵三片小叶片呈心形状的四叶草昂然立着，父亲向它吐了一口气，四叶草就被吹蜷曲了身子，但父亲气息一尽，它就像弹簧般伸展了叶脉，快乐地抖动着。父亲再吹了一口气，它还是在弯曲之后怡然挺立。

父亲站起来后对我说："你都看到了吧，小草是卑微的，大树是高大，但不管我怎样对待它们，小草的卑微并非指向羞惭，不管是狗尾巴草还是车前草、四叶草，没有一棵小草是自惭形秽的呀！"

父亲并没读过多少天书，但父亲的人生阅历却使他像一个哲人。是呀，在庄严的大树身旁，一棵微不足道的小草，不管受到怎样的打击，都可以毫不自惭形秽地生活着，作为万物灵长的人类，我又有什么理由让自卑把自己的腰压弯呢？

我又背起了书包，穿着母亲给我做的一身土布衣服来到了校园，只不过，从此以后，我的腰板再也没有弯过，在繁华的城市校园里，土里土气的我总把腰板挺得笔直。

长大后，因为生活，我来到了城市，每天我穿梭在城市的大街小巷，不管生活灰暗还是阳光灿烂，我从不言放弃。城市的水泥马路洁净宽敞，泥土都在遥远的乡村，心累了的时候，我只好怀念乡村，因为，乡村泥土里生长的狗尾巴草、车前草、四叶草等那些再也卑微不过的小草，一直是我向上的动力源泉。

你的信任让我感动一生

中专毕业的那一年，我和同学坐着学校的中巴车，辗转上千公里来到了南方。那所中专曾经承诺毕业后都给我们安排工作，到了这里我们才知道，原来所谓的安排工作，就是把我们塞给这里一些工作重、薪水低，几乎连民工都不愿意来的工厂里给人家下苦力的。

曾经的青春与梦想就这样瞬间被残酷的现实击得粉碎。

在这人生地不熟的环境中，每个人悲愤之后面对的首要问题就是生存，我们像一群被放养在田野里无人照顾的羊群，很快就四散开了。我离开了那家织布厂的锅炉房，又流浪到了另一座新兴的城市，渴望依靠自己的智力，找到一份体面的工作。刚开始的时候我还对自己充满了信心和希望，最起码，做一份办公室的文员我想我是能胜任的。

我准备好了自己应聘需要的资料后，开始了一家又一家的应聘与面试。但是，每一家似乎都毫无结果，渐渐地，我对自己都失望了。我怀疑自己获得的那么多荣誉证书与发表的那些文章，究竟是不是真的一文不值。

一天，我又匆匆忙忙地赶到一家公司去面试，心情却有一点儿灰暗与沮丧。快到那家公司的大门前时，在一家服装店门口的试衣镜里我看到了自己那落魄的样子：灰头土脸，一件皱巴巴的外套裹在我身上。

我看看不远处那家公司光洁明亮的大门，又看看镜子中的我，这哪像是大公司里的职员呀，分明是上门去乞讨的乞丐，我就拿这样的一身包装，去充满希望与奇迹地把自己推销出去？

我犹犹豫豫地拐进了这家服装店，店主是一个看上去比我稍微成熟些的女孩，她热情地向我推销里面的衣服。然而，看看衣服上的标签，我又偷偷摸摸衣袋里那点钱，那昂贵的价格像一把大锤，把我砸得根本不敢抬头。但是，为了工作，我就这样去面试，肯定又是毫无希望。在一件藏青色的西装前，我不由站住了脚步。那件藏青色的西装在衣架上是那样的笔挺与气派，我想，我穿上它也一定精神十足。那个女孩看出了我眼中的迷恋与不舍，她热情地把那件西装取下来，非要让我试穿一下，她说：买不买都无所谓，真的。

我换上了那套西服，当又站在那面落地镜子前时，不等那个女孩赞叹，自己首先给迷住了，这还是我吗？穿着这身得体的西装我一扫刚才的委顿，我相信，如果我穿着这身西装去那家公司面试，不敢说自己充满了百分之百的希望，最起码我有那份信心，那份工作属于我的话，我一定会把它做得很好、干得心应手。

可是，我知道，这件西装我不用问它的价格也知道它远远超出了我口袋中钞票支付的范围。那个女孩看我恋恋不舍地脱下了这件西装，说：怎么，不合适吗？我说：不，它太合适我了，是我的钱不够。

她说：你有多少钱？

我说：50元。我说的时候声音低得像是蚊子哼哼，在南方这个物欲横流的地方，50元能干什么？然而，这却是我那时的全部家底了，如果这一次我再面试失败的话，明天连10元小店也不敢住了，只好去睡桥洞了。

我以为那个女孩会愤怒地嘲讽我，口袋里装了50元钱，就敢进这样高档的服装专卖店，装模作样的又是试穿衣服，又是在镜子前臭美，我这是闲得无聊还是存心捉弄她？谁知，那个女孩却说：如果你需要，可以先把它穿走，钱可以以后再说。

我以为自己是听错了，但看那个女孩的脸色不像是在戏弄我，我连忙掏出身份证，感动地说：这是我的身份证，要不先放你这儿？

她淡淡地说：不用了，谁没有过难处，我想，你也许是真的需要这样一身衣服，先穿走吧，等以后有钱了，再把钱给我送来也行，在这个地方，没有身份证寸步难行，身份证还是自己留下吧。我不相信，在南方这来来往往的人流中，来自五湖四海的人四处漂泊，谁又能保证一个没有职业外地来的打工仔的信誉呢？

我的眼睛湿润了。我告诉她，我是到斜对面的那家公司去应聘面试的，穿这样一身皱巴巴的衣服自己都感觉没希望了，才鬼使神差地拐进了她的服装店。她笑了，说：我就感觉你是真的需要一身这样的衣服，人是衣服马是鞍嘛，我也曾在最困难的时候受过陌生人的帮助，可惜，连人家的姓名和地址都没记住，想报答人家却根本找不到他了，所以，我就想，我也要力所能及地帮助让我遇到的需要帮助的陌生人，也算是对曾经帮助我的那个陌生人的一份回报吧。

我不禁为人性中的美好感动了。

那天的应聘非常顺利，两天后，我就可以去上班了。走出那家公司的大门，我第一件事就是去了那个女孩的时装店，把这个好消息告诉了她，并把那身藏青色的西服脱下来，说让她替我保存起来，等我第一个月的薪水一发下来，就买下它收藏起来，作为人性中最美的见证。

听了我的话，她高兴地笑了，但说什么也不肯收下西装。她说：我还不知道你要到哪去时就敢把衣服给你让你穿走，现在，你已经成了这家公司的一名员工了，我还对你不放心吗？衣服你穿走，你总不能上班一直穿着这身皱巴巴的衣服吧？至于钱，你什么时候有了，什么时候再给，现在它不是主要的。

这是20年前的事情了，却令我感动至今。

无论何时何地，无论你的心情怎样的灰暗与沮丧，漂泊的路上，因为人与人之间信任，总会让人感受到人世的温暖。

善良之门

那一次，一家基金会招聘一名财务人员，我前去应聘，进考场后，我才知道这次报名的竟有80多人。很快，笔试结果出来了，我排在了第十八名。我想，看来我是没希望了，可想不到，那家基金会竟然通知考试成绩在前二十名的都要参加面试，也就是说，我还有一丝希望。

面试那天，我们这二十名应聘者都到齐了，负责人才姗姗来迟。王主任一来就向我们道歉，基金会因为刚刚举办了一次募捐活动，所以他办公室很长时间都没有收拾了，里面乱七八糟的，他现在要赶快把办公室打扫打扫，然后马上开始面试，这时如果谁闲着没事，可以帮他收拾整理一下办公室。王主任的话一说完，所有的应聘者都马上表示，要王主任在一边歇息着就可以了，我们会帮他把办公室清洁整理干净的。你想，这是一个讨好他表现自己的机会，谁愿意在这面试还未开始的时候，就给负责人留下一个不好的印象呢？

那位王主任好像早就料到了会是这样，他在前面走，我们在后面跟着来到了他的办公室。他的办公室是两间通房，进去以后我们才发现，里面真是够乱的，地板好久都没拖过了，桌子上也落了一层厚厚的灰尘，上面摆放的文件和稿纸扔的乱七八糟的，还有好多报纸，有的扔在沙发上，有的放在报夹里，文件柜的上面也放了许多过期报纸。

在王主任的指示下，我们把那些旧报纸都取下来放在了地板上。很快，办公室就基本上打扫得又清洁又规范了，我们每个人都极力地表现着自己，似乎也都表现得不错。这时，王主任冲门口招了招手，一位乡下打扮的老人拎着一杆秤进来了。其实这个老人是跟着王主任一起上楼的，我们都看见了，但是谁也没有在意他，因为一看都明白他的身份就是一个收废品的。

王主任冲着收废品的乡下老人指了指那堆废旧报纸，让他捆起来。那堆废旧报纸足足有二十多斤，我们都想，这位王主任可真会来事呀，利用我们应聘都极力表现自己的机会，让我们给他整理了办公室，整理办公室后的废品，他又能卖钱。

那个收废品的老人也有60了，又干又瘦的，他那一双手如枯树一般，指甲里藏了满满的污垢，他脸上堆满了松弛的皱纹，低垂着一双眼睛任何人也不看，就那么慢慢腾腾地捆扎着那堆废报纸。王主任这时坐在办公桌后面，早有手疾眼快的人给他泡上了一杯茶水。他好像也不着急，而我们每个人都是心急火燎的，马上就要决定自己的命运了，这个收废品的卑微的老人却磨磨蹭蹭的，许多人看他的眼中似乎有了一种厌恶。

终于，他用那杆秤把那堆废旧报纸钩了起来，秤杆高高地翘起，他报了一个数字。这时马上有人表现说：你可别以为我们都不识秤骗我们呀。那老人也不回答，仍然重复了一遍刚报出的数字，有人不相信，伸过头去看，却不想捆扎报纸的绳子一下子断了，报纸又散落了一地，他又蹲下去收拾起那散了一地的旧报纸。这个不长眼色的乡下老人，误了我们多少时间呀！有人在一边呵斥他：你快一点，行不行。

他这么大年岁了，其实早该在家享福了，也许是因为生活所迫，却不得不出来收这又脏又破的东西去换俩生活费。我的父亲也有他这么大岁数了吧，这么多年来为了不拖累我，他也一直在外奔波而卑微地活着。我突然有一种想流泪的感觉，在那么多人厌恶的目光中，我走到了他身边，很快帮他重新捆扎好报纸。王主任说：不问你要钱了，你快点拿走吧，我们还有事要做。那个老人似乎感激地向王主任笑了笑，拎起秤佝偻着腰站了起来，我刚才拎过那堆报纸，知道它有多重，不忍心让这么大岁数的一个老人扛着这么大一捆报纸下楼，于是对他说：我帮你拿下楼吧。

我扛着那捆报纸和那位老人走出王主任的办公室时，听见有人急不可待地说：可以开始了吧，主任。王主任却说：不急，很快就结束了。

我上楼又回到了王主任的办公室，他冲我微笑地点了点头，然后面对我们说：今天我非常感谢你们，因为你们帮我打扫整理干净了办公室，但我又不能发自内心地感谢你们，因为你们知道待会儿的面试我对你们有用。我看到所有应聘者的脸都红了。他接着又说：我们这个基金会，资金都是从民间募集来的，以后，也要经常与那些需要帮助的人打交道，所以，要求我们每一名工作人员都要有一颗爱心，善良之心，只有有了一颗善良之心的人，这个工作才会给他打开一扇门，所以说，这个工作之门就是一个善良之门，今天的面试我很遗憾也有一丝高兴，在一个人对你毫无用处的时候，能伸出手帮助他的人，在你们这20人中，仅有一个人做到了，善良不是因为你能记在心上，而是常常无心地做出来。

所有的人都知道，这次面试已经结束了。在许多人都惭愧地低下头的时候，我从内心发出微笑，因为，仅有中专文凭的我，用善良击败了那些拥有本科、大专文凭的对手，为自己打开了一扇工作之门。

因为热爱，生活才能变得绚丽多彩

有一位老人，默默无闻地修筑着一条向村外延伸的道路。他把道路修补平整，铺上他拾来的碎石，然后在路两旁撒上花籽草籽。一年又一年过去了，这条平整的道路不停地向前延伸着，那些原本铺满碎石寂寞的道路，因为有花儿和草儿春去春来的点缀而充满了芬芳、充满了生机。

一位记者知道了此事前去采访他。当那位记者问这位老人为什么要穷尽几十年的闲余日子去修筑这条道路时，老人回答说：因为热爱。

记者愕然，在他以前的采访中，他认为这位老人或许会说是为了大家都好走，或许说是为了积德、为了造福后人。想不到老人却充满睿智地说是“因为热爱”。

因为热爱生活，因为热爱花儿的芬芳，因为热爱生机盎然，这位老人的心中一定盛满了热爱，心中盛满热爱的人，燃烧的一定是爱心。

是啊，因为热爱。就像种子热爱泥土，鱼儿热爱大海，生命热爱青春，小鸟热爱天空。热爱，又怎能找出其他特别的理由呢？

并不是作品颇丰的作家才热爱文学，并不是那绿茵场上驰骋的足球明星才热爱足球，每一个人的心中都会有一颗热爱的种子。因为有了热爱，生命才变得纯洁了许多；因为有了热爱，生活才变得绚丽多彩；也正是因为有了热爱，平平淡淡的生命才能衍化出神奇。不是吗？人生中辉煌的目标常常只有极少数的人才能达到，但下一个抵达的，说不定就是因为背后深深的热爱。

生命中有许多东西对我们来说也许永远是可望而不可即的，但生命中的热爱却是不可放弃。紧紧地抓住热爱所带给我们的生活激情吧，就像那位默默铺路的老人一样，即使一生平凡但心存热爱地活着。

曼德拉的花园

他在监狱中服刑的时候，最初是关在罗本岛总集中营的一个锌皮房里，做采石灰的工作。他白天打石头，将采石场采的大石块碎成石料，有时他还得从冰冷的海水里捞取海带，因为他是要犯，这样受罪的工作只让他这样的人来做。

每天早晨，他都要排队到采石场里，然后，被解开脚镣，下到一个很大的石灰石田地，用尖镐和铁锨挖掘石灰石。石灰石田地里灰尘漫天，细碎的石硝不时飞到眼里，或者被小石块飞溅到他的额头上，留下血痕斑斑。他的心情灰暗到了极点，脾气也越来越粗暴，愤怒、抱怨、仇恨经常折磨着他。很快，他发现，他与周围许多犯人没有什么两样了。

有一天，他浑身疲惫地躺在锌皮房里，却怎么也睡不着，他想，再这样下去，已经算是“宣布投降”了，那些把他送到监狱里的人不正是希望把他变成这个样子吗？要不了多久，在这个地方他的灵魂就会被瓦解，那样，肉体的存在还有什么意义？要在监狱里活下去，就必须找到在日常生活中感到满足和自豪的办法，监狱剥夺你的自由、捆绑了你的身体，这当然是人生中最悲惨的事情，可是你找到办法让灵魂飞得更远，惩罚不就失去了它的效用?

他忽然醒悟了。

他原本请求监狱当局允许他在院子里开辟一个花园，后来，想了想，改为开辟一个菜园子，他想，这样的要求监狱当局也许更容易通过。但是，监狱当局还是毫无理由拒绝了。他没有放弃，继续提出自己的要求，终于，几年后，监狱当局被他执着的“纠缠”搞得头疼不堪，总算同意了，允许他在采石场的墙根处开垦了一片狭长的小块土地，去搞菜园子。

采石场的院子是用废渣垫起来的，里面的土地非常干旱，而且还有很多石块，为了开辟菜园子，他必须把大量的石块挖出来，使植物有生长的空间。每天，在石料场挖完石灰石后，别人都累得躺在锌皮房里动都不想动一下，而他，却又拖着疲惫的身子在院子里挖石头，清理那片狭长土地上的废渣和石块。和他在一个监区的人都不理解，嘲笑他真是一个不折不扣的矿工，干这种费力不讨好的事情。而他，只是埋头苦干。

很快，那片狭长的小菜园子就绿色满园了，在灰尘漫天色调单一的采石场里特别瞩目。种植蔬菜虽然累，但他很欣慰，因为，在这片狭长的菜园子里种植蔬菜，是他在监狱里为数不多的自己能说了算的事情之一。他学习各种种植技术和施肥技术，观察植物的生长，然后照料植物，最后是收获。他像一个园丁一样，在播种与观察中，不但收获了蔬菜，也收获了思想，净化了灵魂。他知道，种子下地了，他必须要对每一粒种子负责，就像是一个领导人，必须对他所培育的东西担负起责任，他必须关心自己的工作，要驱赶敌人，要保留可以保留的东西、除掉不应保留的东西。

在罗本岛上他被关了18年，然后，又被转移到另外一个监狱，这个叫纳尔逊·曼德拉的男人，在他的一生中，从43岁起一共在监狱度过27年，27年的监狱生涯中他备受迫害和折磨；27年的监狱生涯使他由壮年变成了一个蹒跚老人；27年的监狱生涯还应该是一个混凝土的世界，可是，在这个混凝土的世界里，他却找到了逃避周围单调乏味的方式，找到了接近阳光的方式。27年的监禁生涯，并没有让曼德拉变成一个脾气暴躁，对生活、对人生充满怨恨的人，相反，却使他学会了如何处理自己的苦难和痛苦，学会了感恩与宽容、坦荡与豁达，学会了如何把脊梁一直挺直、头颅一直高贵地昂着。

谁会想到荆棘会编成王冠？谁会相信奇异的梦想会变成现实？谁又敢说，一个人确实能行神迹、确实能改变这个世界？如今，罗本岛已经被人们改名叫作曼德拉岛，曼德拉岛集中营采石场墙根处那片狭长的小菜园，已经随着历史被人们忽视和忘记了，但我相信，无论什么时候，曼德拉都不会忘记，因为，他在决心开垦那片狭长的小菜园子时，已经开始在他的心里种植了一片花园。

挂满幸福的灯绳

年轻的时候，她和他的脾气就合不来，他的脾气大大咧咧，干什么都是粗手粗脚的，总是丢三落四，不喜欢洗澡也不喜欢洗脚，她不知说过他多少回，他也改不掉。这些生活上琐碎的小事逐渐使两个人的摩擦越来越多，最后，竟然闹到了非要离婚的地步。

可是，他不同意离婚。他说，他会改掉的。她不相信，因为，那些丢三落四的毛病他也不知说过多少回要改掉的，可是他根本就改不掉。后来，孩子们渐渐长大了，因为怕邻居们笑话，她要离婚的念头渐渐打消了，但是，她坚决要和他分居。房屋也比较宽敞，于是，两个人各守了一间房，虽然还是夫妻，但彼此间冷冷淡淡的，根本没有一点儿家的温暖和幸福感。

她常想，这一辈子，她是不会幸福了。因此她常常羡慕别的夫妻，能手牵手走在大街上，走在阳光下，那么温馨又感人。岁月的脚步在她的伤感中匆匆而过，有一天，她忽然发现，她的头上不知何时爬上了白发，眼角的皱纹也堆积了起来，而且，脚步也笨拙了。她更加伤感了，就这样，身体一直健健康康的她，病说来就来了。

儿女都在远方的城市里工作，他把一张小床放在她睡的房间的门口伺候她，但是，他的瞌睡仍然像年轻时一样大，一天晚上她爬起来要小解，走到门口了他还没有醒来，她也不愿叫他起来搀扶自己一把，心中只是更加地伤心。等她艰难地爬回床上时，他才醒来，灯光下，他的目光里满是愧疚和歉意。她背对着他，彼此都没有话。

第二天，她看到他用一根红红的毛线搓成一根灯绳，然后，笨手笨脚地在灯绳上缀一些精巧雅致的小铃铛。她不解地看着他忙来忙去，想，人老了，怎么心变年轻了？晚上，她又要起来小解，黑暗中手刚触摸到那根灯绳，灯绳上的小铃铛就哗啦啦地响了起来。他很快从那张小床上坐了起来。她一下子明白了他的用意，看着那根红红的灯绳顺着雪白的墙壁垂下来，她有了一种感动。

他小心地搀扶着她，她看出来，他想和她说话，可她不说，他又不敢。这么多年来他总是怕着她。躺回床上，她再也没有睡意，等了好久，她又伸手触摸那根灯绳，铃铛响了，他也已经从床上坐了起来。他疑惑地看着她躺在床上并没有动，连忙走到她的床边。她身子往床的里边挪了挪，说：天冷了，这大床暖和些。

她看到他眼里噙着晶莹的泪花，那根挂满小铃铛红红的灯绳，其实就是一根挂满幸福的灯绳呀，只要现在她愿意开始握紧它，幸福是不会遗落的。

幸福的隔壁常住的是灾难

有一群猴子被国王养了起来，国王非常宠爱它们，给它们建了漂亮的房子，每天都会派人给它们送甜美的食物，因此，猴子们过得快乐而没有忧虑。

国王不但养了这群猴子，在隔壁还养了一群羊，在这群羊里面，有一只公羊非常贪吃，它常常跑到厨房中去，把厨房中的食物一扫而空。这只公羊给厨师们惹下了很大的麻烦，厨师们一看到这只公羊进到厨房里，伸手拿到什么东西，就用什么东西打它。但这只公羊屡教不改，每次厨师们撵着公羊打的时候，猴子们都幸灾乐祸，高兴得上蹿下跳，吱吱乱叫。

这时，只有猴群的猴王一点也高兴不起来，相反，它充满了忧愁。

猴子们都不理解，问猴王为何忧愁。猴王说：这只公羊这样贪吃，它迟早会把灾祸引导到我们身上。

猴子们都不理解，说：大王，我们每天都在讨好国王，国王也非常宠爱我们，公羊贪吃挨打是它的事，与我们又有什么关系呢?

猴王说：你们看，厨师们被这只公羊惹得非常暴躁，厨师顺手拿起什么，就用什么打公羊，如果有一天，厨师们顺手拿起烧火棍打公羊，公羊的毛这么厚，一遇到火就会燃烧起来，着火的公羊一定会乱窜，而附近的马圈里那么多干草，这样会把火引到马圈里去，那些马就可能受伤，我在医学书中看到，马受了烧伤，用猴子的油会治好。我们只是国王的宠物，而有没有宠物都不会影响到国王继续当他的国王，但国王需要四处征战统治天下，这样就离不开战马的呀。因此，国王一定会杀死我们给马治伤，我看我们还是离开这里到森林里去吧，这样我们才能逃过死亡的灾难。

猴子们听了猴王的话，都讥笑猴王说：你太老了，已经失去理智了，你看国王是多么宠爱我们呀，他常常在看我们的时候满是欢笑，而那些马匹，怎么也没看出国王喜欢它们，再说，我们现在待在这里多好呀，甜美的食物每天国王都派人给我们送来，风不刮雨不淋，这是多么幸福的事情，可你让我们到森林里去，吃那种又苦又涩的野果，忍受风吹和雨打，只有傻瓜才会那样做的。

猴王一再劝告，但没有一个猴子听它的话。它说：可怜的孩子们，你们不知道，这个幸福会转化的，它最初让你感到甜丝丝的，转眼就会变成灾难。

猴王只好伤心地流着泪自己离开了猴群跑到了森林里。

果然有一天，公羊又到厨房贪吃的时候，一个厨师找不到东西打它，顺手从炉灶里拿出了燃烧的火棍，打在了公羊的身上。公羊的半身都燃烧起来了，它惊慌失措，跑到了马圈里打起滚来，把里面的干草都点燃了，拴在马圈里的马有的烧伤后挣脱了缰绳，有的被烧死了。

没有了战马，敌人来了可怎么办呢？国王说这是一件非常严重的事情，他吩咐医生，必须把烧伤的马治好。

医生说：我看到书上说烧伤的马用猴油涂上就好了。

国王说：马是我的勇士，我离不开那些马呀，就把那些猴子都杀掉熬油吧。

这是流传在印度的一个寓言故事。

一个人获得宠爱的时候，往往是他的头脑发热的时候。

被宠爱是一种幸福，但被宠爱的同时，你会想到吗，宠爱你的人，你是不是他的必需？

如果不是，那么，幸福的隔壁常常住的就是灾难。

我很幸福

那一年，他5岁，第一次做饭，是爬到一个凳子上，站在上面为奶奶做了个炒豆腐。豆腐炒出来黑乎乎的，奶奶尝了一口，忙说："好吃！好吃！"他尝了一口，却是又苦又咸。他忍着泪水没让它流下来，奶奶的眼睛因为糖尿病双目失明了，妈妈在他8个月大的时候已经去世了，父亲也因为一身有病对生活绝望扔下他们下落不明，他知道，从此，他不能流泪。

夜里，他紧紧偎依在奶奶身旁，可从梦中惊醒后，却发现身边空荡荡的。他慌忙起床，看到奶奶已经摸索着打开了房门，外面，是黑漆漆的夜。他知道，奶奶，是想去寻短见。他拉着奶奶的手说：奶奶，以后，我就是你的眼睛！奶奶把他紧紧抱在怀中，无声的泪水滑落在他冰凉的小脸上。从此，躺在奶奶身边他不敢踏实地睡着，他怕有一天，从睡梦中醒来，会失去这个唯一的亲人。

这个5岁男孩稚嫩的肩膀，就这样开始肩负起一个家庭的重担。不久，奶奶又得了颈椎病、心脏病、末梢神经坏死等病症。为了治病，奶奶卖掉了仅有的住房，与他在外面租房住。尽管日子十分艰难，但他从没有在奶奶面前叫过苦，他每天给奶奶、喂药、喂水、喂饭，睡觉前给奶奶洗脚，伺候奶奶，让奶奶一点点有了生活下去的希望。

无论春夏秋冬，他总是在每天早晨5点准时起床，帮奶奶准备早饭、午饭，再给奶奶注射每天一针的胰岛素，服侍奶奶吃药，收拾好碗筷后才去上学。中午放学后他一路跑回家，给奶奶热饭。晚上放学，他先要去市场买菜，到家后还要搀扶着奶奶到楼下遛弯儿。等到他和奶奶吃完饭，他还要给奶奶擦背，通常等一切都安顿妥当了，已经过了晚上9点。直到这时，他才有时间拿出课本写作业。

这是一个孩子从5岁开始每天要做的事情，现在，他已经从5岁做到了14岁，以后，他还要这样做下去，但对生活，他没有一句抱怨。虽然政府每月会给他家一些的困难补助，但他午饭经常是馍蘸酱油凉着吃的，为赶时间也是为省下中午的煤气费。奶奶每个月微薄的退休金需要吃药和租房，每个月一家的生活费他都得算计着控制在100元之内，可是，在汶川大地震中，他却一次捐出了50元。

男孩的故事，让我们今天生活在幸福中的孩子们愕然发现，原来，生活并不都是阳光灿烂和笑语盈盈，在不经意的角落里，还有可怜的孩子，生活中缺少色彩，少了些欢笑，更没有呵护，低着头承受着生活本不应该压在他瘦弱肩头的重荷。可是，在电视中，他却淡淡地说，他做的一切都是硬逼出来的，要是每个人都是这样硬逼出来也能像自己这样。他说，在每天放学后匆忙跑回家的脚步声中，他能听到幸福的声音，因为，在家中有爱着他的奶奶在等待着他，在学校，还有爱他的同学和老师。

因为，面对磨难，有人会把它当成财富，有人会把它当成苦难。

因为，幸福从来都是自己感觉的事情，与别人的眼泪无关。

拥有

小时候祖母给我讲“金手杖”的故事，说谁要拥有这个“金手杖”，只要告诉“金手杖”你想要的东西，立刻它就会摆放在你面前。一个穷人很幸运地得到了这个“金手杖”，他向“金手杖”要来了金银财富、宫殿美女，过起了花天酒地的生活，开始无不尽兴地享乐。

这时候，他贫穷时候所磨炼出来的勤奋、善良、智慧都渐渐地消失了，而是变成了一个贪得无厌，既懒惰愚蠢，又凶恶残酷的人。忽然有一天“金手杖”消失了，随之消失的是“金手杖”所带来的一切，这人又变得一无所有了。这时，他以前所拥有的勤劳、善良、智慧也跑得无影无踪了，失去了生存的能力，这个人只有慢慢地饿死了。

长大后我才慢慢明白，这个故事告诉了我们一个道理：最容易拥有的东西也最容易丢失。我们要珍惜拥有。

想想也是，我们常常说天上不会掉下来馅饼的，想拥有，没有付出是不可能的，如果突然间我轻而易举地拥有了我所梦寐以求的一切，我想，这种拥有只能给我带来短暂的欢乐，随之而来的是不安、惊恐和不真实的感觉。只有经过努力的奋斗和付出才拥有的东西，拿在手中才有一种沉甸甸的幸福感。

能够拥有的都是财富，并不是只有财富才能被拥有。记得多年前的一天，我去一位多年未曾谋面刚刚才联系上的同学家做客，那位同学在许多人眼中都以为他过得很清贫，因为，在他那间只有10多平方米的小屋中，除了一张床，两个占据了房间二分之一的大书柜外，别无他物了。

然而，朋友告诉我：他拥有一切，因为，他拥有的财富是无法用金钱所估量出来的。从他风趣的谈吐中，我看出了他的快乐；从他机智的答辩中，我看出了他的聪敏；从他包罗万象的谈话中，我看出了他拥有的渊博学识。可是在物质上他并不富有，也许，发财对他这种高智商的人是件轻而易举的事，但拥有从容和淡泊，使他没有陷入追逐功名和利禄的旋涡中。我想，那些对金钱充满渴望急不可待的人，即便是真的拥有了许多金钱，但无法满足的欲望只会使他永远心神不宁地痛苦下去。

是的，很多时候，我们一谈起拥有，就是那种充满欲望的拥有：拥有金钱和美女，拥有至高无上的权力。这种拥有是没有限度的，它只会使我们陷入欲望的陷阱不能自拔，从而变得一无所有。

以从容和淡泊的心态看待自己拥有的，才会内心富足，可惜，“天下熙熙，皆为利来；天下攘攘，皆为利往”，在利益的驱动下，对待名和利，又有几人能做到无动于衷呢？曾看过一则报道，说云南省一个偏远小县里，老百姓为不让他们的县长离任而万民请愿，看后心中久久不能平静。那位县长，两袖清风，在盛传“十万元不算富，百万元才起步”的今天，他是一位“贫穷”的拥有者，但能拥有为他真诚祝福的几万颗老百姓的心，他一定是位最大的拥有者。

我们究竟该如何对待拥有呢？在物欲横流的今天，拥有财富比拥有一颗高尚的心要容易得多了。

但是，有的人拥有万贯的家财却仍郁郁不乐；有的人两袖清风，却快乐地说我拥有了一切；有的人手握大权随心所欲，却提心吊胆没有一点幸福的感觉；有的人忙忙碌碌一刻也不闲地劳作，脸上却时时荡漾着幸福的笑容。在纷繁芜杂的今天，谁又能说自己是真正的拥有者呢？但我想，只要我们能拥有一颗纯洁和善良的心，我们便会是快乐和幸福的拥有者。

渴望敲门

高考落榜那一年，亲戚介绍我到一个叫姜树芽的小学去做代课教师。

小学建在一个小山沟的脊背上，我随着那位亲戚气喘吁吁地爬了半天山路，到一排五间土瓦房前时，他对我说：这就是姜树芽小学。学校里唯一的一名教师这天去30里外的乡教委开会去了，村主任领着我去教室里看一看，我低着头迈进一间有些阴暗的教室后，见里面坐有十几个年岁相仿的孩子都瞪着漆黑的眼珠盯着我。我又进了另一间教室，里面同样如此。

走出来后村主任把一把黄铜色的钥匙递给我说：紧挨着教室的那一间你做寝室。接过钥匙，村主任说：我先走了，缺啥打声招呼。我站在那道山脊上向四周看，隐隐约约看见下面山沟里零零星星散落着一些房屋，村主任背着手佝偻着腰蹒跚地向山沟走去。阳光和煦，微微的秋风扑打在我脸上，竟觉得有一种凄冷。打开门，里面有一张破旧的桌子，上面放着一摞学生作业本和一瓶墨水，靠后墙角的地方放着一张床，上面放着一床新被，显然是给我准备的。

小屋又低又暗，里面却干净整洁，显出刚打扫过的痕迹。夕阳正悄悄向山后落去，这时我才发现，门外不远处一个又一个零零散散的小土包原来是一座座坟茔。刚来时我不在意，现在明白过来时心中不由升起一股寒意。我赶紧把门关上，小屋内一片昏暗。这时放学后学生早已走得干干净净，在山脊的小屋里我只听到山风吹打着门窗呼啸而过。我把小煤油灯点亮，昏暗的煤油灯下坐着我闪烁不定的身影。我感到自己像一根枯草，一只孤雀，被扔在这山脊上，只有不远处坟茔中一个个鬼魂与我做伴，我既渴望有人敲响我的门又怕门被敲响。

这时门偏偏被敲响了，吓得我惊叫起来，胆战心惊地开门一看，有个30多岁素不相识的人，带着一股山风正站在我的门外。他说："我叫姜春旺，是这儿民办教师，你是才来的代课老师吧？"我点点头。他说他刚从乡里开会回来，顺道来看我一下。他问我是不是有点怕，我脸红了，只是说刚从热闹的学生大宿舍里出来，一个人住进这样一间孤独的小屋有点不习惯。他笑笑说慢慢就好了。其实这时天还未完全黑下来，看着姜老师又夹着山风走下小山脊，我顿时感到一种温馨。想不到一个钟头后姜老师又敲开了我的门，他胳肢窝下夹着一床棉被，手里拿着两个还冒着热气的馒头，他把馒头递给我说：今晚我也睡在这，两个人在一起谈谈话也不寂寞。

我知道他是给我壮胆的。

此后，每天晚上姜老师总是匆匆扒几口饭然后又立即赶来，在那间小屋里，他给我讲这山、这屋、这坟的故事，在那个漫长的冬季里，让我度过了一个又一个充实的夜晚。

第二年的春季，父母托关系把我安排到城市的一家工厂里上班，但在那森林般的大厦高楼，星星般的万家灯火，却没有一座大楼一处灯火一扇门窗属于我。在车水马龙的大街上徘徊，人们都显得匆匆忙忙的，没有人会和我坐在一起陪伴我给我讲身边的故事。每天下班后，我推开租住在郊区的屋门瘫坐在沙发上，如一只风雪中回来的大雁，孤独地晾晒淋湿的翅膀，这个时候，便热切地盼望能有人推开我的门，喝一杯热茶，吸一支香烟，诉说孤独和欢乐，品评我们的城市、乡村人群和山林。然而，这始终只是我幻想中的一个奢望。

我变得沉郁起来。

有一天，我碰到了我的一位学生，他从姜树芽来到城市里找工，他告诉我那五间瓦屋还在，我走后，又从山外来了一位和我年岁相仿的代课老师，姜老师仍然是每天晚上回家匆匆扒两口饭，然后往山上去陪伴他，陪他一起谈谈话。

那位学生的诉说，让我又想起了那昏暗的煤油灯下，和姜老师一起度过的一个个温馨充实的漫长冬夜，那犹如一首悠远的歌，从心头流过，滚烫滚烫的……

我恳切地要求我的那位学生，在他回乡的日子里转告姜老师和那些淳朴的乡邻们，在他们进城时，一定要到我的小屋里一起聊聊天谈谈话。

那“咚咚咚”的敲门声，在我听来，一定轻松而快乐……